同樣的心

楊牧生態詩學、翻譯研究與訪談錄

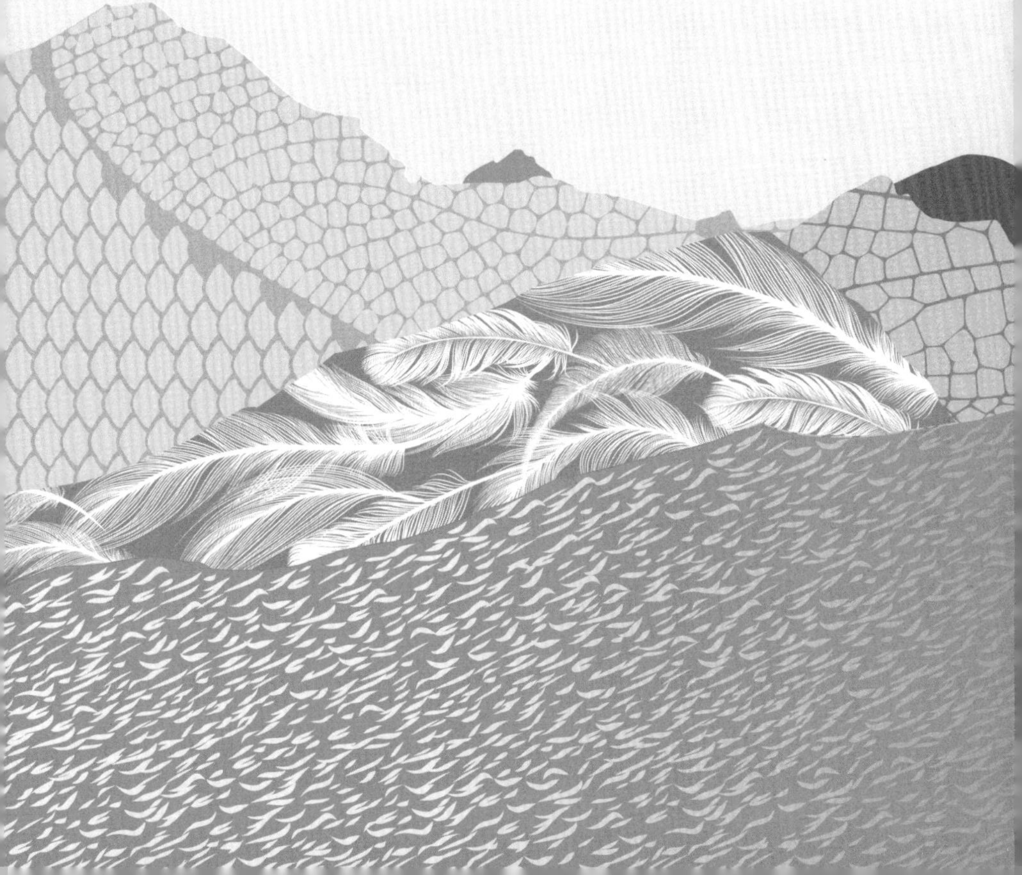

在持續轉涼的海面上
如白鳥飛越船行殘留的痕跡
深入季節微弱的氣息
假如潮水曾經
我以同樣的心

——楊牧〈故事〉

目次

第一篇　楊牧生態詩學

第三篇　楊牧對話

第四篇　賞讀楊牧

附錄

第一篇

楊牧生態詩學

生態楊牧

析論生態意象在楊牧詩歌中的運用

這是我的寓言，以鳥獸蟲魚為象徵。

——《完整的寓言》後記

這地球總在心境最荒涼的時刻
朝夢的領域傾斜
毫不遲疑

——〈隕擇〉

楊牧喜歡以生態意象入詩，而隨其創作生命的成長，一些他情有獨鍾反覆使用的生態意象逐漸發展並衍生出特定的寓喻象徵，成為他具有高度原創性之詩歌世界不可或缺的構成因子，而對於自己持續四十多年的創作努力所建構完成的象徵系統，楊牧，和他所景仰的愛爾蘭詩人葉慈（W. B. Yeats）一樣，充滿詩學原理的自覺與反思，近年來的詩作多有自我指涉的傾向，甚至包括對構成系統恆定性與完整性的質疑；而折衝於生態具象物色與抽象指涉間，詩人的想像與文學傳統呼應成章，冥搜、直觀與文本互涉對位並行，特定的創作美學，包括對象徵與隱喻的信仰，使得楊牧詩中的生態模擬產生濃厚的人文意涵，自然與人文兼美因此成為楊牧詩歌的特色。本文擬從生態象徵系統的形成析論生態意象在楊牧詩歌中的運用，分萌芽期、生成期、成熟期和解構期，循序考察各時期中楊牧以生態入詩的代表作對其象徵系統形成的貢獻。此外，並將探討楊牧如何運用生態象徵構築「原初想像」及其美學意義，也會涉及生態象徵系統的形成與抽象思維之間的關係。

楊牧生態寓喻象徵系統的形成：

1-1　萌芽期：從《傳說》到《瓶中稿》

生態象徵逐漸朝向系統化的創作現象在楊牧一九七〇年代前後的作品中初現端倪，

亦即他就讀柏克萊大學完成〈十二星象練習曲〉並著手寫《年輪》的那段期間，不久（一九七三年左右），他便把筆名從葉珊易為楊牧，宣示自己已經掌握一種嶄新而獨到的詩歌語言，從此告別年少時期懵懂的摸索與零碎的模仿。在這段寓喻象徵系統的萌芽時期，我們可以找到後來經常出現的四個母題初次冒現的痕跡，其一是以開創性的命名者（the first namer）自居，導致從《北斗行》之後，儼然成家的詩人幾近執迷地一而再再而三馳騁想像，用生態意象投射生命「本原」（the origin）或者「原初場景」（the primal scene）的靈視，企圖藉此展現他作為現代詩壇先行者雄奇的原創力，也就是布洛姆所稱的強亢詩人（the agonist poets）常有的表現（Bloom 1982）。這項命名者的自我宣告早期最明顯的例子就出現在《年輪》首章〈柏克萊〉的開頭：

> 我要告訴你風雨的祕密，因爲我已經來到這荒野的中心。風雨是粉堊白牆頹落後的生命，從未名的角落翻來，留在未名的我的身旁。我要告訴你桂花的祕密，螞蟻在園子裡築巢。孤雁的祕密，羽毛落在節慶旗幟上。
>
> ——《年輪》，頁四

上一個文明的廢墟促生了新一代詩人重新書寫的原動力，回歸自然真實成為西方現代主義詩人因應時代需求的主要策略之一（Elder 24-39）。楊牧為生態的詩歌創作活動找到了格局宏大的歷史定位：洞察文明的表裡不一，探索自然的真實，冥搜六合，俯仰古今，馭神思以逆溯象徵藝術之原委，闢建詩歌美學的新典範，他人成為現代詩壇的拓荒者昂然自許。

楊牧詩作中其他三個顯著的母題——年輪、星圖與魚類的迴游，也肇端於此時期。他以「年輪」為這段時期自剖式的心影錄命名，追求文章能像樹的成長那樣莊嚴自然，那樣真實——「它的年輪代表它生長的歲月，絕無半點隱瞞」（《年輪》後記）。「星圖」以〈十二星象練習曲〉發端；至於「魚類的迴游」，尤其是鮭魚的生態，除了出現於《年輪》之外，在《瓶中稿》自序中，更被楊牧用來自況，他挪借任教所在西雅圖地區家喻戶曉的鮭魚迴游生態，說明自己置身宇宙自然、時代文明與人生存的多重冥漠中（「自覺存在一不可辨識的經緯度交會的黑點上，不知何以南北，自西徂東」），決定回應命運的召喚，終生投入詩歌創作。這項生命的承諾的確就像鮭魚以「生物性的」奔赴，「在潮水和礁岩之激盪交錯中，感知一條河流，聽到一種召喚，快樂地向……祖先奮鬥死滅的水域溯逆」（《楊牧詩集I》，頁六一七－六一八）。羈留海外，認同詩歌創作為自己生命的原鄉，鮭魚的迴游生態，作為隱喻，同時也抒發了詩人對太平洋彼岸的花蓮，那啓迪自己詩歌想像的山海故鄉，一種永遠的繫念。漂泊與回歸原是以「搜索者」自居的詩人心神探索的一體兩面。以鮭魚自況，楊牧為自己特殊的「離散」（diaspora）情境找到了貼切的生態映象。

用自然生態比擬創作藝術應該追求的精神典範或有機結構日後也成為楊牧常用的修辭，譬如前述他主張詩的生長應該像樹的生長，「那枝枒的上舉和下垂最自然莊嚴」（《年輪》，頁一八二），而回應英國浪漫主義的文學理論與實踐，倡言現代詩有渾然天成的格律，楊牧用的也是同樣的比喻：

> 一首詩如一棵樹，和別的樹同樣是樹，可是又和別的任何樹都不同，在形狀枝葉的結構上自成體系，萌芽刹那已經透露了梗概，唯風雨陽光在它生長的過程中揑塑它，有它獨立的性格，但它還是樹，枝葉花果有其固定的限制。每一首詩都和樹一樣，肯定它自己的格律，這是詩的限制，但每一首詩也都和樹一樣，有它筆直或彎曲的生長意志，這是詩的自由。
>
> ——《禁忌的遊戲》後記

後來在《一首詩的完成》中論及大自然與寫詩的關係，也強調藝術要師法自然：

我們膜拜大自然，豈不是因爲它那堅定的實質存在嗎？而當我們全面理解了大自然的力，孳孳勤勉以生命的全部去模仿他，藉我們的藝術之完成，企及那堅定的實質，說不定就可以同意東坡所說的，「我」竟然也是無盡的，長存於藝術的整體完成之中。所以大自然是我們的導師，雜然流形是它落實的示範，山的峻拔，海的浩瀚，江河的澎湃，溪澗的幽清；或是飛雲在遠天飄動，時而悠閒時而激盪，或是草木在我們身邊長大，告訴我們榮枯生死的循環也還有一層不滅的延續的道理。

——《一首詩的完成》，頁一五

同樣的創作理念使得楊牧在這段生態入詩萌發期的力作〈十二星象練習曲〉中，以黃道十二宮的天文組合象徵虛構的宇宙。在這首諷味十足的反戰詩中，「我」，一位野戰士兵，在守哨、衝鋒的同時，匍匐俯仰於虛構的想像世界裡，快意沉溺於與情人交媾的性愛狂想，以精神的遁逃嘲諷歷史的對立。這組詩的最後一首〈亥〉將性愛的征服與「凱旋的暴亡」，戰爭的殘害與都市環境的汙染交疊並置，為戰亂頻仍、愛情絕滅、生態隳壞的末世浩劫寫出了田園輓歌（pastoral elegy），其中並有謔仿（parody）與改寫（revision）中古愛情傳奇 *Tristan* 的痕跡，這種生態與人文關懷緊密交織，自然直觀與文本互涉對位並行的書寫現象也為楊牧詩歌往後的修辭走向譜出了基調：

露意莎，請以全美洲的溫柔
接納我傷在血液的游魚
你也是璀璨的魚
爛死於都市的廢煙。露意莎
請你復活於橄欖的田園，爲我
並爲我翻仰。這是二更
霜濃的橄欖園

我們已經遺忘了許多
海輪負回我中毒的旗幟

雄鷹盤旋，若末代的食屍鳥
北北西偏西，露意莎
你將驚呼
發現我凱旋暴亡
僵冷在你赤裸的身體

以鮭魚自況，用年輪指涉時間的循環與生命成長的自剖，而星圖則遙遙望見未來詩歌象徵結構的斐然成形：這是楊牧生態象徵系統萌芽期的剪影。

1-2 生成期：從《北斗行》到《有人》

從《北斗行》到《有人》，亦即一九七四年到一九八五年約十二年間，可視為楊牧生態象徵系統的生成期。這段時期，以〈北斗行．天璣第三〉、〈北斗行．玉衡第五〉、〈北極光〉、〈人間飛行〉、〈未完成三重奏〉、〈俯視〉與〈樹〉等詩為證，是楊牧利用生態意象投射生命「本原」或者「原初場景」，以之模擬天人合一的靈視，將逼近造物者的雄奇想像發揮到極致的時期。其中，除了〈北斗行〉之外，都完成於一九八〇年後，也就是楊牧初為人父，對生命起源的奧祕迸發莫大興趣的時候，同時也是他詩興勃發，創作力充沛亢奮的一段時期。先前提過的，楊牧對再現原初的沉迷與他自許為開創性的命名者——自然宇宙的知音——有關，這一層身分的認知在這段時期繼續深化，《星圖》裡有段文字追述他這些年間的一次「搜神之旅」可資佐證：

> 等待著。我想我是等待著，在日光和風和魚之後，在那沉著，不相干，更無從詮釋的感官現象之後，等待一更悠遠，深邃的清音對我傳來，一形象對我顯示，在蕩漾瀰漫的水勢，層疊綿密的漣漪上，清潔，純粹，完美，我等待一般永恆靈異的啓迪，對我揭發，生命，時間，創造，以幼稚的嬰啼。
>
> ——《星圖》，頁五八—五九

一九七七年春天，楊牧雪中開車迷入溫哥華島橫貫公路的顛峰，也曾在那裡經歷過類似的經驗；與超乎文字表述之外靜寂的「原初」相遇，這次無心、莊嚴的邂逅讓他穿透了古典學養的隔障與窒礙，面對等著自己用原創的語言發掘的本我與自然（《搜索者》，頁七—八）。後來他在《一首詩的完成》中詳細說明了從這個經驗獲得的美學感悟：

> 當我們下定決心以全部敏銳的心靈去體驗的時候，我們和外物之間自有一種 immediacy，那是藝術創造的根本保證。倘若那 immediacy 遭受古典詩詞的渲染，創造的過程恐怕就產生缺失；我們和自然外物之間隔了一道微塵，失去密切結合的力量，只能浮華地作些敷衍文章，藉著古人的美文佳句，永遠表現不了自己。
>
> ——《一首詩的完成》，頁七四

再現「原初」，楊牧作了多樣精彩的嘗試。以〈北斗行〉為例，在〈天璣第三〉中，他發揮陰性想像，以語言試圖擺脫有如「宮籟」（chora）般的渾沌，進入象徵次序中，指涉詩歌的誕生過程。在一九七〇年代中期，既已透過隱喻式的想像，將象徵生發前的渾沌模擬成所謂前伊底帕斯期母子共生的狀態，這可是相當前衛的思維[1]。詩中的「我」就是「宮籟」，沉默的母親，被急於與之割離以轉化成象徵的語言埋怨為「黑暗的沮洳」。對於象徵的生成，她以哀悼的口吻直言：「你的誕生即是死」：

1 Chora 這個字典出於柏拉圖的 *Timaeus*：「渾沌之所在：毀之無方，為一切之所從生；雖可憑迂迴之推理感知其存在，卻游移於感官之外，飄忽於虛實間，當人悟識之際隨即墜入夢鄉，始覺一切存有皆恆存於某一命定他方……」（頁五二）。法國女性主義批評家克莉思蒂娃（Julia Kristeva）參酌佛洛依德的理論，將之引申為前伊底帕斯期的「母子共生空間」，是一母性空間（matrix space），存在於「道」之前，上帝之前，故不可言說。見克氏著 "Women's Time"（Warhol et al. 445）。

在細密的光影裡孕育
最初的人形，這莫非
是通向生命的子宮？
而我聽到，感覺到你
不懈的躍動，是靈魂抑是肢體
我莫非只是沉默的母親，……
……
……我了然
作爲一朵不枯的花，象徵的
水源，胞子在我的體溫裡
膨脹，轉變，雖然眼不能
視，耳不能聽，舌不能知味
鼻不能嗅香，你在我的
體溫裡不懈地躍動——
……

……你埋怨
我是黑暗的沮洳。我
卜算你憤憤的脈搏
如剛出港塢的新船嚮往大海
我彷彿也不關心，……
……
劇痛，昏暈，我瞿然
放棄，用十萬條洶湧的血管
推開你。你的誕生即是死

若〈天璣第三〉以模擬語言擺脱「宮籟」形成象徵來再現原初——亦即詩歌之誕生，〈玉衡第五〉則倒轉過來將詩歌之誕生溯源於災變（catastrophe），顛覆成規與二元對立的逆性想像思維（antithetical imagination）是詩人介入隳毀、動亂的歷史時空知人論世之所憑據：

這些是我的
最初。譬如子夜著火的草原
譬如石破天驚，譬如
寺廟和軍營毀於頃刻
鐘聲悲鳴
號角嗚咽
我環顧尋覓，在解體的人面
和人面之間，尋覓一對熟悉的
眼睛，而終於爲那可憐憫的
發現而驚呼——方向從我開始
如大江過山脈，拒絕
莊嚴的分水嶺。方向從我
開始，和漂鳥秋來北飛
拒絕可感知的溫暖

在〈北極光〉中，他利用逆溯「如胚芽之於年輪，如蛺蝶／蛺蝶之於尺蠖的軌跡」，企圖重回嬰兒始生的存在狀態——

我聽見古昔之歌
世界猶溫存舒適如荷花的搖籃
點綴著蜻蜓的夢，螢火的燈籠
一首輕巧的催眠曲，……

……
每次當我背風站在小園中，長望
青青樹林梢頭一片不變的輝煌
我感覺，我也是那最接近渾沌的
一部分——曾經和憂鬱同享喜悅的本體

〈人間飛行〉則挪借上古生態演化的意象嘗試再現世界創生時的景象，同時投射的更是「原初場景」，也就是佛洛伊德所謂兩性交媾孕育生命的過程[2]：

我回顧來時的道路，體驗著臨行的
言語和手勢：生命如何起源？
在迢遙的遠古時代，當信誓光潔
如裸體蜷曲放鬆而坦然於地球的一個角落
祕密如螢火飄過髮梢，堅實如恥骨撞擊
超越抽象而回歸現實，生命是弱小的蝌蚪
在淺水中互搏，來不及茁壯喧鳴成蛙
就於無聲中生育更幼小的蝌蚪，在古昔
當演化進步需要太多智慧，耐性
和勇氣，我們不能等待：突破抽象的遺傳律
超越自然的約束，超越神諭和道德
直接進入愛情和慾望的本體……

同樣的母題，相同的修辭技巧，也出現在〈未完成三重奏〉中：

我也祈求著
讓我們回到蕨薇初生的洪荒（或者
稍微晚些）回到聲籟草原的年代
冰河期以後三萬五千年，野花對話
如多色的鳥類，泉水在尋找一條路
決定生命的河床，且經常改道
活潑亢奮如健康的精子在歌聲中游泳
隨著不同的氣溫和土質變換性格以
及姿勢，有時深入大地迴轉如隱藏的漩渦
有時淺淺漂流過蒹葭的沙丘緩緩靜止如沼澤

2 「原初場景」語出於一九二五年佛氏所著"Some Psychical Consequences of the Anatomical Distinction between the Sexes"，意指人小時候第一次撞見父母交媾而認知自己生命之所由來，並由於「陰莖欽羨」（penis envy）心理使然，擁有或匱缺陰莖，使男女產生不同的性別取向。本文挪借此語詞用以指涉生命誕生之原初場景，與性別論述無關。

無窮的訊息在等待陽光揭發展開
讓暴雷和閃電分析。讓風雨詮釋
廣大的空間無從說起：花在對話
鳥在進行著優生的練習

除了再現原初之外，與生態書寫有關的，這段時期楊牧最顯著的修辭特色還包括以生態寓言謳歌愛情與生命，或者主張應以師法自然作為人文或藝術倫理的準則，其中，〈輓歌一百二十行〉、〈蟬〉、〈盈盈草木疏〉、〈出發〉、〈狼〉、〈春歌〉、〈秋探〉和〈樹〉等可視為代表作。

〈輓歌一百二十行〉寫於一九七七年九月，正是楊牧個人生命史的一段黑暗期，臺灣文壇當時充滿鄉土文學與現代主義論戰的殺伐之聲，政治上則瀰漫著中美斷交前夕黨外民主訴求言論受到鎮壓威脅的白色恐怖。面對個人內在心境的沉寂與社會外在現實的黑暗，楊牧試圖從自然生態中尋找一股拔舉、超升的力量。在〈輓歌一百二十行〉中，他以隱喻式的書寫，藉由鋪陳貝類、蕨草、地鼠、焦落的村莊、熄滅的隕石和鯨群迴游海洋的生態，歌頌瀰漫在大自然「壯麗的循環」中那一股偉大的生存意志。次年，在致沈君山的散文詩

〈蟬〉中，他挪借蟬的生態再次形塑這股超升、拔舉的力量，並從文學傳統中舉出值得效法的類比典範：

據說蟬的生命很合乎悲劇英雄的典型。如此卑微遲緩，它堅忍奮鬥，一旦脫離泥土的潤澤，便緣著樹幹游移而上。我必須歌頌它上升的意志，寂寞勇敢的意志在雨露中成形

經過一些粗糙的樹瘤，如同但丁夢中世界的層次。也如同虔誠篤實的但丁，多彌尼各教派的香客，毫不猶豫地向命定的輝煌世界匍匐前行，而輝煌是寂寞

一九七八年底，楊牧與夏盈盈女士結婚，一九八〇年春生子常名。內在心境的沉寂與黑暗不久便轉為「安寧，靜謐，快樂」（《海岸七疊》詩餘）。沉浸在家居生活的幸福快樂中，他為妻兒寫〈盈盈草木疏〉和〈出發〉，表抒自己的精神嚮往與藝術執著。為詩追求愛情與生命延續的倫理價值定調，楊牧所採用的書寫策略仍是他熟悉的生態寓言。〈盈盈草木疏〉適合用來觀察他如何將習之於中國古典詩學的賦比興修辭加以轉化，用現代詩

的語言進行生態寓言書寫。這首組詩以家中花園的十四種草木為子題，包括竹、白樺、山毛櫸、山楂、林檎、梨、柏、山杜鵑、松、蕨、辛夷、薔薇、杜松和常春藤，詩題仿自楊牧研治《詩經》時涉獵的陸璣著《毛詩草木鳥獸蟲魚疏》，替詩中融會賦比興手法，交織自然觀察、私密抒情與文學典故，將花園構築成禮讚愛情與生命的象徵空間，提供了文學傳統的切應對照。詩中首題〈竹〉即為比興佳作：

新雨洗亮了點滴的東籬
在廣大的光明中搖動：
深秋已進入鮭魚的夢境了
我根據你的口音和表情
想像一片夏天的海水

青翠豐滿如溫暖的，隱忍
歲月的海水。風起的時候
嘩然以白浪的姿勢翻舞

湧上晚雲的沙灘：一顆星
竹外燦爛如紫貝

竹是詩人自喻，夏天的海水比擬妻子，最後的意象——「一顆星／竹外燦爛如紫貝」則巧妙地轉化為興，影射性愛的昇華。第七題〈柏〉更結合了賦比興寫生態也寫綿綿不絕的愛與同情：

陽臺外兩棵連理交生的
常綠喬木，掩去鄰居大半個園子
垂直向北的牆根又是一棵
那是霧的守護，晨昏
在龍鱗虯髯間穿梭遊戲
這是同情和歲月的象徵
雝和的雨露在天地間成型

蒼苔的根在地衣的濃蔭裡
又落下一些稀疏焦黃的針葉
輕覆小松鼠的新墳

〈出發〉十四首十四行詩雖然是為兒子常名出生而作，某種程度卻可讀為楊牧在《海岸七疊》時期的詩藝宣言，尤其第八至十三首。當時，臺灣詩壇開始流行本土政治諷喻詩，並有少數評論家趁此風潮抨擊他的創作與鄉土疏離，面對狹隘詩觀的挑釁與曲解，楊牧做出了答辯。第八和第九首可讀作他的宇宙詩論，第十至十三首則透露出他眷懷鄉土，在文化認同上懷抱生態本土主義（bioregionalism）的另一面；宇宙的，同時也是本土的，兩者可說是他創作驅力的一體兩面，彼此並不相悖。

在《有人》中，也就是楊牧生態寓喻系統發展接近成熟時，出現了四首特別值得觀察的生態寓言詩：〈狼〉、〈樹〉、〈春歌〉與〈秋探〉。〈狼〉與〈樹〉某種程度可讀成對詩，都在歌頌愛慾（eros）讓人回歸原始自然，與其他物種一起坦然生存於暴力和美，殺伐和溫柔共生的「宇宙之慾」中；〈狼〉是男性版而〈樹〉是女性版。被楊牧稱為「我族類」的狼更取代前一時期的鮭魚，成為此一時期的鮭魚，成為此一時期詩人的精神映象，有別於追逐廟堂權位的螻蟻和隨俗鼓譟竊取聲名的蟬、蜂與金蠅：

我摸索著，聽見
對方閃爍的聲音
是宇宙的強光，當時間和空間
交擊於冰崖的前額。彷彿
永不失路的獵人，錯愕惶恐
冷凍的湖面寂寂寞然
遂於無聲中聽見
我久違的族類單純的
脈搏在跳動，寧靜地
訴說暴力和美，和嚮往
如風起自遠洋，石英在海底自動粉碎
狂濤的呼嘯令我目爲之盲，警覺
就在那冰湖表面，金陽底下
壯麗的，婉約的，立著
一匹雪白的狼

〈樹〉將前一時期年輪的象徵進一步轉化，把年輪的漩渦托喻為情慾，使人身心解體，回歸阿米巴似的原生狀態：

我們聽不見彼此的傳呼
只感覺不遠明暗處
持續是一種相當的心跳，似乎
是有甚麼在夢裡生長
一綠色的纖維樹
我知道你正在年輪的漩渦
解衣，扭動，沒頂迅速
沉沒狂歡和疼痛的磁場
——植物本能的試探，支離
破碎，猶英勇相信心神和肉身
不滅——遂浮游如美麗的阿米巴
在夢中搖擺，擁擠，纏綿

並且吮吸著彼此熾熱的酵素
並且透明
美麗

季節是生態書寫中常見的母題，楊牧的〈春歌〉與〈秋探〉以春宣揚愛，藉秋與人入中年對大自然肅殺之氣——「一種慈和的殺戮」——的體悟達成和解，立意尋常，讓人耳目一新的是這兩首詩的呈現方式。〈春歌〉由詩人與第一隻北歸的候鳥紅胸主教之間的對詰構成，詩人挑戰紅胸主教所代表的宇宙至大論，亦即生態中心主義者的基本信仰，對它提出反詰：「比宇宙還大的可能說不定／是我的一顆心吧／……否則／你旅途中憑藉了甚麼嚮導？」紅胸主教回答：「憑藉著愛的力量，一個普通的／觀念，一種實踐。愛是我們的嚮導／……愛是心的神明……」。其實這也是楊牧對生態中心主義者的回應，說明主導他的宇宙詩論的，與其說是抽象的宇宙至大論，不如說是相信天地有情的人文思維。〈秋探〉以聽見鄰家剪樹的聲音起興，因牆裡牆外看不見園丁的影子，經一番追蹤，產生了感悟：「那碰撞的剪刀原是他手上的器械，是他／他是季節的神在試探我以一樣的鋒芒和耐性」。從嘈雜的剪樹聲獲得靈啓，甚至和隱而未顯的造物者神交，進而與生死榮枯的生態達成和解，是這首詩耐人尋味的地方。

〈盈盈草木疏〉比興抒情，典雅而婉約；〈狼〉和〈樹〉跨越物種畛界，想像前衛而狂野；〈春歌〉和〈秋探〉以戲劇性的對答與追蹤的趣味，呈現季節更迭引發的哲思，而〈北斗行〉、〈出發〉以及其它層出不窮的原初書寫試圖模擬生命的起源，再現造物者雄渾的想像——觀照大千自然，楊牧應物斯感，隨物賦形，意到筆隨，在這段時期寫出了許多藝術形式無懈可擊的傑作，從其中充分體認到自己轉化生態現象成為隱喻與象徵的靈活創造力。生態化作修辭，自然與人文契合，對這段時期的楊牧而言，兩者之間，不必然衝突。

1-3 成熟期：《完整的寓言》

《完整的寓言》輯楊牧一九八六年至一九九一年間之詩作而成，在這本詩集的後記裡，我們讀到這樣一段文字，反映出詩人對其象徵系統的形成及其與抽象思維的關係充滿了藝術自覺：

> 我的詩嘗試將人世間一切抽象的和具象的加以抽象化，訴諸文字：我的觀念來自

藝術的公理，我不違悖修辭學的一般原則，而且我講文法，注重聲韻。我不希望我一首完成了的詩只能講一件事，或一個道理。唯我們自己經營，認可的抽象結構是無窮盡的給出體；在這結構裡，所有的訊息不受限制，運作相生，綿綿亙亙。此之謂抽象超越。詩之有力在此。

莊子曰：「寓言十九，重言十七，卮言日出，和以天倪。」

——《完整的寓言》後記

這一段文字裡所謂「自己經營，認可的抽象結構」其背後所崇膺的語言哲學，除了追法莊子「卮言日出，和以天倪」的理念之外，似乎也隱含了葉慈把自己一生的詩作輯成一本書的設想，那是獨創的各個隱喻象徵彼此相因相成合組的大結構，形成一個無窮的給出體（卮）（Adams 1-26）。楊牧曾在寫於一九八五年的散文〈那盲目執迷的心〉裡引葉慈的詩“Ego Dominus Tuus”，表達同樣的對創作一本書的嚮往：

我想起一些認真要將文學拿來寄託理念的——或許是將理念拿來重塑文學靈魂

的，想起這些人在此後這逐漸衰蔽黯淡的日子裡，在這樣一個流離失落的年代，
認眞去創作一本書，追尋著，然而追尋的又不是書，是一些典型……。

——《亭午之鷹》，頁四九—五〇

從生態象徵系統形成的角度觀察，《完整的寓言》作為成熟期的代表作，以生態入詩的篇章，如〈魚的慶典〉、〈單人舞曲〉、〈蛇的練習三種〉、〈劫後的歌〉、〈易十四行〉、〈燈〉、〈寓言一：石虎〉、〈寓言二：黃雀〉、〈寓言三：鮭魚〉，篇篇大抵都是已在前期出現過的母題——如魚類洄流、星圖、原初書寫和以蟲魚鳥獸自況等——往詩學自覺方向進一步掘深的探索。換言之，這幾首詩都具有楊牧詩歌美學自我指涉的痕跡，都展現了楊牧建構「完整的寓言」背後的創作理念與修辭藝術。〈魚的慶典〉重疊魚類洄流與星圖的意象，所謳歌的除了自然生態外，更是詩人象徵系統如期如約的完成：

因爲我們已經如約到達這個地點
而繁星一般的銀鰓香魚也在趕路
朝向一個不變的河口

在〈單人舞曲〉中，楊牧更再次交疊魚類洄流與星圖的意象，刻劃從記憶裡飛翔而過的「一黑色的舞者」，這一詩人繆思的化身多年後又再現於《涉事》中的〈水妖〉，是楊牧發揮陰性想像塑造出來的另一個女性自我。楊牧把這段時期臻至的雙性兼美想像（androgynous imagination）投射在〈蛇的練習三種〉中，蛇取代了狼，成為這時期詩人美學思考的主要映象：

「美原是不斷的創制，典型
確定，避免乖離先祖的圖紋以及色彩等
原則。」然而美竟是
沒有性別之分的在這本爲插翼的
如今卻進化爲匍匐爬行的族類
在牠們的世界

……

一種淫巧豔麗瞬息間

沒有傳承約束，沒有紀律，沒有規範
來去無形無所忌諱如吹號角如歌唱的
天使，竟以雌雄同體以翅膀爲我們
深深敬畏，歡喜

根據奚密的解讀，這首詩呈現了楊牧對基督教伊甸園神話相當顛覆性的詮釋。蛇非但與原罪無涉，反而成為美的象徵，它像天使一樣雌雄同體的屬性超越了基督教善惡二元對立的認知，與美一樣非關道德。奚密更進一步指出，從這首詩我們應該體會到：「楊牧的詩有力地融合了中國和西方，這點表現在他充分體認人的經驗與自然宇宙的律動合拍。若說這樣的觀點與中國天人合一的哲學傳統互相呼應，它卻也同時崇尚浪漫主義追求與超越的精神」（Yeh xxv）。

〈劫後的歌〉、〈易十四行〉則與原初場景的母題有關，用澤中有雷的意象寫愛情啓動的生機（genesis）。這個意象首次出現在《有人》中的〈俯視〉裡：

你正仰望我倖存之軀

這樣傾斜下來，如亢龍
向千尺下反光的太虛幻象
疾急飛落，依約探索你的源頭
逼向沒有人來過的地心
熾熱的火焰在冰湖上燒
那是最初，我們遭遇在
記憶的經緯線上不可辨識的一點
復在雷霆聲中失去了彼此

不定於〈人間飛行〉與〈未完成三重奏〉中原始生態演進的模擬，〈俯視〉、〈劫後的歌〉和〈易十四行〉的原初場景採原型象徵和神話構思的書寫方式，聚合了多重文本互涉的典故，顯示出詩藝成熟的作者，不再需要刻意托喻於原始生態意象，而是已能胸有成竹地轉化布洛姆所謂後生詩人（the belated poets）必有的「影響焦慮」（the anxiety of influence），從承接文學傳統融冶出自己的原創性（Bloom 1973）。以〈易十四行・澤中有雷〉為例，詩中隱隱回應著老莊和李白的聲音：

這裡是一切動靜的歸宿
千山萬壑的起源，宇宙
和我的脈搏同步操作
大鵬在鼓翼，鶺鴒搶飛
魚蝦朗聲排水，無限層次的
彩虹沛然交疊：澤中有雷

相對於前一時期，確信體物無隔是藝術創作的根本保證之成熟期的楊牧對涵容古典轉化成自己獨創性的語言，已充滿十足的把握。後來，在一九九二年，這樣的領會具體浮現，與一隻鷹偶然造訪他濱臨清水灣的寓所陽臺帶給他的美學啓示有關。在《亭午之鷹》的後記〈瑤光星散為鷹〉裡，楊牧對於如何以文字捕捉這隻鷹的乍現與飛逝，進行了非常深刻的美學分析，是了解楊牧生態詩學（ecopoetics）非常關鍵性的文獻。其中涉及田野調查之外文學知識之必要的部分十分發人深省：

我所目擊的鷹，在它那絕對的背景狀況烘托之下，固然對我提供了許多不平凡的

> 第一手資料，等於就是長年田野調查成績的總和，一凌厲，冷肅，繽紛，迷人的生物，卻又好像只給了我一些表相，是不足以充分支持起我的文章，我的工作的。我知道我需要甚麼。我需要古典創作的啓發，詮釋，註解，正如杜甫面對畫絹上的鷹一剎那就已通明雪亮，需要累積的文學知識來深化，廣化，問題化那工作；我更需要集中思想與感情，組織，磨礪，使之彰顯明快，庶幾能夠將那鷹定位在我的工作的前景。
>
> 這整個過程也即是一首詩之完成的過程。
>
> ——《亭午之鷹》，頁二〇五—二〇六

梭羅（Henry Thoreau）在《湖濱散記》春季篇裡從鐵道邊坡雪融形成的葉狀沙痕聯想葉脈、鳥羽，以及人體肝葉中的血脈，進而導引讀者具體感受到地球卜卜的脈動，被譬為自然書寫出神入化的妙筆，寫活了無機的土壤若有肉身存在的勃勃生機。在〈易十四行．利涉大川〉中，楊牧也以同樣的筆法生動地描寫出地層裡潛藏的慾能：

黑土之下
岩層在釋放著力，剛與柔
交會，火光迸發如齒輪衝突
又如唇舌澌濺未央之夜
吸吮於醒與睡纏綿的
窗口

同樣將大自然擬人化的修辭表現也出現在〈燈〉中。長期以來凝聚心神解識自然物象和宇宙之慾，楊牧在〈燈〉中幾乎以惠特曼（Walt Whitman）式自豪的口吻宣稱唯有自己在狂風驟雨的夜晚裡，「解識地守著／以心頭飄搖一盞燈」，聽見了「宇宙正在隱晦處啜泣／訴說著寂寞」。和二十世紀西方許多以生態為中心的自然寫作一樣，自然宇宙在楊牧詩中具有了人格（personhood），這與浪漫主義詩歌濫情的「同感謬誤」（pathetic fallacy）無關，而是如女性生態主義者所認為的，這類作品賦予自然宇宙人的性情，所展現的是一種以自然之心為心的關懷倫理（ethics of care）（Buell 218）。早在一九七四年寫作〈北斗行・天璇第二〉時，楊牧以「大地遺失的一塊頑石」自稱，即已展露這種以自然之心為心的關懷倫理：

我仍然是
大地遺失的一塊頑石，所以
呻吟的大地
龜裂的大地
我是你瀕臨的一點淚
你用顫抖的反抗淬礪我
我們將尋到河流浩蕩的理由
帶領山岳於沉默中崩頹
洗成卵石的理由——
……
號啕的大地
請凝視我，用你
羞澀多淚的眼睛凝視我

在肅麗的蔚藍裡作靜止的
遠航。與我同行向
擁擠的寧靜，向
一片抽象的和平，與我
同行向黑暗強制再生的光明

關懷自然，卻極少寫作環保詩。基本上，這與楊牧迴避書寫露骨的政治諷喻詩反映了同樣的美學信念。詩不適合成為生態政治（ecopolitics）的論述場域，對於生態詩的寫作美學，楊牧的立場可以英國生態詩研究先驅貝特（Jonathan Bate）教授的見解說明之：「生態詩的寫作不應以一套有關特定環境議題的成見或建議開始，而應沉思與地球同居共生到底意味著什麼。生態詩必須以書寫意識醒覺為職志。」（Bate 266）

「這是我的寓言，以鳥獸蟲魚為象徵。」（《完整的寓言》後記）生態象徵系統卓然成形，楊牧對生態寓言的書寫美學自有其獨到的心得。在〈寓言一：石虎〉、〈寓言二：黃雀〉、〈寓言三：鮭魚〉中，他示範了三種生態寓言不同的修辭表現以及相關的寫作意旨。〈石虎〉擬童話詩的口吻以初生的石虎明喻造訪山林的自然觀察家，出現在詩中的生態描寫屬賦體，不具象徵指涉。〈黃雀〉取典自曹植的〈野田黃雀行〉，藉由救黃雀脫離網罟寫亂世裡的行俠仗義，黃雀的意象喻指歷史強權的受害者，屬比體式的動物寓言書寫。〈鮭魚〉承接《瓶中稿》時期的象徵意涵，是詩人心神搜索的隱喻式自況。以賦體再現自然觀察，用動物寓言臧否時事，隱喻則是心神探索取象自然的言說姿態——楊牧的生態書寫旨趣多重、風華多姿，並且誠如他自己所強調的，「不違悖修辭學的一般原則」。生態意象或許自詩人個人的生命經驗、生活環境或閱讀偶得，因此似乎只能用來抒寫詩人自己的意志或感情。其實不然，在《完整的寓言》後記中，楊牧特別指出，這三首詩裡，說話者的人稱擺盪於「我」和「我們」之間，是他刻意的設計，為了反映「往往於字裡行間我的指涉與別人重疊了，甚至繁複龐雜可以與對方同步操作隨意相生」；他同時認為詩雖然是個人經驗的產物，「但當它完成的時候，卻為你所有，是你的了」。訴諸於文本互涉「語意共生」（semiotic symbiosis）的現象，楊牧提醒讀者，「俯首過目那字辭與章句，我希望你與其中的第一人稱認同，並且也和我一樣，因為那第一人稱的指涉時常與別人的聲音融合在一起，而感到些許疑惑，並喜悅欣賞那疑惑。」（疑惑在此似乎指向「影響的焦慮」。）透過這段文字，楊牧為自己的生態象徵系統可能淪為個人囈語（solipsism）的疑慮提出了理論的抗辯。

1-4 解構期：《時光命題》與《涉事》

《時光命題》與《涉事》收錄楊牧一九九二年至二〇〇〇年之詩作。在這兩本詩集中，前述的原初書寫、由鮭魚轉化而成的舞者意象，和星圖，都持續複沓出現，年輪則大致由潮水取代；鳥類，如鷹、鶴、天鵝和小黃雀成為這段時期詩心的映象，其中鷹與黃雀是無心迢遞的生態象徵，鶴取典於杜詩，天鵝挪借自葉慈的希臘神話新詮。在《涉事》中，楊牧更再三藉由返鄉參與創設的東華大學校園內常見的野生動植物起興，如環頸雉、兔和藿香薊，還有花蓮水澤邊遍生的野薑花；甚至在〈獅和蝌蚪和蟬的辯證〉中，過去馭使過的蟲獸象徵也被徵召回籠效力。楊牧以生態意象入詩的傾向，在近期詩作中更形凸顯。

生態象徵系統在《完整的寓言》寫作時期趨向成熟，接下來的發展，可以預期的，不只因為詩人年事漸長，也因創作活動似乎與生態榮枯一樣受制於同一時光命題，楊牧在近十年的詩作中，前所未有的，開始對自己所創造出來的象徵結構之必然性、恆定性與完整性，提出反思與質疑，同時卻仍然持續運馭這套得之於心的象徵系統寫出顛峰之作，其中不乏含納著自我解構因子的。反思之作多出現在《時光命題》中，包括〈客心變奏〉、〈心之鷹〉、〈致天使〉、〈論詩詩〉和〈構成之二：盆景〉。含納著自我解構因子的傑作，除了〈象徵〉之外，多見於《涉事》，如輯一．雙簧管中的〈水妖〉、〈巨斧〉和輯二．亂針刺繡中的〈鷹〉、〈遂渡河〉、〈平達耳作誦〉、〈蠹蝕〉和〈隕擇〉。〈論詩詩〉除外，其它四首反思之作皆發端於與自然生態有關的具象情境，〈客心變奏〉取典於謝朓名句「大江流日夜，客心悲未央」，寫詩人漂泊的心陷入虛無，宇宙也以虛無回應：

大江流日夜
不要撩撥我久久頹廢的書和劍
我向左向右巡視，只見蘆荻在野煙裡
無端搖曳點頭，刹那間聲色
滅絕而宇宙感動地以帶淚的眼光閃爍
看我，將遠近所有的動力因子緊緊扣住
不讓它以那啓迪之力，以造物驅使的
情懷慫恿我，以衝刺冒險的本能
以欲以望

〈心之鷹〉取象於一隻偶然來止終又戾飛而去的小鷹，寫自己寂默的心境：

於是我失去了它
想像是鼓翼亡走了
或許折返山林
如我此刻竟對眞理等等感到厭倦
但願低飛在人少，近水的臨界
且頻頻俯見自己以駃然之姿
起落於廓大的寂靜，我丘壑凜凜的心

〈構成之二：盆景〉甚至以盆栽之死喻指自己「未及整理的神話系統，……／圖象結構，韻律，和參差的本草／綱目」已經失去活力。〈致天使〉則因緣於颱風變弱轉向的天候，反思多年醞釀的結構經營是否成立，另方面祈求著知音持久專注的閱讀，呼喚天使的母題似乎挪借自里爾克（Rilke）的《杜英諾哀歌》（*Duino Elegies*）：

天使，倘若你不能以神聖光榮的心
體認這織錦綿密的文字是血，是淚
我懇求憐憫

天使，倘若你已決定拋棄我
告訴我那些我曾經追尋並且以爲擁有過的
反而是任意遊移隨時可以轉向的，如
低氣壓凝聚的風暴不一定成型
倘若你不能以持久，永遠的專注閱讀
解構我的生死

〈論詩詩〉（一九九五）透過兩道聲音辯證似的對詰分別闡釋書寫的侷限和超越，以及孰為有效的閱讀方法。值得注意的是，肯定的聲音明確地定義詩學的原理為：「生物榮枯如何／藉適宜的音步和意象表達？／當然，蜉蝣寄生浩瀚，相對的／你設想捕捉永恆於一瞬」，特別標舉人與自然的生態作為詩歌模擬的內容。質疑的聲音對修辭的有效性有所保留：「我厭倦了證據糾集，舉例／以小喻大等等修辭言志的／技巧（或信念），恐怕書寫／末了日頭已經冷卻為月翳／……何況言語永遠不能逮意／通過比喻和象徵有時縱然／傳神，我為生疏的掌握悔恨／有時文字反而是障礙，罪愆」。他更進一步提醒，狂妄的閱讀行為會讓詩人綿密精緻的結構經營徒勞無功：「狂妄的閱讀適合顛覆／高蹈的書寫，陰曹的罡風／不能回溯那脈絡體會，遂一舉／將精緻的蛛網解構，摧毀」。最後，透過肯定的聲音，楊牧說明了懂得讀詩的人如何透過詩的具象細節探入自然美學概念：「詩本身不僅發現特定的細節／果敢的心通過機伶的閱讀策略／將你的遭遇和思維一一擴大／渲染，與時間共同延續至永遠／展開無限，你終於警覺／唯詩真理是真理規範時間」。面對解構思潮的衝擊，楊牧選擇固守現代主義（high modernism）的美學信仰。

一九九六年楊牧應邀返回花蓮出任東華大學人文社科院創院院長，沿臺九線往壽豐方向，經木瓜溪大橋往右瞻眺，層巒疊嶂側立溪谷兩旁的壯麗景觀，引發他寫出了〈象徵〉。這又是一次原初書寫的演出，再度肯定了象徵思維是詩歌創作活動的本質，同時也證明了楊牧對原初的執迷與他企圖探索象徵藝術的原委有關：

車過大橋

我點頭
風在幽谷裡驅趕
白雲的漩渦，逆時間方向
引我迢迢上溯，隨一規律
轉動，回到永遠熾烈的圓心
非線性光點持續突破，豐滿的
月暈，數目不增無減
交叉互擊，壓縮
爲黑暗中纖細
微潮的語言，容
許我擁懷抱
不再怯弱，囁嚅
懸知
未來永久
看巒嶂重複鱗介之姿

探虛無沉邃以尋找實有
並且領悟
河水於深秋的芒草間，錯落
追蹤一宛然的神似

在這首詩裡，「巒嶂重複鱗介之姿」正是詩人苦心孤詣經營完成之象徵大結構的映象，也就是《完整的寓言》裡所指的「無窮的給出體」，以及〈兔〉中的雌兔「迷離」鼓勵雄兔「撲朔」繼續創作時所說的「唯有那抽象的原創所釋出的／值得，並且可以複製」。

經過《時光命題》階段的反思，楊牧在收入《涉事》的〈鷹〉中對自己多年來結構經營的創作方向重新加以確認，但容許它有偏頗和誤差：

我轉身，鷹
在山岡外盤旋，發光
提示我如何確認那單一，巨雷的
方向，允許些微偏頗和誤差

如我曾經以一生的時光
允許它不斷變換位置，顯示
飛的動機，姿勢——和休息
去而復來，完成預設的形象
獨立的個體

同樣的體悟也抒寫在〈巨斧〉中，又是一首交疊魚與星圖的意象探討創作活動的詩：

一張寂寞的琴
依稀鼓起意志，單音敲響波心
將前後錯落的故事收拾，組成
一個不完整的情節
存在著不少失誤，點點欠缺
如天上星。而時間停頓在
文本逆轉，無韻可尋的頃刻

〈平達耳作誦〉則藉漩渦完美形式的瞬間生滅寫詩歌結構隨機生發與權宜解構特質：

一朵漩渦在急流裡短暫即取得完整
美麗的形式，瞬息間
燦爛的細節超越擴大至於虛無
……
在讚美的形式條件完成剎那即回歸
虛無，如美麗的漩渦急流裡消逝

質疑與重新出發，毀滅與再生——詩人步武造物者和普羅米修斯的創造行為，替渾沌鑿竅，七日完而渾沌死，在〈蠹蝕〉裡，隨著解構思潮的風行，楊牧對自己窮力佈建象徵系統的價值曾經產生了終極的懷疑；創作意志的重新萌發要等到〈隕擇〉的最後一章才又曙光乍現。有趣的是，刻劃創作意志的迷失與再現，這兩首詩也都借力於生態景觀。〈蠹蝕〉這樣呈現詩人創作意志的迷失：

如剛猛的烈日之豹
曾經警戒，飛躍，追逐
大草原裡迎向未知的挑戰
卻在月暈裡失去了方向感
守住脆弱的枝枒，霜天下
寒星嘲弄它，螻蟻奚落
風訕笑；又如活水的巨川
誤入絕望的沙漠，細數
最後的涓滴在蝙蝠口器
吸吮下再無殘餘

〈隕擇〉用枯樹在風雪中傾倒，驚起一隻白鶴擇枝別棲的景象，啓示詩人重新出發的可能：

我燈下重讀早年維琴尼亞．吳爾芙

聽得見是其中一棵或超過一棵
譁然如海浪輒來即返，向黑暗的
大地一邊頹倒，雪勢驟強
一隻白鶴驚訝飛起，落向
別枝，合翅，純一的形象從有到無

毀滅與再生，生態的代謝循環可以類比靈魂創傷的癒合。在〈水妖〉裡，單人舞者中繆思的形象從楊牧的記憶深處再度如潮水般湧現，以類同於艾略特（T. S. Eliot）組詩〈四首四重奏〉（"The Four Quartets"）著名的意象——旋輪中靜定的軸心點——為舞容，她的旋舞向詩人展現了靈魂再生的力，於是楊牧從《完整的寓言》中〈劫後的歌〉詩尾借來藏紅花的意象，將它與旋舞的繆思交疊，創造了一幅絕美的可以媲美歐姬芙（O'keeffe）畫作的圖像：

啊水妖，我意識一面巨大的網
曾經像宿命的風煙將你罩住
速度的中心

靜止
而我以爲那接近寂滅的動作
是自我與身體的對話
時間無比溫柔，允許美麗
於平衡和尋求平衡的程式裡
——如藏紅花反覆迸裂，痛苦
堅持露水點滴的季節，雲在天空
整理舞衣，創傷爲了試探靈魂——
循環，分解，再生以胞子的力

〈水妖〉的末段用潮水為背景揉合了原初書寫：魚、舞者意象，和星圖，以類似希臘神話的構圖（如 Eustache Le Sueur 所繪 "Marine Gods Paying Homage to Love"），藉著繆思的再生禮讚創傷的癒合，可讀成楊牧生態象徵系統主要構成因子傾力合奏的復活交響曲，也是楊牧創造力一次顛峰的演出：

啊水妖，在不斷的螺狀音波裡
在燦爛疊置的星圖中央，我看到
許多空氣精靈各自乘騎復活
重來的虎鯨背上，悠遠
唱那今昔之歌，海面飄浮著
歲月剝落的白堊與侏羅
你背對那些站立，潮水
湧到而回流，傾聽：
下頷依然與水平，藏紅花
準時開放，魚尾紋歸還
天空，創傷癒合
你是你自己的女兒

與〈水妖〉異曲同工的，星圖的意象自信而華麗地出現在〈遂渡河〉中，一首楊牧為英年早逝的門生吳潛誠所寫的輓詩。藝術與學問超越死亡，楊牧在這首輓詩中，以無比溫暖的筆調，將自己習自星圖的完美詩藝獻給年輕的亡靈，宣示愛，美，與同情不朽：

夕陽橫切如系列滿滿的歌謠
星座嵯峨，錯落次第完成
注定是我們無限的典型
脈絡偶隨時態變化修正
如此完整的結構，甚至於
不能及時參與的光芒也自動
翻譯，先後結伴遂渡河

美國詩人史耐德（Gary Snyder）一九七〇年代應邀前往布朗大學（Brown University）演講時，曾以菌菇的生發比擬詩的完成，經常被摘引以闡釋史氏習之於生態的詩歌美學：

在森林、湖泊、大洋或草原裡的生物社群似乎都朝向一種可稱之爲極峰，亦即「原始森林」的狀態生成著。許多的物種、枯骨、無數腐爛的葉子，縱橫交錯的生機步道，棲停在樹縫裡的啄木鳥，喜歡聚草成堆的兔子，無不皆然。這樣狀態有相當的穩定度，它所形成的網絡儲存了許多的生命能量——若是在一些較爲簡單的生態系統裡（例如被堆土機碾過的草野），這些能量則會流逝在空中溝渠裡。所有的進化模式有可能是由這股推向極峰的動力塑成的，不亞於個體或物種間的競爭。如果人類在這一生物圈的機構裡占有任何地位，應該與他們最令人矚目的特色有關——大腦和語言。人的知覺及其熱切的探索與學習是吾人對於地球生機的保存所做出的最初步的貢獻，這是另一層次的極峰狀態。

在極峰狀態中，絕大部分的能量並非來自於攝取生物界每年更新製造出來的食物，而是來自於將死亡的生物體加以回收利用，例如森林地表上的穢草，倒立的枯木，動物的屍體。枯榮輪替，生死循環，能量的分解是由菌菇和昆蟲們釋放出來的，我因此有了這樣的心得，「獲得了啓示的心」之於日常古持自我的心，就像藝術之於把被忽略的內在潛能回收再利用。當吾人深邃化或豐富化自己，向內省視，了解自己，也就臻入了存在的極峰系統中。請迴避在認知、官能和刺激的當下生物界覓食，轉而重新檢視記憶、內化的知覺、儲存內在能量的胸中丘壑、夢境，以及日常生活中隨葉飄落的知覺，進而解放隱藏在我們感官岩層裡的生命能量。藝術將我們聽若罔聞視若無睹的經驗、知覺、官覺、和記憶加以吸收消化，讓它們能夠爲整個社群所用。當所有感覺和思想如有機堆肥經過回收利用，再回到我們中間時，它不是以一朵花的樣式，而是——讓我把這個譬喻說得更完整些——而是以一株菌菇的樣式；是埋在地裡的菌絲體線列滋蔓在泥土中綿密地與樹的根鬚結合所長出來的果實肉身。「結了果的」——就在這一點上——正是詩人之作的完成，也正是在這一點上，藝術家或神祕主義者，重新臻入大自然的循環中，將他或她所完成的貢獻出來當作養料，當作孢子或種子，以散佈「具有啓示性的思考」，深入每個人的內心深處，挑啓隱藏在那裡的養分，讓它們能回流到社群之中。社群和它的詩歌不可截然二分。

——Snyder，頁一七三－一七四

這段文字拿來形容楊牧生態象徵系統的藝術經營過程及其社群價值，也是十分恰切。

從神話構思到歷史銘刻

讀楊牧以現代陳黎以後現代詩筆書寫立霧溪

2-1 起興：以詩證詩

先從一首書寫南美洲亞馬遜河的詩談起。如果說關於地誌詩（topographical poem）諸多紛紜的定義中，其一為以詩的形式描寫某一特定地理區域的景觀特色，兼及風土人情，美國已逝女詩人依莉莎白．碧許（Elizabeth Bishop 1911-1979）的〈善打瀾〉（"Santarem"）絕對是一首脫穎出色的地誌詩。這首詩初稿寫於一九六〇年，歷經多年無法成章，直到一九七八年，詩人去世前一年才定稿（Miller 308），被詩評家譽為碧許擅長的紀遊詩之傑作：

當然，我的記憶可能有誤
多少年前的往事了？

那個金色的黃昏我眞的不想再繼續旅行；
想就這樣落腳下來
在這兩條大河交會的水域，太巴壑和亞馬遜，
泱泱漭漭，悠悠東流。
眼前赫然湧現了屋舍，村民，一群又一群混血的印第安人
河舟在水面上穿梭來去
在滿天瑰麗、透光的雲霞之下，
每一樣物色都鑲上了金邊，外沿著了火似的，
觸目盡是璀璨，歡暢，隨興——至少在我看來。
我喜歡這地方，喜歡這地方所展現的概念。
兩條河。有兩條河湧出
從伊甸樂園，不是嗎？才不，是四條河
從那園中分岔它去。這裡只有兩條河
卻是匯流在一起，讓你忍不住
作出文學性的詮釋，宣稱到了這裡

諸如生／死，對／錯，男／女
凡此齟齬對立的意執全都瓦解，消釋，扯平了
在眼前這一片流動的，令人目眩的辯證裡。

教堂，該說是天主堂前面，
橫著一條不起眼的街坊和一座觀景樓
傾頽得幾乎要掉進河裡去了，
矮矮的青棕樹，似一缽缽烈焰熊熊的炭，
櫛比的平房，有灰白的，藍的，黃的，
有棟房子的正面貼著磁磚，金鳳花的那款黃。
街心黯沉沉的，是河沙烏金的顏色
整條路面溼透了，在過午定時的驟雨之後，
犛牛一對又一對蹶過，神閒氣定，傲岸十足，
似乎憂鬱了些，犄角向下弓曲，兩耳低垂，
拖著輪子牢靠的木板車。

犛牛的蹄，行人的腳丫
跋涉在金黃色的泥沙中，
鬆了金沙似的，
唯一聽得見的聲音：
吱嘎吱嘎咻咻咻。

兩條河上，船隻往來如織，人嘛
顯然心猿意馬，忽而上船
忽而下船，個個使勁划著笨拙的舢舨。
（內戰之後，有些南方的家族
遷徙至此，這裡容許他們蓄奴。
所到之處留下了藍眼珠，英國風的名字，
還有船槳，此外沒有別處地方其他居民
在亞馬遜河四千哩流域之內
使用划槳，當地人的船一律用腳踩。）

成打的修女，裹著白色的袈裟，
站在一艘古舊的輪船尾開心地揮手，
船開始吐汽，連吊床都掛好了
——她們要啓航前往佈道所，好幾天的航程之外
上游某條人跡罕至只有神知道的支流。
除了汽艇，更有數不清的獨木舟載沉載浮……
有隻母牛站在其中一艘上，滿鎮靜的，
趁著過渡的空檔，咀嚼著她的反芻物，
身體扭來扭去，準備到某個地方交配去。
一艘帆船桅杆傾斜了
紫色的帆逆風轉向，因太靠近岸邊
船首的桅木差點撞上教堂
（天主堂才對！）一兩個禮拜以前
有場暴風雨，天主堂

被雷電殛中了。一座尖塔
裂了一條之型的縫，從塔頂直到基底。
這是個奇蹟。神父的家就在隔壁
也被殛中了，他的銅床
（鎮上唯一的）被鍍成鉛黑。
感謝天主——當時他人在外埠。

藍色的藥房裡那位配藥師
在架上懸掛了一個空心的蜂巢，
小小的，挺細緻的，素淨的玻璃白，
石膏般硬。看我欣賞它的那付神色
很爽快地送給了我。

這時，我搭的船螺笛響了。依依不捨。
回到甲板上，同船的天鵝先生 Mr. Swan，

荷蘭人，菲利浦電子公司退休了的頭頭，
十分和藹可親的一位老者，
瞑目之前渴望一睹亞馬遜河，
他問：「那是什麼鬼東西啊？真醜！」

善打瀾是亞馬遜河流域的小鎮，位於亞馬遜河與太巴壑河（Tapajos）交會處。一九六〇年二月碧許初次造訪，小鎮尚無柏油路，街面是金黃的河沙，固定在午後的驟雨之後透出烏金般的色澤，各色平樓佈列如畫。生前留下多幅水彩畫作的碧許寫詩亦善工筆細描，這首詩跨越時光的間隔，以歲月蝕刻出的洞見（「空心的蜂巢」——詩尾最顯著的意象），追憶這片兩河匯流的水域，物象躍然紙上。在記憶洗鍊出的洞見裡浮現的景觀，栩栩如生中一幕幕皆蒙上神話的色彩：物各自然，異質昭彰，不落言詮，然而輻輳在同一地理空間中交互輝映，一個個旁喻義符（metonymic signifier）——屋舍、村民、河舟、犛牛、修女、反芻的母牛、逆風轉向的帆船、遭雷殛的天主教堂、空心的蜂巢和荷蘭菲利浦公司退休的董事長天鵝先生——卻又連綴成一形而上的流動性辯證，彷彿景觀的本身具有一完整的意義結構，那片泱泱漭漭，悠悠東流的水域，恰巧構成了一隱喻式的符碼（metaphorical signified），解構了陽根理知傳統中生／死、對／錯、男／女的二元對立，物種、族群、信仰、性別等等生物自然與文化設定之間的界分，只有差異，沒有層級尊卑的價值區別。這處水域是自小失怙流離的詩人，於五十歲時（即與巴西籍長她一歲的同性戀人Lota de Macedo Soares定居在熱帶雨林邊緣潛心寫作之後十年），在一次旅途中偶然邂逅，驚為心靈原鄉，於是動筆寫〈善打瀾〉。然而這首書寫亞馬遜河的詩是目擊成詩嗎？是當地景觀寫實的呈現（mimetic representation）嗎？如詩人一九七八年致友人Jerome Mazzaro（*Postmodern American Poetry*作者）函中所言：「〈善打瀾〉確有其事，一個真實的黃昏，一個真實的地方，和一個真實的天鵝先生說出了這樣的話——它完全不是拼湊出來的。」（"'*Santarem*' happened, just like that, a real thing & a real place, and a real Mr. Swan who said that-it is not a composite at all." Bishop, *One Art* 621）果其然，為什麼一再改寫，直到十八年後才擲筆定稿，終於刻勒出這片水域所呈現的概念？以七〇年代盛行的現象學派山水詩讀法觀之，正如詩人自己所感受到的驚詫（wonder），這首書寫地理景觀的詩，和華滋華斯（Wordsworth）許多的山水詩一樣，寫景的同時，更是以詩的語言捕捉、再現記憶裡某一特定的「時間光點」（spots of time），是詩人的意識與絪緼於地景中的精氣（genius of the place）相遇合下擦撞出的靈視／靈識之光[3]（Merrin 168）。但是從新近發展出的文本建構與解構理論，把風景與地理當作一種權力言說的書寫媒介，仔細閱讀這首被詩人稱為「一首後亞馬遜的亞馬遜詩」（a post-Amazon Amazon poem）（Miller 308），分析詩結束前特別凸顯的意象：空心的蜂巢歧異於天鵝先生並存在同一空間，對它進行解構性的寓意解讀（allegorical reading）：陰囊＋女陰歧異於陽根而怡然自得，那麼，空心的蜂巢象徵的正是女同性戀者的身體，以及銘刻在具有這種獨特性別認同的女體上那道流動性辯證的物象化呈現，也可讀作這首詩的自我指涉，是詩人造訪／離去這片水域帶走的禮物。〈善打瀾〉不只是紀遊詩或是地誌詩，同時也是女同性戀者身體經驗的銘刻，是性別認同政治的文本書寫（Merrin 167-69）。從目擊成詩的寫實山水詩（landscape poem）和呈現因歷史上幾次移民變遷而形成多元文化地理空間的地誌詩，衍變成顛覆陽根理知傳統中二元對立性別認同的政治書寫，閱讀這首詩時，我們必須洞察自己閱讀的是碧許閱讀／書寫善打瀾的言說活動（speech act），不只是善打瀾的人文與地景[4]。

同理，閱讀楊牧和陳黎書寫立霧溪，我們閱讀的是楊牧和陳黎閱讀／書寫立霧溪的言說活動，不只是立霧溪的人文與地景。立霧溪作為地理空間，有其特殊的地形、氣候、生態與人文歷史，書寫立霧溪，非要有特定的寫法嗎？楊牧用神話構思書寫立霧溪，陳黎接著用歷史銘刻書寫立霧溪，是什麼決定了他們的言說策略？是鄉土認同的不同表現？是臺灣現代詩人與後現代詩人對於如何以詩歌銘刻土地具有不同的使命認知？是前後代詩人詩藝較勁的推陳出新？是中生代經典詩人對前輩現代派經典詩人詩作的插花與補遺？楊牧和陳黎的詩各有洞見與不見，在楊牧和陳黎之後，立霧溪可以怎樣被閱讀／書寫？本文除了分析楊牧〈俯視〉詩中的神話構思和陳黎〈太魯閣・一九八九〉的歷史銘刻之外，將試圖回答以上的問題。

2-2 再現原初：楊牧〈俯視〉中的神話構思

楊牧的〈俯視〉寫於一九八三年，應是第二次返臺客座於臺大外文系時，重遊立霧溪之作，這回有妻子盈盈和小兒常名偕行，雖然他們的身影並未出現在詩中，不過，幸福、

3 參閱 J. B. Harley 深受 Foucault 權力論述影響下，對製輿學和風景書寫背後的權力運作提出的解構式分析："Power comes from the map and it traverses the way maps are made. Maps are a technology of power, and the key to this internal power is cartographic process. By this I mean the way maps are compiled and the categories of information selected; the way they are generalized, a set of rules for the abstraction of the landscape; the way the elements in the landscape are formed into hierarchies; and the way various rhetorical styles that also reproduce power are employed to represent the landscape." *Writing Worlds*, 244-245。

4 將地誌書寫當作言說活動加以分析的前驅研究見於 J. Hillis Miller, *Topographies*。

歡愉的家居生活使由〈俯視〉前後詩作結集的《有人》充滿對生命原初狀態的書寫與禮讚[5]，集中的〈俯視〉同樣散發著昂揚、自得的生命情調。這首詩中不乏描寫太魯閣風景特色，兼及岩紋、生態的句子：

這樣俯視著山河凝聚的因緣
浮雲是飛散的衣裳，泉水滑落成澗
太陽透過薄寒照亮你踞臥之姿
時常是不寧的，以斷崖的韡紋
磐石之色，充滿水分的蒹葭風采
提醒我如何跋涉長路
穿過拂逆和排斥
……
每一度造訪都感覺那是
陌生而熟悉，接納我復埋怨著我的你
以千層磊磊之眼

以季節的鼻息
燕雀喧鳴，和出水之貝

這些模山範水的詩句所形塑的其實是一具「伊人」——立霧溪女神——的身體，寫她的衣裳、神色、風采，她的眼睛、鼻息；而富於謝靈運風的對仗「燕雀喧鳴，和出水之貝」更含蓄地影射著男女性器[6]，〈俯視〉儼然是一首纏綿激越的情詩，寫情採西方文藝復興情詩慣用的修辭法 oxymoron[7]：

5 例如出現在〈人間飛行〉中的詩句：「我回顧來時的道路，體驗著臨行的／言語和手勢：生命如何起源？／在迢遙的遠古時代，當信誓光潔／如裸體蜷曲放鬆而坦然於地球的一個角落／祕密如螢火飄過髮梢，堅實如恥骨撞擊／超越抽象而回歸現實，生命是弱小的蝌蚪／在淺水中互搏，來不及茁壯喧鳴成蛙／就於無聲中生育更幼小的蝌蚪，在古昔／當演化進步需要太多智慧，耐性／和勇氣，我們不能等待：突破抽象的遺傳律／超越自然的約束，超越神諭和道德／直接進入愛情和慾望的本體……」。

6 如謝詩〈於南山往北山經湖中瞻眺〉，詩中的景緻係依陰陽對仗，最明顯的例子為「初篁苞綠籜，新蒲含紫茸」。詳細的分析見拙著"Myth as Rhetoric: The Quest of the Goddess in Six Dynasties Poetry"《國立中正大學學報》，第六卷第一期，頁二六三－二六七。

7 指戀愛中人同時受兩種相反情緒的激盪。最有名的例子之一是莎劇《羅密歐與朱麗葉》第一幕第一場中羅密歐的道白：「啊！吵吵鬧鬧的相愛，親親熱熱的怨恨！……鉛鑄的羽毛，光明的煙霧，寒冷的火焰，憔悴的健康，永遠覺醒的睡眠，否定的存在！我感覺到的愛情正是這麼一種東西……。」（朱生豪譯）

這樣靠近你
以最初的戀慕和燃燒的冷淡
彷佛不曾思想過的無情的心
向千尺下反光的太虛幻象
疾急飛落

這首情詩的高潮出現在詩尾，字裡行間隱約投射著交媾的景象，佛洛依德所謂「原初場景」，其中的「亢龍」意象，作為陽根的象徵，雖典出《易經》，其實也是詩人的生肖：

我這樣靠近你，俯視激情的
回聲從甚麼方向傳來，輕呼
你的名字，你正仰望我倖存之軀
這樣傾斜下來，如亢龍
向千尺下反光的太虛幻象
疾急飛落，依約探索你的源頭

逼向沒有人來過的地心
熾熱的火焰在冰湖上燒
那是最初，我們遭遇在
記憶的經緯線上不可辨識的一點
復在雷霆聲中失去了彼此

太魯閣屬山谷地形，楊牧在由其博士論文改寫出版的《鐘鼓集》（*The Bell and the Drum*）中，曾解析《詩經》中以「谷」作為起興所指涉的原型象徵意涵，他摘引老子《道德經》中的名句：「谷神不死，是謂玄牝。玄牝之門，是為天地根。綿綿若存，用之不勤」為例，讓谷作為女陰的象徵昭然若揭，多年後寫立霧溪谷而有此影射是極其自然的。太魯閣的地形特徵讓悠遊其中的人容易感受到有如進入大地女神胚宮的暈眩與悸動，因此楊牧用久別重逢、舊情綿綿的抒情聲調，揉合性愛的想像，寫重訪家鄉最讓自己縈念的地景，應是十分愜切的修辭策略，這是〈俯視〉這首詩的神話構思最表層的書寫係依谷之原型象徵設計的主因；回應立霧溪特有的「山河凝聚的因緣」，似乎有其不得不然，就像美加邊界的尼加拉瀑布，其地景特色：絕命斷崖、巨瀑狂流、無底深淵、雲嵐氤氳和虹彩乍現，向捱近它的人產生一種致命的魅惑，讓人無端聯想死亡以及死後靈魂的再生，有人甚至因此慨然縱身躍下，接受死亡神祕的呼喚（McGreevy 58）。

〈俯視〉的神話構思另一更耐人尋味的表現是中國古典詩賦中屬屈騷「求女」傳統的挪借。比附於這個浪漫傳統，認同詩藝對愛、美、同情與反抗鍥而不捨的追求，相關詩句即上引的「以斷崖的韡紋／磐石之色，充滿水分的蒹葭風采／提醒我如何跋涉長路／穿過拂逆和排斥／這樣靠近你」。立霧溪的女神其實是詩人繆思的化身。詩人回到原鄉花蓮，重訪立霧溪，書寫〈俯視〉，透過神話構思的修辭，展示自己對東西古典詩歌雅麗傳統厚實的吸納，從而鎔鑄出以窮究詩藝本源拓殖創新潛能的視野（依約探索你的源頭／逼向沒有人來過的地心）。結合古典與浪漫，博納東西，將多年來努力耕耘的藝術成果，以書寫立霧溪的方式，獻給了自己的故鄉。花蓮或許在地理位置上屬於島嶼的邊緣，詩人企圖以其卓然成家的詩藝寫故鄉的山水，讓花蓮成為文學臺灣的華麗源頭、熾熱地心。離鄉多年，涵泳於學術與創作的奧林瀚海，這位花蓮之子用一磚一瓦建造的文學殿堂矗立在古今中外文學雅麗傳統輻輳交融的中樞位置。透過〈俯視〉的主題和修辭藝術，楊牧將自己對於源頭、中心、古典的信仰與追求表露無遺，正是現代主義的精神標誌[8]。

〈俯視〉的現代主義性格也可由其濃厚的人文色彩窺見一斑，詩前題辭引華滋華斯〈聽潭寺〉（"The Tintern Abbey"）的六行詩作為全詩的提綱挈領，人文色彩初現端倪：

因我已學會
觀看自然，不像昔日
拙於思考的年少歲月；而是經常聽見
人性那道莊嚴的、富於憂憫的音樂
不冷峻，也不刺耳，雖然威能充沛
叫人肅然起敬，心悅誠服

特別標舉「人性」的音樂，作為立霧溪的聲籟，亦即千尺下「太虛幻象」的反光，那麼，詩中所謂以「立霧溪」的觀點為準，絕對不是如乍讀之下可能以為的類同於生態詩學論者

8 參閱 Ihab Hassan 在"The Culture of Postmodernism"一文中針對西方現代主義和後現代主義列出的對比，其中可供本論文參考的謹列於後（現代主義和後現代主義之特徵分列於斜線前後）：完成的藝術品／過程、表演、發生，文類畛域分明／文本互涉，創造、整構／反創造、解構，存有／空無，中心／去中心，陽根的／雙性兼美的，原初、根源／差異、延異（摘錄自 Peter Brooker edited & introduced, *Modernism / Postmodernism*, 11-12）。筆者無意評比現代主義和後現代主義書寫的藝術成就孰優孰劣，上列對比不涉及價值判斷，用以比較楊牧和陳黎的詩也不宜截然區分。

所提倡的，書寫自然應「以自然之心觀自然」[9]，相反地，立霧溪女神看到的是詩人「倖存之軀，前額因感動／泛發著微汗，兩臂因平衡和理性的／堅持」。整首書寫立霧溪的詩迴映的是詩人知感合一的詩藝追求。所以，在詩尾發展出的近似「原初的場景」：「那是最初，我們遭遇在／記憶的經緯線上不可辨識的一點／復在雷霆聲中失去了彼此」，不宜僅僅以拉岡（Lacan）式或克莉思蒂娃（Kristeva）式的精神分析讀作是詩人回歸前伊底帕斯鏡像期（mirror stage）或母子共生空間（chora）的完成。對服膺現代主義人文傳統的楊牧而言，詩歌的語言絕未受限於輓歌式（elegiac）的宿命，在其完成書寫使命的剎那，同時也暴陳了空無的無所不在[10]。楊牧的自然詩行以崇尚愛、美、同情、反抗的精神，取象於蒼鷹、亢龍，扣擊、觸發太虛幻象，讓它映現人文思維和宇宙之慾，他追求存有，揚棄非人性的玄思。〈俯視〉間接地表達了詩人對成詩前後流行在臺灣論述場域裡道家美學虛靜觀的疑慮，對新興的自然寫作主張以物觀物，貶抑人文想像，也提出了諧擬式的反詰。哈佛大學詩學教授Helen Vendler說大多數風景詩或地域詩其實書寫的仍然是詩心的運馭與詩人的情思（Vendler 249）。就這點而言，寫〈俯視〉的楊牧與她所見略同。

　　楊牧以再現原初作為詩藝登峰造極的象徵標尺，反映的正是詩人從邊緣逼向中心的壯志與自信；對邊緣的體悟，不只是花蓮相對於臺北的地理位置，更是置身世界文壇網絡中，臺灣文學相對於大陸文學的歷史定位。從耶魯大學教授布洛姆（Harold Bloom）所倡影響詩學的角度加以解析，潛伏在這種壯志與自信的背後，其實是一種自覺後生（belatedness）的焦慮，只是被詩人成功轉化為「後來居上」的喜悅。以美國詩人為例，相對於歐陸詩人，他們最典型的創作焦慮並非如何繼踵前驅詩人，而是如何另闢蹊徑，揮灑統攝萬有的涵渾洞見，探入詩歌想像的本源，藉標舉原創性以超越「後生」的宿命（Bloom 52）。在〈俯視〉中，楊牧以習自古典的神話構思再現原初，實現追越古典的企圖，象徵性地為自己與臺灣現代詩壇奪得了先聲，挑戰了大陸文學的中心地位。

9 參閱下引論述："'Loving perception' presupposes and maintain difference—a distinction between the self and other, between human and at least some nonhumans—in such a way that perception of the other as other is an expression of love for one who/which is recognized at the outset as independent, dissimilar, different." 摘自 Karen J. Warren, "The Power and the Promise of Ecological Feminism"，收錄於 Karen J. Warren ed. *Ecological Feminist Philosophies*, 29。

10 參閱 Jonathan Holden 在其論著 *Style and Authenticity in Postmodern Poetry*, 159 中比較 Wordsworth 和後現代風景詩人 Richard Hugo 的語言觀所作的精闢分析："If we turn to the Wordsworth passage, on the other hand, we see that a strict *Lacanian* interpretation does not comfortably apply to Wordsworth. Whereas in the Hugo poem we see language used in a compensatory way, to fill an endless absence, while the poet himself remains immobilized by grief and need, in the Wordsworth passage the poet's vision of the lost, feminine world of nature is triggered first by action and only secondarily by language. Thus Lacan's belief that all language is inherently, to borrow Hass's term, 'elegy,' accurately describes the Hugo poem but not the Wordsworth."。

2-3 他們、我們、你們交錯的凝視：陳黎〈太魯閣．一九八九〉中的歷史銘刻

一九八九年，臺灣政治解嚴的那年，陳黎，公認花蓮中生代最傑出的詩人，楊牧的接力者，在〈俯視〉發表六年之後，完成了〈太魯閣．一九八九〉。同樣書寫立霧溪，陳黎當然吸收了〈俯視〉的影響[11]，且不避諱暴露繼踵先賢的痕跡，最顯著的例證是，和楊牧一樣的，他把季節也設定在春天，由詩首第一行明確表出：「在微雨的春寒裡思索你靜默的奧義」（〈俯視〉中顯示季節的詩行是「高處的草木由繁榮渡向枯槁／已舉向歲月再生的團圓」，以及「太陽透過薄寒照亮你踞臥之姿」）。春寒除了指向大地回春的序曲，楊牧的「燃燒的冷淡」在陳黎的詩中擴大為以冷靜的歷史思維去開啓鄉土認同的新世代。的確，不管是站在揉和鄉土與後現代的藝術觀點看[12]，或站在催生以臺灣為主體的後殖民國家認同看，楊牧〈俯視〉神話構思式的地景書寫無不留下許多的空白，召喚著陳黎以歷史銘刻的書寫方式加以填補，這位中生代的詩人找到了大展身手，可以與前輩詩人互別苗頭的落筆空間，於是便依循後現代多元文化主義注重再現邊緣他者的文本策略作為裁章、佈局的依據[13]，把〈俯視〉取典東西詩歌傳統融鑄成個人風格獨具的抒情詩，變奏為採擷自不同族群部落或社區的歷史見證，其中田野考掘的所得交織著詩人的史論與禪思，拼貼出後現代典型的重疊書寫（palimpsest）和眾聲喧嘩（heteroglossia）[14]。

11 一九九六年三月臺灣首屆總統民選，楊牧應國立中正大學之邀，返臺參與「臺灣文學與環境」系列演講，順便返鄉投票，陳黎寫〈歸來——給楊牧〉一詩詠其事，引楊牧在《疑神》中的自況，稱這位前輩為「一個無政府主義的花蓮詩人」。詩中第三段接著寫出：「那紅印泥的圈記／也許落在他夢中經常俯視的／立霧溪，也許落在闊別多年／欣然仰望的木瓜山上」，可見陳黎讀過〈俯視〉，並視之為楊牧抒寫鄉土認同的產物。

12 參閱奚密在〈本土詩學的建立：讀陳黎「島嶼邊緣」〉一文中對陳黎的評語：「我認為其原創性和深刻意義在於『本土＋前衛』此一理想的提出和實踐。前衛既表現在思維內涵也表現在藝術的層面上。首先，就思維內涵而言，雖然詩人標榜本土性，但是他對本土的理解並不侷限於某種特定的、短期的政治訴求，而試圖從長遠歷史的、文化的角度來表現對臺灣的關懷。在這個前提下，詩人強調尋根和多元。」關於後現代主義與後殖民論述在臺灣族群認同理論上的糾結，可參閱廖咸浩，〈合成人羅曼史——當代臺灣文化中後現代主義與民族主義的互動〉。

13 受到 Foucault 解構思想的影響，後現代歷史書寫揚棄霸權論述的宰制，以異質昭彰的多元小敘述取代過去獨尊一元的大敘述，前所未有的，社會邊緣人、殖民地／邊陲、弱勢族群／性別／階級的生存經驗成為史家注目的焦點，敘述的理路也不再依循首尾連貫的邏輯設定或單軌的因果推判，歷史書寫不可避免的虛構性也獲得反思。參閱 Linda Hutcheon 在 *The Politics of Postmodernism* 第三章 "Re-presenting the Past" 的解說。

14 Palimpsest 原指印刷術發明之前文本傳抄所使用的書寫材質，包括羊皮、絹帛、竹簡等等。由於材質昂貴，經常有抹拭原抄重疊書寫的現象。經過歲月的沉澱，原被抹拭的文本殘跡重新浮現，有些古籍的片段因此重現天日。後來在文學批評中，palimpsest 被引申為文本因不斷傳承、改寫而衍生多義，甚至成為「文本互涉」的相似詞；在考掘學上則指不同時期的文明遺跡在同一地理空間的疊積。對「眾聲喧嘩」在臺灣後現代詩中的表現，請參閱孟樊在《當代臺灣新詩理論》頁二五九所作的解釋：「眾聲喧嘩的意義，並不是在於本文中是否存在不同類型語言或話語，而是取決與不同語言之間的內在對話，我們甚至可以說，『眾聲』能夠『喧嘩』，是因為充滿內在對話的『雙聲帶語言』。臺灣後現代詩人的詩集最能呈現這種『眾聲喧嘩』的場面，亦即在他們的詩集中，你可以找到各種不同的語言，包括寫實主義的、現代主義的、後現代主義的、童話的、夢囈的、告解的、禱文的……語文的色調是萬紫千紅、絢爛繽紛。」在陳黎詩中指的是詩作裡納入了在現代派當道時因被視為有損詩的美學純質而遭排除在外的，諸如政治的、倫理的、歷史的、哲學的論說文字。

以下分析〈太魯閣．一九八九〉的裁章、佈局，並依序披露陳黎歷史銘刻的思維軌跡和文本策略。

這首詩全詩分六段，首尾兩段各以「我彷彿聽見生命對生命呼喊」複沓式的迴音前後呼應，這一詩行在首段描寫季節嬗遞的開端之後，點明再現「歷史」是詩人書寫太魯閣的主要目的，地理景觀則是歷史戲目演出的舞臺，甚至是無言的觀眾。如果楊牧在水和石頭的對話中所求索的是啓迪自己詩歌想像的繆思神采，陳黎關注的則是歷史的考掘，他在如雲似水的岩紋中找尋歷史遺跡最動人的隱喻：

我彷彿看見被時間扭轉、凝結的
歷史的激情
在褶皺曲折的岩面
在亂石崩疊的谷底
那紋路如雲似水
在無窮盡山與山的對視間
在無窮盡天與地的映照裡

同樣的詩行在末段出現，承接對大自然做禪意的解讀之後，讓歷史融入永恆，陳黎藉此把史識提升到宗教圓覺的超世視角，充分展現出自己出入史事、爬梳史料之間，進行神話想像與抽象思維的能力：

一如那低眉悲慈的菩薩，你也是
不言不語的觀世音
無緣、同體地觀看天開地闢，樹死蟲生
山水有音，日月無窮
我彷彿聽見生命對生命的呼喊
穿過空明的山色，水色
穿過永恆的回聲的洞穴
到達今夜

萬仞山壁如一粒沙平放心底

值得觀察的是楊牧求女神話的蒹葭伊人在陳黎的宗教圓覺裡被「不言不語的觀世音」取而代之。纏綿悱惻的小我抒情轉變為著眼「大我」的歷史襟抱，兩首言說策略互異的詩賦予立霧溪沿岸山水截然不同的情韻與玄理，顯示出在〈俯視〉和〈太魯閣．一九八九〉中，風景其實是文本用來建構言說權力的媒介，非其客觀觀照或再現的實然。

另一項值得觀察的是，後現代多元文化主義重視再現邊緣他者，包容差異、詭怪，陳黎挪借這原是外來的論述作為歷史銘刻的文本策略，卻在本土佛禪信仰中為它找到形上學的根據，當然，禪寺也的確是太魯閣天祥附近顯著的地景之一，而由寫景衍伸出哲理，本是中西山水詩中常見的筆法：

巖頂禪寺的梵唱
彷彿那反覆的波浪
彷彿你寬遠的存在
這低迴的誦唱何其單純又何其繁複啊
包容那幽渺的與廣大的
包容那苦惱的與喜悅的

包容奇突
包容殘缺
包容孤寂
包容仇恨

一首以歷史銘刻為目的的後現代詩首尾以季節的嬗遞和永恆的輪迴裏覆之，或許是詩人為了呈現自己除了具有入世史識之外，還具有超世圓覺的智慧，懂得運用超越時空的哲學參悟鑑照每一件具體的史事。不過，這樣挪借禪理作為多元包容的形上學根據，在洞見中卻暴露了隱藏的不見：對於太魯閣的原住民而言，禪寺象徵的畢竟仍是外來漢族的宗教神話，以其作為大自然涵容多元的精神符碼，仍不免洩露了詩人漢族本位的思維痕跡，讓讀者意識到這畢竟是一首漢語詩，雖然企圖為原住民代言。此外，用禪理作為統攝歷史流變的終極法則，以之取代帝國霸權的歷史論述，顯示詩人的後現代書寫猶仍擺脫不了依附於某種「大敘述」的形而上焦慮。

拋開陳黎的不見，讓我們集中精神注視他的洞見。〈太魯閣．一九八九〉中間的第二至第五段共四段是詩人多元文化歷史銘刻的具體實踐。每一段各有其要旨，第二段從時間的縱深寫起（你讓他們佇立在斷裂的崖邊／看滴水穿石／看逝者如斯夫不舍晝夜），由個人年少的成長史破題，轉入不同外來族群在太魯閣的殖民興替史（你讓紅毛的西班牙人到你的峽口採取砂金／你讓紅毛的荷蘭人到你的峽口採取砂金／你讓被滿州人驅逐過海的中國人到你的峽口採取砂金／你讓驅逐走滿州人的日本人到你的峽口採取砂金），以原住民太魯閣族在強權的侵略下終於失去家園作結，凸顯土地被異族殖民的歷史悲情，這是身為漢族的詩人挺身替原住民代言。第三段則渲染從大陸來的移民與太魯閣的兩種截然不同的關係，前半段寫榮民先以血肉之軀參與開拓東西橫貫公路，後以鋤頭墾拓梨山，他們是在太魯閣落地生根的新住民，所種植的果菜（加州李、高麗菜、二十世紀梨），像他們一樣都是外來種，移植到這異地，如同他們與異鄉的女子通婚，透過接枝、混血、繁殖，早已融入了這塊土地的生態景觀中。相對於他們的是同樣來自於大陸的政治獨裁者和藝術權貴，這些人雖然只是偶爾造訪，卻以其大中國意識將太魯閣殖民地化，挪借羅蘭・巴忒（Roland Barthes）的批判詞彙，他們用帝國主義的迷思（myth）抹拭掉了在地的歷史真實（history）[15]，讓太魯閣美麗的山水淪為以描摹大陸風景傳世不朽之畫作的擬象（simulacrum），雙重脫離真實，使其獨特的原貌完全失去展現的空間。對此詩人提出了鮮明的抗議：

他們在你的山壁上畫長江萬里圖
但你不是山水，不是山水畫裡的山水
從你額際懸下的不是李唐的萬壑松風圖
不是范寬的谿山行旅圖
對於那些坐著冷氣巴士遊覽你的人
你是美麗的風景
……
你不是帶走的、掛著的、展覽的風景
你是生活，你是生命
你是偉大眞實的存在

15 參閱 James S. Duncan and Nancy G. Duncan 的說明："Barthes uses history to mean historical reality as opposed to myth when he says that, if a signifier becomes empty and thus ready to be appropriated into a mythological system, it becomes impoverished and history evaporated."（"Ideology and Bliss" 20）。Barthes 的批判最早見於"The Blue Guide"，是一篇解構資本主義觀光產業編印的導覽地圖和手冊如何誤導人們觀景方式的名作。

在這一段所呈現的對比裡，毋庸置疑的，作為一個歷史的銘刻者，詩人品評新移民，是以其對土地的認同或疏離為判準，不把族群當作區辨、界分的純粹符碼。

在地的歷史真實既然被外來政權所湮沒，詩人進行歷史的銘刻所要從事的便應包括歷史真相的考掘，其中不只包括再現不同族群不同時期的生活面貌、文化成就，還包括自然生態的記錄，族群母語的保存與發揚，因此在緊接的第四段中，詩人用二十個「我尋找」羅列出自己認為後殖民歷史考掘所應努力的方向：

我尋找濃霧的黎明
我尋找第一隻飛過峽口的黑長尾雉
我尋找隙縫中互相窺視的木藍與大戟
我尋找高聲讚頌海與旭照的最初的舌頭
我尋找追逐鼯鼠的落日的紅膝蓋
我尋找跟隨溫度變換顏色的樹的月曆
我尋找風的部落
我尋找火的祭典

我尋找跟著彎弓響起的山豬的腳步聲
我尋找枕著洪水睡眠的夢的竹屋
我尋找建築術
我尋找航海學
我尋找披著喪服哭泣的星星
我尋找吊鉤般懸起血夜與峽谷的山月
我尋找以鐵索細綁自身，自千丈高崖垂下將自己與山一起炸開的手指
我尋找鑿壁的光
我尋找碰撞船首的頭顱
我尋找埋魂異鄉的心
我尋找一座吊橋，一條沒有鞋帶的歌也許是
我尋找回聲的洞穴，一群意義豐富的母音子音

值得一提的是，詩人隨即用後現代詩常見的塊狀拼貼，再現以泰雅族語命名的太魯閣國家公園區內諸多古地名，作為考掘成果的具體呈現，象徵性地還原了原住民對這個地理區域

曾經擁有的主權。然而，後殖民的歷史考掘必須靠主體覺醒的知識分子群策群力，絕非詩人個人私密的志業，於是在第五段中，我們讀到一群人「結伴行走於峽谷的山道」探查古道，深入山區聚落訪視老兵和原住民。為了凸顯參與的踴躍，詩人用不同的集體代名詞「他們」、「我們」、「你們」作為實踐行動的主詞，分章佈局之細膩可見一斑：

他們結伴行走於峽谷的山道
在樹林間、溪水邊等候的
也許是一群忽然湧出的獮猴
也許是兩間沒有主人的竹屋，靜立在
荒廢的耕地旁
在更遠的古道
……
我們繞過迴頭灣
行至九株老梅所在的吊橋
在日本警察駐在的地方，一個現代郵差

愉快地把郵件分投進不同的信箱裡
取走它們的也許是走兩小時路，過吊橋來的
蓮花池老兵
……
你們顛簸地走進黃昏的村落
一個強健的村中男孩興奮地跑過來迎接
矯捷的身影彷若五十年前他外祖父
追獵的山鹿
「爸爸已經燒好茶等你們了！」

而愈是深入考掘、探查，愈是發現這個地理區域佈滿了不同族群在不同的時期留下的痕跡，和詩人一樣的，凡是在這塊土地上居留過的都是歷史的銘刻者，地理空間作為歷史文本，以重疊書寫的方式不斷推移／堆遺著。在歷史銘刻的實踐中，當詩人的「我」透過越界認同的想像與無數他者的「我」交疊時，他彷彿取得了菩薩的「天眼」，整首詩自然而然結束在佛偈般的意象上：「萬仞山壁如一粒沙平放心底」。從事歷史銘刻的詩人期許自己以佛心為心，去再現「他們」、「我們」、「你們」交錯的凝視：眾生平等，常存我心。

為了更具體說明陳黎在〈太魯閣．一九八九〉中呈現多元族群觀點的後殖民書寫特色及其意義，且讓我在此介紹 W. J. T. Mitchell 一篇相當令人矚目的論文〈帝國風景〉（"Imperial Landscape"）。文中，Mitchell 教授討論了十九世紀 J. A. Gilfillan 繪作的《土著的作戰會議》（見附圖一）和 Augustus Earle 繪作的《遠眺群島環抱中的海灣》（見附圖二）。這兩幅以紐西蘭山水為背景的風景畫都嵌入了當地的土著毛利人，呈現的也都是他們與土地的關係。Gilfillan 的畫描繪的是土著不惜流血捍衛家園的同仇敵愾，Earle 描繪的是毛利人充當嚮導陪同歐洲旅人探勘地景的異文化接觸，表面上看起來附圖一似乎著眼於呈現土著的國族主體性，附圖二則反映土著瀕臨被殖民的身分，但是畫家如何挪借歐洲風景畫的繪畫成規，因襲或顛覆，以及土著觀點的植入與否，卻使這兩幅畫產生了完全相反的效果。比較之下，很容易覺察外來的族群替原住民代言可能落入的窠臼，以及

附圖一：J. A. Gilfillan《土著的作戰會議》

突破窠臼該有的省思。

根據 Mitchell 的評析，附圖一就繪畫風格而言，可謂典型的「橫的移植」，仿襲的是當時流行於歐洲的 Claude 風格[16]，觀賞 Gilfillan 的風景畫，西方觀畫者對這套繪畫成規完全照單全收，不必因為畫中風景取材自異域而做任何修正。最明顯的例子是 Gilfillan 雖然以橢圓形的空間構圖把群聚議事的土著植放在傳統用來呈現曲徑通幽（Serpentine "line of beauty"）效果的位置，讓他們成為觀畫者的注視焦點，其實更耐人尋味的是，在這橢圓形構圖的前方，亦即介於觀畫者與被觀看的土著之間，畫家擺設了兩具人形。這兩具人形與其他土著的造型不同，未曾出現在畫家的素描練習本上，因此不屬寫真性質。他們一躺一坐，分明是伴侶，女的袒胸斜倚，

附圖二：Augustus Earle《遠眺群島環抱中的海灣》

16 Claude Lorrain，十七世紀最受歡迎的法國風景畫家，風格影響至十九世紀仍未衰退。參閱 Kenneth Clark, *Landscape into Art*, 122-129。

男的披衣背向著她。作為這幅畫的前景，這兩具人形扮演了導引觀者視線的功能。「他們是為了歐洲的觀畫者而『設』的，明確地曉示毛利人觀物的方式與我們沒有兩樣，容或文化不同；而調諧於兩種相異文化之間的正是那具半裸的女體，這具女體襲自文藝復興繪畫中維納斯的造型，扮演著吸攝觀看者注意力的角色，散發出撩人的殖民地春宮畫色彩，象徵著當地的『自然』敞開了自己，對著帝國主義者獵視的目光裸裎相向，而她的男性伴侶則轉背置身度外。」（Mitchell 24）這樣的前景構圖產生的效果，使畫中的人和風景成為帝國主義者獵視下的客體，土著的觀點完全闕如。

另一幅 Earle 的繪作則剛好相反。它的畫風明顯抵制了當時歐洲風景畫的成規。出現在畫的右方那具直立的人形木雕，擺置在那裡，看似仿襲一般習慣在畫面右角佈設景緻作為旁襯的成規，實則這具人形木雕在毛利文化中具有特定的象徵意涵，它像圖騰一樣標示著所在的地域是受到禁忌保護的疆土；此外，置放在那裡，也呈現出土著的凝視正從畫中回睇觀畫者所在的空間，它區隔了毛利人不許外人進入的神聖地域和歐洲旅人及其土著隨扈勘查、行經的風景。植立在那裡，它的確代表著毛利人「組織或感知風景的另一套成規，不同於 Earle 作為一個獵捕風景的歐洲旅人向來所依循的成規」（Mitchell 26）。

此外，取代了傳統曲徑通幽的空間，Earle 在畫面上佈置了一弦月形的空間。在其中用浮雕似的效果嵌入了形體大小相同的土著與白種旅人。其中一位土著側身檢視禁區的環境，右手執木棍作防衛狀，另一位似為酋長的土著充當嚮導，與旅人一樣朝西流目觀覽，望向水天交接的地平線，新舊身分的轉換，像以背上的銃鎗替代木棍一樣的順理成章。這一弦月形空間呈現了兩種不同的視角，使畫中的風景同時浮懸著歐洲人眼中美麗的山水和毛利人禁忌的地域，兩種視界分庭抗禮，都是「懾人」的景象，激盪出觀景者複雜的情緒——懼怕、敬畏和讚嘆兼而有之。嚴格説來，Earle 並沒有，也無法呈現毛利人的視界，那是在畫框之外的，但他有效地在風景中植入了毛利人的注視。此外，Mitchell 特別指出，這幅畫作色彩的設計也極端耐人尋味。草綠和泥土的紅褐色澤、木頭和白骨的顏彩主控畫盤，彷彿右邊的人形木雕將它的顏色散播到整個風景裡為歐洲旅人的視界塗彩，成功地將帝國主義者的獵視給去中心化。Mitchell 在這幅畫中讀到了「兩種文化成規的接觸」，而觀畫的我們側身其間，感受到「自然並未被遺漏，只是它的呈現取決於某一地區、群體、或歷史時刻特定的需求，也受其觀物習慣或傳統經典對真理、樂趣、道德如何界定所影響。……Earle 親炙毛利文化以至於能夠體認他們的山水自然不只是被動的任人殖民的荒野，它所代表的是一種活潑的、蒼莽的生活方式，其中蘊含有屬於毛利人自己的帝國野心和土地與風景意識。」（Mitchell 27）

平心而論，倘若讓 Mitchell 閱讀陳黎的〈太魯閣．一九八九〉，當也能在詩中的歷史銘刻裡發現和 Earle 的畫作類似的企圖：呈現不同族群對這塊土地交錯的凝視，雖然仍以呈現漢人的本土化觀點為主；詩中那醒目的塊狀拼貼，再現原住民泰雅族的太魯閣古地名，發揮了與 Earle 畫作中那具人形木雕相同的作用，在風景中具體植入了原住民對土地的觀照及其版圖（territorialization）意識。而與 Earle 一樣的，陳黎並沒有，也無法呈現泰雅族的視景；他所銘刻的，與其說是歷史考掘的成果，不如說是歷史考掘正在進行的活動，因為重新書寫後殖民歷史的努力才剛開始，許多的史料猶待出土。此外，從後現代多元文化主義的立場進行後殖民的書寫，在挺身替原住民代言的同時，陳黎必定深切體認自己所從事的絕非一種對於原住民文化資產的竊占舉動（appropriation），他所關切的是再現「混雜」（hybridity or contamination）作為歷史的實然，把不同族群的觀點攏聚在一起，是為了替他們爭取平等的再現空間，而非表明自己掌握、壟斷了歷史全面的真相[17]？

2-4 神話構思＋歷史銘刻＝第三種可能

以自己生長的土地及其生態、人文與地理特色作為題材，進行地誌書寫，有否可能將神話構思與歷史銘刻兼容並蓄、交織成章？有沒有可能寫出一首詩像楊牧一樣透過神話構思承接古典，讓邊緣變成中心，同時又扣緊在地生態，以自然寫作的方式進行陳黎式的歷史銘刻？我在一九九二年獲得諾貝爾文學獎的英屬西印度群島詩人德瑞克・華爾寇（Derek Walcott）詩集中找到一首精彩的詩，具有上述雙重特色，特別在此譯介，供未來接力書寫立霧溪或本土地誌詩的作者多一重參考角度。這首題為〈海洋是一本歷史書〉（"The Sea Is History"）的詩，從後殖民的角度書寫加勒比海海域帝國主義的殖民史，兼及獨立建國後展開的歷史新頁，並依序以之類比於《聖經》舊約及新約對猶太民族史的神話詮釋。詩人用諧擬的方式，把自己國族的歷史，書寫在帝國神話史觀的隙縫裡，產生了深度的反諷效果，

17 Diana Brydon 對於加拿大白人作家大量挪借原住民神話以呈現後殖民多元文化視野，從解構主義的觀點給予正面肯定，參閱下引評析，應有助於我們了解陳黎越界替原住民代言等於解構了基本教義派的族群認同追求純質（authenticity）文化的迷思："Literature cannot be confused with social action. Nonetheless, these creole texts are also part of the post-colonial search for a way out of the impasse of the endless play of post-modernist difference that mirrors liberalism's cultural pluralism. These books, like the post-colonial criticism that seeks to understand them, are searching for a new globalism that is neither the old universalism nor the Disney simulacrum. This new globalism simultaneously asserts local independence and global interdependencies. It seeks a way to cooperate without cooption, a way to define differences that do not depend on myths of cultural purity or authenticity but that thrive on an interaction that 'contaminates' without homogenizing..."（"The White Inuit Speaks: Contamination as Literary Strategy", 141）。

也間接暴露了後殖民歷史書寫必須與帝國文化及其象徵系統角力拔河的困境[18]。以重疊書寫的方式折衷於神話構思和歷史銘刻之間，華爾寇犀利的批判筆鋒揭露了每一個殖民階段人性的貪婪所造成的歷史夢魘與生態浩劫，詩結束前更不忘以幽默的生態寓言對獨立後本土化民主政治生澀的運作加以詼諧的嘲弄。只是生澀歸生澀，卻是帝國神話式微之後，在地歷史自告奮勇的初試啼聲，詩人嘲弄的筆調背後其實蘊含著睿智、莊嚴的期許，比對鄉土一派天真浪漫的謳歌更具說服力。這首詩以巧妙的學舌挪借《聖經》的神話作為旁襯，本土歷史的再現隨著當地海洋景觀與生態的描寫次第展開，有用來調侃伊莉莎白一世的鱸魚、長滿藤壺令人聯想女性性器的海底洞穴（被詩人戲稱為當地大教堂，是真正值得介紹的文藝復興遺跡）、蒼蠅嗡嗡作響的民主殿堂、磨拳擦掌的毛毛蟲法官等等，自然生態躍然紙上，字裡行間散發著濃濃的鄉土之戀，誠為一首令人喝采的後殖民地誌詩，以土地認同為本，從海洋地理的角度閱讀族群的歷史，讓詩人在探入宿命悲情的底層之同時也掘發了昂揚、充沛的，與大自然同一脈搏的在地生命力：

> 到哪裡去尋找你們的碑碣、戰場和受難者？
> 何處典藏著你們族群的記憶？諸位先進

在那灰茫茫的圓穹之內。海洋。是海洋
把這些典藏起來。海洋是一本歷史書。

起初，揚波而起的是湧出的黑金石油
濃稠恰似混沌
接著，有如隧道盡頭的一道光

是十五世紀的那盞燈在一艘三桅帆船上
就這樣進入了創世記
接著哀號此起彼落
尿騷漸溢，呼天搶地：

這是出埃及記

18 參閱女性主義論述對女性書寫困境類似的分析："Women have a history of reading and writing in the interstices of masculine culture, moving between use of the dominant language or form of expression and specific versions of experience based on their marginality."（Kaplan 188）。

白骨銜接著白骨，以珊瑚焊合
七拼八湊的典章制度
用鯊魚的影子當作禱詞加以捍衛

這就是我們的約櫃
接著傳來撥弦的樂音
是陽光在海床上彈指撥弄

被擄到巴比倫後令人聞之泫然的琴瑟
當瑩白的錢貝困集成鐐銬
纏住溺水的婦人們

叫人思想起那只象牙的手鐲
出現在所羅門王歌中之歌的
海洋繼續翻閱空白的扉頁

尋找歷史
接著來了一群人眼睛重得像鉛錨
沉入海底，死無葬身之地

又來了盜寇屠殺牛群
烤焦的肋骨遺留在沙灘上如椰葉招展
接著口吐白沫，胃囊像隻狂犬的

海嘯把皇家港吞沒了

這是約伯記
然而到哪裡去尋找你們的文藝復興？

先生，都埋在海沙中了
就在那裡，越過珊瑚礁白浪滔滔的陸棚邊緣
我們的勇士葬身的地方

請戴上潛水鏡，讓我親自作你的嚮導
一切耐人尋味的都潛藏在水裡
讓我們穿過珊瑚礁的廊柱

越過海扇戈昔式的拱窗
造訪不可一世的鱸魚，她那琉璃般的眼珠
的溜的溜轉，渾身珠光寶氣，像煞禿了頭的女王

這一道道女陰似的洞穴長滿了藤壺
可比精心雕琢的石頭
是我們的大教堂

至於颶風來臨前這裡悶燒像火爐
且稱之爲蛾摩拉吧。白骨被風車碾碎
成了泥灰和麥粉

這是哀歌
僅僅是哀歌
不成其爲歷史

接著出現黏在旱河乾裂的唇角上像一口穢痰
那是一座座村落旁枯黃的蘆葦
蔓衍、集結成市鎮

黃昏的時候，蚊蚋大合唱
市鎮的上空，一幢幢教堂的尖塔
刺入上帝的脅下

當祂的兒子像落日西沉，曰：新約
隨後來了成群白種的修女擊著雙掌

爲潮汐的前進定節拍
說這是所謂的解放

普天同慶，四海騰歡
只是歡樂一下子煙消雲散了
像海的蕾絲花邊在太陽下曝曬成乾

但這還不是歷史
這只是信心
讓每一塊岩石分裂出去成立自己的國家

接著是蒼蠅的制憲咨議大會
白鷺鷥出任機要祕書
牛蛙鼓譟著要投票

螢火蟲推銷自己的眞知灼見
蝙蝠出任大使周遊列國
螳螂是穿卡其制服的警察

毛毛蟲法官抖擻毛毛
仔仔細細審閱每一樁案件
於是在蕨類植物陰黑的卷耳裡

在岩間鹹味十足的笑浪中
在退潮後形成的水潭裡，有一道聲音迴盪
像謠詠卻無人回應

說屬於歷史的，才眞正開始

2-5 結語：閱讀地誌書寫＝閱讀地圖

其實，閱讀地誌書寫等於閱讀地圖。楊牧〈俯視〉中的神話構思是詩人為自己的詩歌想像繪製地圖，你在這首詩中讀到的是一位現代派詩人的詩思馳騁於外在自然與內在多重文本間折衝、會通的行旅圖。陳黎〈太魯閣・一九八九〉中的歷史銘刻是詩人揉合後現代的多元文化主義和後殖民的鄉土認同替太魯閣繪製的新地圖，他深切體認到自己銘刻其上的絕非一透明的、沒有爭議的空間，地誌書寫的活動背後隱藏著權力的建構與抵制，書寫的角度絕對受到書寫者主體位置、政治立場和認知情境的影響，呈映出的不是該一地理空間的真實原貌，而是自己雖然多重卻仍難免片面的繪圖策略。因此，閱讀地圖時，我們要運馭靈活的想像，包括用身體的官覺去感受地圖背後真實的風景和人文的脈動，同時充分體認其中不可避免糾纏著意識型態和權力論述的運作痕跡，當你閱讀帝國主義繪製的地圖時，更要心存警惕，不要讓其擴張疆土或一統江山的版圖迷思抹拭了每個地域的在地真實（Blunt 14-19）。以下引碧許生平發表的第一首詩〈地圖〉（"The Map"），寫於她大學時代，充分展現出早慧的女詩人閱讀地圖時發揮的官覺想像，對製輿成規機敏的反思，以及揚棄帝國史觀，完全去中心的空間認知，值得大家借鏡：

陸塊躺在水裡，抹上了一層陰翳的綠。
影子，是影子嗎？在陸塊的邊緣
意味著長長的潮間帶有海草漂流浮懸
漂向純淨的青藍，從鬱鬱的蒽綠。
能說陸塊倚下身來從腋窩把海舉起來，
把未受驚擾的海拉起來環抱自己嗎？
沿著佈滿細沙的淺土色地棚邊涯
陸塊是否從下方探入海柔軟的軀懷？

紐芬蘭的影子靜靜平躺著。
拉普列陀一片黃，許是恍神終日的愛斯基摩人
爲它塗上了顏彩。這裡的海灣婀娜可以撫摸，
隔著一層玻璃彷彿隨人歡喜就要綻開如花，
又彷彿替隱而不見的魚族提供了一口澄淨的水箱。
靠海的小鎮一個個名字奔竄到海裡去，

城市的名字則越過了鄰近的山巔
——印製這張地圖的人在此經歷到了同樣的悸動
湧溢的情感遠遠超過激起情感的緣由。
這裡的半島把水捏在拇指和食指間搓揉
像女人觸感著一匹匹布料要辨覺它細不細軟。

地圖上的水域比陸塊沉斂儒雅，
默默把自己起浪的型態熨貼地付予陸塊：
挪威這頭野兔子向南疾奔如受驚駭，
側身探索著大海，在水陸交接之涯。
——什麼顏色最適合家鄉的水域，最能彰顯它的特色？
是編派的，還是每個國家可以挑選自己的顏彩？
製輿學從不偏私；北方和西方等近無差。
比歷史學家更細膩的是製輿者的設色。

楊牧作品中的海洋意象

環顧四面都是海水。放眼望去，太陽系無邊無際燦爛的星空，啊宇宙，我們只擁
有一個島！

——〈疑神〉，一九九三

美與其淪爲具象之姿
還不如永遠停留在
大宇宙抽象的
意識裡。假如我們
觀察時間於流水
我們觀察的可能不是

時間，而是無心的
流水

——〈微悟〉，一九七八

臺灣是海島，在眾多臺灣詩人中，一再以海洋意象標識地理自覺，並以之呈現內在風景，轉喻人格取向，生死愛慾與藝術創造、歷史的興替與時間的輪迴等，詩人楊牧可謂風格獨具，成績斐然[19]。本文擬以局部剪影方式，依上述分類，約略勾勒楊牧作品中的海洋

19 根據陳昭瑛選注之《臺灣詩選注》（臺北：正中，一九九六）頁九八，清道光年間，福建人劉家謀曾於訪臺擔任臺灣府學教諭四年期間，著《海音詩》一卷，反映臺灣風土民情。劉氏於首篇自註云：「壬子夏秋之間，臥病連月，不出戶庭，海吼時來，助以颱颶，鬱勃號怒，壹似有不得已者。伏枕狂吟，尋聲響答韻之，曰：《海音》。」是早期臺灣詩史中海濤觸動詩思有趣的例子之一。光復之後，五十年代，覃子豪曾以海洋詩人著稱詩壇，或以其有詩集名曰《海洋詩抄》者。楊牧於一九七五年覃子豪逝世十一年餘時，曾為文〈覃子豪紀念〉緬懷自己出道初期與這位詩壇前輩的交遊，並且評介他以花蓮一帶海景起興的若干詩作，見《柏克萊精神》頁一二一－一三六。羅門的〈觀海〉則為六十年代臺灣現代詩中的海洋名篇之一，詩人藉描寫海景呈現自己的詩觀，評論見陳寧貴〈羅門如何「觀海」〉，收錄於張漢良等編《門羅天下》（臺北：文史哲，一九九一）頁一八一－一八九。余光中於七十年代亦有〈望海〉一詩，見《夢與地理》（臺北：洪範，一九九〇）頁二七－二八。近年出版的詩集中亦不乏寓喻多重的海洋意象，例如海軍將領兼詩人汪啓疆的《海上的狩獵季節》（臺北：九歌，一九九五）及花蓮詩人陳黎的《親密書》（臺北：書林，一九九二），其中尤以〈海邊濤聲〉最是耐人尋味，歌詠不安年代的夫妻之愛，悱惻動人。若欲參酌西方詩人使用海洋意象的表現，可讀 Anna-Teresa Tymieniecka ed.，*Poetics of the Elements In the Human Condition: The Sea*（Boston: D. Reidel, 1985）。

意象，藉以觀察這位重要的臺籍詩人如何體認生活周遭的地理生態，同時透過剖析其作品中海洋意象多重隱喻的生發與變衍，一窺楊牧的詩藝曲致與精神嚮往。大體而言，本文的撰述雖然採用傳統主題研究的模式，在詮釋作品時卻已斟酌了晚近與所涉論題有關的文學理論，諸如地誌詩學（topographical poetry）、性別詩學（gender and poetics），和多元族群文化論述，將之融會貫通，以多重文學研究的視角對楊牧的作品進行剖析。

3-1 地理自覺：每一片波浪都從花蓮開始

楊牧（一九四〇年生）生涯大半在太平洋濱的花蓮與西雅圖度過。無論文筆或詩筆，落筆處經常詠頌這兩座城市的海洋風光。

先從他的青少年時期說起。

花蓮位踞臺島東隅，西傍崇山峻嶺，東望立霧溪湍溪入海處，泅瀾壯闊，因以得名。詩人楊牧生長於斯，從小觀山望海，濤聲盈耳，想像力受到啓迪乙乙萌生，青少年期即解透過大自然的形色聲籟，悠遊搜索於有無之間，也曾嘗試駕馭文字捕捉意象發掘隱喻，容或指涉隱晦，飄忽間依稀描摹了田園山川的生態景緻，並讓吐納其間蘊藉紛紜的私密情思附麗成詩，譬如：

蛇的戀愛和蒼白，
藤蘿的叫喚，和沙灘的夢。
則我去了，那是錯誤，大的針葉林呀！

——〈大的針葉林〉，一九五七

你睡去，是大海
藻和水族是你悠遠的姿態

——〈蝴蝶結〉，一九五八

鳳尾草從我袴下長到肩頭了
　不爲甚麼地掩住我
說淙淙的水聲是一項難遣的記憶
我只能讓它寫在駐足的雲朵上了

——〈水之湄〉，一九五八

詩人甚至以海為背景練習作戲劇性短詩如〈港的苦悶〉與〈海市〉。

如果說海本是一切生命之所源自，在詩人不惑之年的追憶裡，花蓮的海更彷彿是孕育自己詩歌生命的母親，詩人自述從潮音——迴盪天地間永恆的聲籟——習得精神與自然交遊的語言，騁之出入超以象外的世界。《山風海雨》，一部一九八七年出版的普魯斯特（Proust）式回憶錄，以細膩的筆調對詩人的海洋淵源作了如下的追認，正因具有想像擬構的後設色彩，更見其為詩人深度自覺之省識[20]。

其一：

> 太陽應當才從海面升起不久，……海面必定也湧著千萬種波光，……平常的夜裡我時常聽見低低的持續湧動的水聲，我問那是甚麼；母親說：「那是大海，太平洋。」

其二：

> 在那個年代，幼稚而好奇，空間所賦予我的似乎只是巍峨與浩瀚，山是堅強的守

護神，海是幻想的起點。

其三：

夜裡我躺在覆著蚊帳的榻榻米上，聽海潮的聲音嘩然來去，很細微卻又彷彿猛烈地流過我的胸膛，很溫柔，帶著一種永恆的力量，絕對不會止息的，持續地嘩然來去。我聽著那聲音，一遍又一遍來去，巨幅的同心圓——我就靠著枕頭躺下，作爲那不可計數的圓圈的中心，精神向外逸走，在無限的空間裡湧動，向外界延伸，直到最不可思議的抽象世界裡，似乎還縹緲地搖著，閃動著，乃沉沉睡去——睡在大海的溫柔裡。

其四：

20 參閱 Walter Benjamin 對 Proust 追憶方式的解説，*Illuminations*. trans. Harry Zohn（New York: Schocken, 1969），202. Benjamin 認為 Proust 所陳述的往事未必真的發生過，即使發生過，當時的體會也未必如所述，然而，Proust 憑藉日後的領悟，窮想像之力，透過回憶再造過去，與遺忘角力，未嘗不是一種更逼近真實的認知，所謂真實原係想像的建構。

山的顏色和海的聲音——這些在我心神中央，我這樣想像著，其實是觀察著諦聽著，並且似乎還能從現象出發，掌握一些更深的線索——那些沉在精神內部的因素，在我覺悟的時刻，忽然湧動，產生無限光彩。起初只是繽紛的顏色和抑揚的聲音，繼則彷彿可以蔚爲虹霓，構成完美的樂章。

一九六四年，詩人負笈北美愛荷華，偶爾異鄉風景觸動了詩興，花蓮的山色海音便也隨之在記憶裡湧動。一次秋旅驅車東下芝加哥，過野狼河，孤寂蠻荒的情調令他憶起「孩提時期憧憬的荒蠻，原始的風景，水波的譎幻」。在冬雪的靜謐中更聽見兒時熟悉的濤聲及被濤聲蕩漾的詩情：

我那時就說不出那種死寂的剎那到底是自然萬物的充實抑是自然萬物的空虛。我甚至不知道那種死寂到底應該是一種靜謐抑是另一種嘈雜——這正和小時候看海一樣。

你能夠說大海是喧嘩的嗎？即使你站在沙灘上，你聽見大海的喧嘩嗎？也許你甚麼也沒聽見，也許那隆隆的幻象只是你心靈的衝擊，也許是愛的呼喚，也許是憧憬的翻騰……

——〈山窗下〉

這應是詩人生命中第一次深刻體認故鄉的海對自己的想像力所造成的衝擊，也是日後追認之所本。人總是離家千里才認識自己的家鄉，對詩人楊牧，該也如此。

一九七四年，邁入壯年的詩人輾轉定居任教於太平洋濱的西雅圖，博洽東西古典之餘，繼續戮力耕耘肇自年少的新詩創作志業，始終意識清明，以〈瓶中稿〉一詩，宣示自己作為臺灣詩人身在海外、心存海內的雙重定位。他必須說服自己和臺灣島上的讀者：橫亙兩岸的太平洋海域，浩瀚無垠說的不是空間的阻隔，說的是臺灣詩歌地理版圖的擴張，「因為是有一個更大的宇宙」[21]；而羈旅他不是自我放逐，是為了以冥搜六合砥礪常新的詩藝實行更壯麗的介入。有了這樣的體悟，落寞的鄉愁頃刻化作排山倒海的的豪氣，像海嘯撼動鄉關，讓天地動容：

21《山風海雨》（臺北：洪範，一九八七），頁一六九。

不知道一片波浪
湧向無人的此岸，這時
我應該決定做甚麼最好？
也許還是做他波浪
忽然翻身，一時迴流
介入寧靜的海
溢上花蓮的
沙灘

然則，當我涉足入海
輕微的質量不滅，水位漲高
彼岸的沙灘當更溼了一截
當我繼續前行，甚至淹沒於
無人的此岸七尺以西
不知道六月的花蓮啊花蓮

是否又謠傳海嘯？

值得注意的是，前此一章，在暫時的失意中面向大海，對著家鄉傾心吐意，緬然懷歸，詩人刻意使用童稚的語言，宛若回到年少歲月[22]，那時曾經許諾，要將周遭草木蟲魚各樣生物用詩一一指認。異鄉人的未來在那裡呢？在對過往誓言的重新確定，原來，只要詩的意志持之以恆，此岸即是彼岸。

如果我靜坐聽潮
觀察每一片波浪的形狀
並爲自己的未來寫生
像左手邊這一片小的
莫非是蜉生的魚苗？
像那一片姿態適中的
大概是海草，像遠處

22 「人過三十……那是一種尋覓摸索的心情，……略帶十五、六歲時之跡象」，見《瓶中稿》自序。

那一片大的，也許是飛魚
奔火於夏天的夜晚

往後二十餘年，雖曾短暫回歸臺灣或客寓香港，作者潛居西雅圖作詩無數，盡情以北西北的山海物色為象徵，及於星象岩層風雪節氣，以之交織小我情思，建構探索「心的傳奇」「血的傳奇」以及「宇宙之慾」的寓言世界[23]，心喜被稱為「來自花蓮的詩人」。其間，兒子常名於一九八〇年出生，詩人以〈出發〉十四行詩十四首賀之，其中第十首以黑潮貫穿大洋的意象再次宣示對島嶼原鄉的認同，更且隱喻自己涵容一切的詩歌生命早已跨越涯岸界分：

遲遲的夏陽在蘋果林外
渲染歲月連綿，風從山谷
從鮭魚的家鄉吹來，擁向
大海，濃厚的針葉林的氣味
我們將爲你說明，一般的

洋流方向，廣闊洶湧的姿勢
亙古而然——歸向一條抽象
威猛的子午線，由北極以北
垂直向南切入企鵝的冰山
你將飛越這永恆的抽象和威猛
感受，且旋轉尋覓親切的
北回歸，西東不斷的走向
在上升的氣溫和溼度中，蔥蘢
快綠，平生最美麗的島嶼

從翻身迴流的小波浪恢宏為壯闊的洋流，在黑潮洶湧的海岸尋到歇息生聚的地方，詩人已不復六年前初到西雅圖時的悵惘與悽惶了。在詩的想像國度裡北西北的海域屬於他，正如花蓮的海域屬於他。

23 詩人用語，分別見於〈海岸七疊〉和〈昨天的雪的歌〉。

一九八八年，《山風海雨》出版次年，緊接著體會記憶寫就「刻意為自己童年以及一段臺灣歷史創作的一本書」之後[24]，詩人繼以一篇梭羅式的散文〈去夏在一海島的小木屋〉[25]，用靜觀自得的賦體客觀描摹西雅圖附近一處夏日的海景，從午後的漲潮寫到隔晨的退潮，乍看之下，純粹寫景。寫潮水漲時，波光變化、水禽影跡躍然紙上，在物我交融的境界裡，正因詩人的心神完全充塞在那段特定的時空中，時空的涯岸界分反而消失於無形，童年相似的經驗複沓再現，夕暮中滿滿的潮水不再只是眼前景色的客觀描寫，更衍生為詩人心神的象徵[26]：

> 太陽接近最遠那小島，灰紅，深藍，青紫。太陽正以它剩餘的所有的熱力蒸發著這廣大的水澳，並肆意在那小島高丘上下調色，青紫，黯紅，棕黃，靛藍，於焉重複爲灰紅深藍，終於那最後一點強光也沉沒島後，黑暗迅速聚攏，涼風順勢湧到，滿滿的潮水往回起落，而水禽眞的失去了蹤影；滿滿的潮水已經淹過四處，淹過大半分散的巨岩，正漲到我足趾底下，以傳自古昔的耽美之聲，如童年，毫不猶豫，毫不靦腆。

象徵的意涵一旦浮現，隨著行文的推展，讀者被引導不再只索讀寫景於退潮後的沙灘景緻，相對於淹沒時空界分的漲潮，落潮所暴陳的正是時間無情的軌跡與隨之而來的死亡的必然——一切的生物都宿命地生存在歷史的囚房裡，島上的原始林依從物競天擇與新陳代謝的原理，代與代間相互競爭成長的空間，這幅生態景觀正是人文社會的寫照，生存其間，人只能順應自然，無可如何，甚至「無所謂憐憫了」。所以，林籟雖似海濤，卻含有另一道啓示，說的不是時間的複沓、永恆的承諾，說的是時間的斷裂差異，死亡為再生之必須：

> 只見一層又一層茂密的草木向四方擴大競生，那起伏的姿勢何嘗不如海潮？又見無窮盡的大樹幹，櫛比排列，撐起不可思議的穹廬，覆成陰綠和幽藍，偶爾一枝横倒，斜斜刺向金陽，好像歌聲裡斷落的音節，使我止步傾聽，然而不知道聽見了甚麼？似乎是一種讚頌，卻又不像古昔的承諾，縱使耽美如故，不免有些猶豫，瞿然。

24 何寄澎，〈永遠的搜索者：論楊牧散文的求變與求新〉，《臺大中文學報》第四期（一九九一），頁一四四。

25 收入《亭午之鷹》（臺北：洪範，一九九六），頁一〇五－一一八。

26 類似的時間循環的體悟亦見於〈霜夜作〉，參閱 Michelle Yeh（奚密），*Modern Chinese Poetry*（New Haven: Yale, 1991）109-112 對此詩環式結構的分析。奚密認為楊牧的自然詩，兼顧感官可捕捉到的細微具象，又能超以象外，冥搜抽象的精神啓示，與西方浪漫主義傳統有暗合之處。

潮漲潮落，詩人在西雅圖一處靜謐的海隅體悟到歷史的應許和陷阱：不同的時空可以凝聚於瞬間，讓人驚識永恆；在特定時空的一點上人卻又似乎無法從權力的網羅和因果的連鎖中脫逃。這篇散文出入於具象和抽象之間，從寫實臻入象徵，呈現了作者鮮明的地理自覺和歷史意識，雖然他同時也擅長屈賦遠遊式的遐想。

由於長期定居海外，楊牧表達本土自覺的文本藝術自然有異於一向居住臺灣的作家。他一方面透過地誌詩的創作，如〈熱蘭遮城〉（一九七五）、〈帶你回花蓮〉（一九七五）、〈高雄・一九七七〉（一九七七）、〈俯視・立霧溪〉（一九八四）、〈仰望・木瓜山〉（一九九五），落實自己對臺灣史地的獨到關注，另方面也先後出了三本介入臺灣社會臧否時事的短論合輯：《柏克萊精神》、《交流道》和《飛過火山》。其中收錄於《飛過火山》中的〈海外作家的本土性〉更毫不諱言身在海外心存海內其實就文學創作而言自有其優勢位置：

> 地理上遠離現實華人社會固然是海外，精神上遠離了理性人生的，更是一種海外現象。……文學不是資訊的改裝，更不是搶發新聞的風潮。完整的資訊不能保證你的小說優異，快速的抒情也並不表示你的詩必然是最能感動和啓發讀者的詩。

過濾，沉澱，醞釀，醱酵，其實正是文學創作的必要條件和技巧，何況距離往往可以促進客觀的靈視，以之和秉賦的主觀才具相平衡，正是文學產生的好條件。文學不悖離現實世界，可是文學不僅只爲了「反映現實」而已。反映現實是文學的任務之一，但文學還要批判現實，淨化心理，提升我們的精神層次，指出明天的道路。

人在海內或海外，就我個人的創作信念和現實關注而言，應該是沒有分別的。我所不斷鞭策於我自己的，是如何正確地掌握日常生活的特殊和一般文學奧義間之平衡，追求文學的現實功能和超越價值。我想以此信念和關注，以及方法，從事現代文學的創作，則本土性自當無可置疑，或者說它實在是一個不成其爲問題的問題。

（一九八五）

另一方面，雖然被譽為臺灣詩壇上最優秀的自然詩人之一，觀照外在景觀，絲絲入微，楊牧卻始終堅信創作的意志才是詩歌藝術的原動力，地理自覺在意志的驅使下，隨詩人的行腳，處處落實，不偈限於鄉土，不偈限於天涯。收納於《亭午之鷹》的〈紐約日記〉有一段文字恰是這項信念的表抒：

這是紐約隆冬入夜時分。我感覺好像經驗過同樣的位置和心情，當我完成一件工作的時候，靠在椅子上，忽然想起我正置身於一都市的心臟。彷彿在巴黎，或者在東京，或者在上海，陌生的眼神向黑暗裡的燈火追尋，無論多麼專心，用力，也不見得能夠找到甚麼，在現實世界裡，只體會到一些累積的印象，是蓄意去印證的，不是發現。而這時，無論人到了那裡，唯有當我面對一疊稿紙，將精神和感情那樣收攏凝聚起來時，思索著，感覺著，彷彿禁錮在一個冷漠寂寥的，無從辨認的空間一點，無論是紐約巴黎東京或上海，甚至茫然不知道那原來是臺北，即使在臺北，就在那抽象的空間一點，物我兩忘，我才能夠有效地工作。決定我們的意志和情緒的，決定我們的創造力的，已經不再是外界的風景和人事。高山，大海，明湖，森林固然不能左右我的格調，廟堂祭祀和政治號召又何嘗能夠決定我的思考層次？環繞著我們的外在因素錯綜複雜，而湧動於我們內心的，比那些更澎湃，浩瀚，而且好像永遠不會停止，激發出一種超越愛與恨的情緒，決定了我們創造的意志。

（一九八六）[27]

詩索根於鄉土，然而，詩又何嘗有國界？詩人之所以能夠成功地揉和了本土的與國際的地理自覺，或許與上述的體認有關。

3-2 人格的取向：你當如大海，如那浩浩瀚瀚的大海

海不只教導楊牧化具象為抽象的詩歌語言，更是他信賴的心靈導師。海的廣大是開闊心胸最好的榜樣，海的湛藍應許洗滌、包容、救贖的可能，海底世界充滿生機盎然的啓示。典型在夙昔，楊牧性情裡有崇仰人文古典的一面，所以他向歷史與傳奇擇取人格典範，

27 參閱美國詩論家 J. Hillis Miller 對 Wallace Stevens 海洋詩章 "The Idea of Order at Key West" 的解讀："The woman's song, it seems, is improvised. It is a free response to the place or even entirely detached from it, though it transforms the place. Stevens's poem too is constructed as a free meditation, following spontaneously the poet's lines of thought." *Topographics*（Stanford: Stanford UP, 1995）290。本節論述觀點的展開斟酌參考了 Miller 的地誌詩學理論，由於並非亦步亦趨以楊牧詩作印證 Miller 論點，所以，呼應細節不擬在此贅述。

以深富戲劇性的詩筆重塑了季札、林冲、吳鳳等古代人物。但更多時候，認同無政府主義，以「反抗／人間愚妄的法制和哲學體系／向激情的權威挑戰」自許的詩人，另外更奉守取法於自然的道德律，他挪借新古典主義戲劇美學的辭彙這樣勗勉自己的兒子：

你必將認知，通過一些喧囂
誇張的歌詠和頌讚，認知
人物和事件的舞臺；倘若可能
在歡呼聲中保持我們的沉默
用理性的心靈去觀察體會
逼視冗長，一再重複的戲劇
帶著不妥協的眼光，永遠永遠
卓絕地，堅持我們傳承的三一律
則你將認知，一切時間空間
和角色都必須和諧統一如神諭
事件的虛實可以辨別，根據

大自然，日月星辰和山岳河川
根據宇宙開闢的法則和秩序
除此以外，一切都不必容許

——〈出發〉，一九八〇

其實，在人格上師法自然本是古有明訓；由於在海邊長大，從海悟出做人的道理，對詩人而言卻也是自然而然的。他這樣描寫吳鳳渡海來臺，從臺灣的山林獲得的人格啓示：

飄洋過海，跋涉入山
我吳鳳，我才發現
我何幸能夠發現，原來
生命的堅毅和廣大
矗然如並起的山巒蒼翠
耀眼如浩瀚的海面閃光
在別人的啼哭和歡笑裡

生命潛沉發揮

——〈吳鳳成仁〉，一九七八

性不喜談玄說理的詩人在海的廣大裡看見的果然不是形而上的空無，而是包容一切、永恆常在的溫柔，這是戰後的花蓮海域留給他最深刻的印象：

花蓮也許並沒有改變太多，至少在表面上還沒有改變太多，回頭是碧綠廣闊的海水，向未知的世界伸展過去。海浪在沙灘外寧靜地拍打著，多情的姿勢，永恆的慰藉。

——《山風海雨》

所以，在情詩中，詩人喜歡以海自許：

跳過時間的淺瀨，進入安詳
我兩臂張開，這是你的大海

而你總帶著些淚痕——
七洋外的香客，空手自聖地回來
而我是唯一的等候者
懷著睡意，等候你
且來我髮叢中落宿；你是寂寞
而我是海，有著起伏的波浪
秋來時將在星光下載負你
我有廣闊的湛藍，候你

——〈秋霜〉，一九六二

——〈給寂寞〉，一九六四

同樣的意象，在詩人的婚前頌〈花蓮〉中，有了最淋漓的發揮，海取了詩人知己的形象，成為詩人理想自我的化身：

那窗外的濤聲和我年紀
彷彿，出生在戰爭前夕
日本人統治臺灣的末期
他和我一樣屬龍，而且
我們性情相近，保守著
彼此一些無關緊要的祕密
……

雖然他也屬龍，和我
一樣，他的心境廣闊
體會更深，比我更善於
節制變化的情緒和思想
下午他沉默地，在陽臺外
湧動，細心端詳著你
……

……他看你
因爲你是我們家鄉最美麗
最有美麗的新娘

現在是子夜，夜深如許
你在熟睡，他在欄外低語
他說：「你來，我有話
有話對你說。」我不忍心
離開睡眠中的你，轉側
傾聽他有情的聲音——
同我在戰後一起ㄅㄆㄇㄈ的
臺灣國語——黯黯地撫慰地
對一個忽然流淚的花蓮人說：

「你莫要傷感，」他說

「淚必須爲他人不要爲自己流」
海浪拍打多石礁的岸，如此
秋天總是如此。「你必須
和我一樣廣闊，體會更深：
戰爭未曾改變我們，所以
任何挫折都不許改變你」

在情感上經歷滄桑的詩人面對自己生命中第二次的婚盟，向所愛的人允諾最真實的自己，取信的憑據乃託象於自己精神世界的表率——故鄉那片經過戰爭的浩劫依然深廣如恆的大海。這首詩與寫於一九七四年的〈情詩〉有異曲同工之妙：

你問我屬於甚麼科
大概是楝科吧
臺灣米仔蘭，是
常綠喬木的一種，又叫

紅柴，土土的名字
樹皮剝落不好看
生長沿海雜木林中
也並沒有好聽的故事

木質還可以，供支柱
作船舵，也常用來作
木錘。憑良心講
眞是土

詩人使用拙樸的語言推許著自己的文化性格裡含有根深蒂固的本土氣質。同〈花蓮〉一樣，將小我的情思融入對本土的認同裡加以表達，愛情被提升到永恆鄉情的層次，更見其纏綿篤厚，天長地久。

自然的訓誨感化常新，而自然的生生不息更是道德宇宙的最佳導師。於世紀末的黑暗——政經霸權與委瑣小人當道，生態遭殃更且人心僵化而人文式微，詩人特以〈輓歌一百二十行〉發出沉慟的警示，透過自然中的貝類、蕨草、地鼠、隕石、鯨魚和一座血戰過後焦落的村莊鋪呈宇宙間各樣護持生機的表現，企圖為人性點燃重生的火花，其中結尾所描寫的鯨魚生態，讀來讓人聯想起《約伯記》末段上帝在旋風中以造物奇工啓示約伯，使他在苦難中重拾信心；不過，修辭雖有神似處，義理不必雷同，詩人畢竟是個近乎泛神論的自然主義者[28]：

是的，我們還遠遠不如
注定絕種的鯨魚——
我們安於思想和感情的
硬化，而鯨魚在夏天的
白令海峽高亢地
追逐交配繁殖，直到
水溫因太陽南移而降低
他們集結在北極圈外
開始向南方的水域旅行

在旅行中壯大；他們
停止於秋天的墨西哥灣
度過一個多傷亡的
冬季，期待著——
他們總有些期待，而
我們頹廢沮喪——春來時
相約在北回歸線上整隊
宿命地向北方
回歸，通過捕獵者的
火砲和標槍，以殘餘的
生命高亢地
追逐交配

28 這點待議，參閱楊牧以下這段文字：「對我而言，文學史裡最令人動容的主義，是浪漫主義。疑神，無神，泛神，有神。最後還是回到疑神。其實對我而言，有神和無神最難，泛神非不可能，但守住疑神的立場便是自由，不羈，公正，溫柔，善良。」見《疑神》（臺北：洪範，一九九三），頁一六八。

繁殖。壯麗的循環
偉大的意志維繫著
那壯麗的循環——
啊意志，在艱困
災難的宇宙中堅持：
黑暗的海底
……
……危險的
水域——或生或死
總是彌新的次序
昨日今夕
今夕明朝

大自然不只以不斷循環、繁孳的生機啓示人生命回春的道理，大自然中萬物競秀，多元共榮，人若虛心諦觀，必能習得疼惜他者的慈悲襟懷。忘我不只是人可從大自然獲得的美學經驗，也是人倫對待間同理心的起源，若能延伸到族群的包容，人間成為樂土，庶幾近矣。花蓮多元族群共處的社區經驗使楊牧比別人更早產生這樣的憧憬，寫於一九六三年的〈入山〉充分發揮了變易現實以幻境投射樂土的想像[29]，這首詩的奇妙在於它包含了雙重的易位遐想，詩人化身為高山族原住民青年幻想著山村變成了深海，想著想著，彷彿重現了族群原始的生存經驗：

還有深海的記憶？珊瑚，水族
若是一切湛藍皆可以盆栽
我們的村子必將更宜人了：
沿窗擺設十二盆盛夏
水果迅速地成熟，鳴禽歌唱
或也感覺，僅是一串串
浮升必將浮升的水泡
……

29 參閱楊牧對樂土想像與文學的關係所作的按評，見《文學知識》（臺北：洪範，一九八六），頁二三〇－二三一。

我是一匹海草
（還有些深海的……）
啊，我是洋流
我是黥面的勇士，啊勇士
若是爲了入山，腰繫紅巾
我再也不是守護秋收的族人了
潮音洗淨了暑意
而山風的喧呶
卻飄成一片海涼

在歷史的挫敗發生之前，高山族原住民原是海洋之子。以〈入山〉爲證，在楊牧詩歌藝術的萌芽期，詩人浸潤於山海所啓迪的浪漫情懷裡，已隱約體會到使歷史獲得救贖的契機似乎存在於某種想像力的驅使中，也就是習之於自然的同理心的發揮，讓人能包容差異，尊重差異，實現多元共榮的大同境界。

3-3 生死愛慾與藝術創造：你的誕生即是死

把這兩項主題並在一起討論，因為它們在楊牧詩歌中經常重疊出現，也是詩人使用海洋意象最見功力的地方，這裡只擬輕輕觸及，充分討論有待另撰他文。這部分也宜合參佛洛伊德的理論——所謂海洋神漾（oceanic feeling）反映的原是人所共有的回歸母體與萬物合而為一的潛在衝動[30]，以下分析雖未作亦步亦趨的比較研究，實已參酌佛氏觀點。

先說楊牧喜歡把女人和海聯想在一起，例如：

你睡去，是大海
藻和水族是你悠遠的姿態

深秋已進入鮭魚的夢境了
我根據你的口音和表情
想像一片夏天的海水

——〈蝴蝶結〉，一九五八

30 見 *Civilization and Its Discontents*, trans. James Strachey（New York: Norton, 1961）11-20。

青翠豐滿如溫暖的，隱忍
歲月的海水。風起的時候
嘩然以白浪的姿勢翻舞
湧上晚雲的沙灘：一顆星
竹外燦爛如紫貝

——〈盈盈草木疏〉，一九八〇

在〈巫山高〉中，他以女性祭巫的形象描寫西雅圖南邊的瑞年山（Mt. Rainier），說她：

以精誠和海洋溝通
日月星辰
冰雪雲雨
風

在《星圖》中，詩人更以海潮將女性的愛慾具象化，從b.2淡淡的素描開始：

> 貓頭鷹咕咕的叫聲……這樣不斷循環向前，如醒和睡的間隔，如悲歡離合，如月亮團圓，虧缺，如潮汐，如你成熟的女性已經就緒，充沛的，週期的經血。

逐漸加深渲染為b.3可感的旋律：

> 就用這個好看的姿勢睡去，把自己睡成豐腴的大地，花團簇錦，五穀茂盛，一個多產強健的女子，宇宙生命的母親。眼睛閉起來，睫毛也是涼涼的……，似乎聽得見海潮來去的旋律，在窗外牆外堤防外河口下面的沙灘。

到了g.5海濤已經和赤裸躺在沙丘上的女體同一脈動了。他用如詩的筆調將女人的軀體——點化成了一座沃腴、馨香的山林園子：潭水漣漪，山果墜落，紫丁香由深暈向淺白擴散……當以抽象逼近女性情慾的中心之後，筆鋒一轉，又回復具象，將女體腰腹以下細筆白描。然後，「她兩腿平伸，聽任海風和減弱的日光姿意撫弄」，海潮與樂器和聲。這是一具被「愛慾的夢」所充滿的女體，意象與主題為《年輪》中描繪北西北——鮭魚的夢鄉——的延伸。

的確，與西雅圖的因緣使詩人從鮭魚特殊的生態上找到陳述愛慾生死近乎神話的象徵，反覆在詩文中運用、引申，如在《瓶中稿》自序中以鮭魚自比，說自己對詩藝的追求原是生物性地奔赴生死交搏之必須：

> 血，或許因生物之特性，到底是冷的；鰓鰭俱全，也或許是因爲生物的本能，終於使我在潮水和礁岩之激盪交錯中，感知一條河流，聽到一種召喚，快樂地向我祖先奮鬥死滅的水域溯逆。奮鬥和死滅仍然是命運。

作於一九九一年收錄於《完整的寓言》的〈寓言三：鮭魚〉再次處理詩歌創作活動中近於愛慾追求中生死交搏的奧祕，可讀作詩人對自己詩藝特色的自我指涉；的確，自從〈北斗行〉（一九七四）以來，詩人經常結合天文、岩層和山海意象，更及於各樣草木鳥獸蟲魚，運駁超現實的想像，以之呈現自洪荒以來便流貫在天地萬物中的生死愛慾：

> 當河水刺激我的鰓
> 我抖索以調節體溫
> 轉動，滑泅，衝刺

快意吞食迷路的蝦和小魚
穿梭茁長抽高的蘆葦
並咬嚙這些髮茨——
屬於戀愛中的婦女
可能——斯地拉瓜米西
生和死的小門一闔一啓
無限的時間，玄妙的
源頭，肯定我靈視之眼
透過百代洪荒，過去現在
和未來的火塵
預見秋山在紅葉的擁抱裡

前此，收入《年輪》的〈北西北〉一章則利用鮭魚遊歷大洋奮勇奔回出生的河流交配、產卵、死亡的原始慾望，大膽處理、暴陳男女的情慾世界，其中最值得注意的是將雙性想像發揮到極致，深入描寫了陰性歡愉（feminine jouissance）或女體自愉（autoeroticism）的夢幻境界。時當七十年代初期，詩人在《年輪》後記裡提到〈北西北〉處理的是表裡差異的問題，雖未一語道破，有一部分大率指的是性別認同的流動可能。類似的主題在晚近的作品《星圖》更見擴延，其中t節更是臺灣當代文學中呈現女體自愉最美麗的辭章之一，與《完整的寓言》中的〈單人舞曲〉相映成趣：

你放縱肉體聽任它沉溺煙水茫茫，而在水草競生的喧嘩交響裡，七原色的花蕾陸續開放，以豎琴的單音，刺激你的肌膚，使你昏暈，耽迷於自我極致之美，四肢鬆弛，肩胛傾斜如祭壇前方的雕玉丹墍，背脊浮貼褥席，悄悄隨呼息起落，如湖水小浪，溫存地在仰天的雙乳頂點休止。

——《星圖．t》，一九九五

她的兩手擺動如魚之鰭
當海流溫度突變，她的
兩手放鬆，示意，就將速度也減低了
俄然衝刺，轉彎，以短尾划水

乃默默搖曳如凝立於大荒遠古的珊瑚
肢體呈赧紅色
骨節因純情而消滅
這肢體
原是
她
最好的
語言

——〈單人舞曲〉，一九八九

有趣的是，詩人也曾以海灘為背景書寫過少男以寫詩享受自戀樂趣的經驗，那便是一九七八年〈九辯〉的第一章[31]：

31 參閱女詩人朵思以夕陽墜海的意象刻劃女性情慾：「來信，每一顆端正鉛體字／都像從懸崖跌落山澗剔去肌膚的屍骨／風乾的深情／介於潔淨的山徑／與價值範定領域預設的陷阱之間／平靜海／多怕鍥入夕陽下墜的溫柔／超感覺的觸撫／讓山的、海的、門的、窗的、黃昏的、夜的……／魂魄／猝然騷動」（〈鍥入大海的溫柔〉收於《創世紀四十年詩選》，頁三四三）。

記憶的中心是落日一輪
眩惑如臍，準時
向大海沉沒

我在浪聲中
走向豐隆的小山
曾經柔情和嗔怒
獨騎的斥堠，穿越
山河歲月，茉莉和甜酒
等待單音的號角遽響
凝容聽海浪聲聲細微
爲太陽滑落的速度計時

爲落日計時，印證
七百顆昏迷的星辰

佈滿寂寂抽象的經緯
平靜的海面仰臥
一匹史前的水獸
豐碩而快樂

如果〈單人舞曲〉中的游魚書寫的是童貞女的自體愉悅，這首詩追憶的或許是詩人年少時沉緬在超現實的想像中回到太初世界的快樂，當然也因此投射中眼前獨居的中年詩人當下某種程度的自得其樂。落日如臍向大海沉沒以具象象徵時間回到太古之初，因為臍與海洋都喻指生命的源頭，而水獸則是詩人史前想像中的自我投射。這樣的解讀可證諸《方向歸零》中〈愛美與反抗〉一章的結尾，在此，詩人以類似的意象追記自己第一次的創造活動：

這時唯有創造的動力在推進。我聽見海水，在那過程中——我看見山林和浮雲的形象，在海的鏡子裡映照偉壯和窈窕。我繼續向前衝刺，用力逼迫一些意象，若有若無，⋯⋯強大的心力向一神奇陌生的方位集中，舉起，投射，刹那間黑網鏘然破裂，化爲碎帛片片，向宇宙洪荒流逝，我看見代之而興的是一組又一組輝煌

的星系，……這時我再度自我靈魂幽玄處聽見那訊息，準確不移的是愛，同情，
美，反抗，詩。

從上舉諸例看來，顯然，詩人多年來持續開發著揮灑著雙性想像。誠如浪漫主義詩人柯律治（Coleridge）所倡言的，偉大的詩人其心靈原是雙性兼美的[32]，建構「完整的寓言」的詩人本應兼具雙性想像，因為美沒有性別之分——楊牧在〈蛇的練習三種．蛇三〉（一九八八）作了這項美學宣言，背景仍取潮水澎湃的岸灘，以情慾之海本容許性別的隨機流動之故：

我這樣設想。枯坐
這星球向北傾斜的崖上聽潮水拍打亂石
我設想蛇之爲生物應該是雌雄同體的……
如天使。……
……

……
「美原是不斷的創制，典型
確定，避免乖離先祖的圖紋以及色彩等
原則。」然而美竟是
沒有性別之分的在這本爲插翼的
如今卻進化爲匍匐爬行的族類
在牠們的世界

……
一種淫巧豔麗瞬息間
沒有傳承約束，沒有紀律，沒有規範
來去無形無所忌諱如吹號角如歌唱的
天使，竟以雌雄同體以翅膀爲我們
深深敬畏，歡喜

32 參閱 Carolyn G. Heilbrun, *Toward a Recognition of Androgyny*（New York: Norton, 1982）xx。

所以在《星圖》的神話構思裡，他將自己一分為二，由A與S，男與女，展開對話，為了避免性別的僵化，有時S又變為男聲；同書中也刻意用「以男女同體的美姿聳起升高」狀容學府裡的大鐘塔。發揮雙性想像更具體的創作則如〈北斗行．天璣第三〉利用女體的子宮為象徵，揉和航海的隱喻，生動地再現陽性理陣（phallocentric discourse）與陰性想像（feminine imagination）之間的糾纏、拉扯，面對前者急欲擺脫前伊底帕斯期母子共生空間追求獨立自主的努力[33]，後者淡漠以對，甚至輕蔑不屑，簡直可以媲美美國女詩人H.D.發揚女性主義意識所寫的神話詩"*Eurydice*"，為方生方死無幽明分界歌頌肉體的塵土之慾發言[34]。當然，這個意象同時還喻指一首詩的誕生過程：

每一剎那生命的成長
都催促著人間的死亡
我面對一扇窗，揣測你
急於脫離的慾望，你埋怨
我是黑暗的沮洳。我
卜算你憤憤的脈搏

如剛出港塢的新船嚮往大海
我彷彿也不關心，面對一扇窗
窗外是一種和風麗日的欺凌
劇痛，昏暈，我矍然
放棄，用十萬條洶湧的血管
推開你。你的誕生即是死

另一個鮮明的例子是〈易十四行〉之一，詩人書寫陰道高潮，用澤中有雷的意象將它恢闊為宇宙生機之浩浩本源：

是誰心中愀然轉動，彷彿

33 Julia Kristeva 理論，Susan Stanford Friedman, "Creativity and Childbirth Metaphor: Gender Difference in Literary Discourse" in Robyn r. Warhol and Diane Price Herndl eds, *Feminisms: An Anthology of Literary Theory and Criticism*（New Brunswick: Rutgers UP, 1993）371-403。

34 Sandra M. Gilbert and Susan Gubar eds, *Literature by Women: The Traditions in English*, 2nd edition（New York: Norton, 1996）1412-1413。

埋伏的是電？洪流到此
注於無底——……
……
這裡是一切動靜的歸宿
千山萬壑的起源，宇宙
和我的脈搏同步操作
大鵬在鼓翼，鷦鷯搶飛
魚蝦朗聲排水，無限層次的
彩虹沛然交疊：澤中有雷

雙性想像的運用可視為詩人不斷搜索、實驗的另類詩歌藝術，藉之探觸越界想像的可能，或許也是作者有意進行的一種修辭演練吧？近似於陰性書寫（écriture féminine）[35]。

最後，需要一提的，被楊牧用來象徵他的詩歌藝術又以之比附海洋的生物，狼和鷹似乎比小蛇更能表呈詩人傾注心神所追求的藝術境界。狼「訴說暴力和美，和嚮往」——詩人那與生死愛慾同一脈搏的創作意志；鷹則示範自然與人文世界的交融、互通。相對於〈蛇的練習三種〉之於《完整的寓言》，〈狼〉可謂《有人》的詩藝宣言，在這首詩中，詩人透過立著的一匹壯麗的、婉約的狼——它所發出的狂嘯似海濤，「是風起自遠洋最深邃的水底」——來界定自己詩歌創作的追求方向。楊牧立意超拔於螻蟻們對世俗權位的競逐之外，也不急於參與夏蟬、蜂群、金蠅趨時附勢或拜金媚世的噪音大放送，他所要摹仿的是狼來自曠野的聲音——那又壯麗又婉約的大自然之聲：

很溫柔的聲音，又帶著殺伐的
意念，隨著時間循環的黃金律
正狂烈多情地霸占了我的心
割我以蒹葭之舞
掊我以水梨豐滿，復以
含苞千萬的映山紅戲弄我

35 「陰性書寫」的多重定義，中文讀者可參考《中外文學》第二四卷第一一期（一九九六年四月）中的兩篇論文：朱崇儀〈伊希迦黑與她的新文體：另一種（理論）書寫／實踐〉和蕭嫣嫣〈我書故我在——論西蘇的陰性書寫〉。

自七十年代中期起，由於政治的變革蓄勢待發，各樣意識型態競技於詩歌領域，導至詩風丕變，其中不免有少數人躁急地鼓脹革命或護國的高亢激情，為殺伐之音。因應統獨兩派中排他的、過激的喧噪，楊牧容或持有特定的政治立場，卻謹守知識分子獨立思辨的基本原則，始終秉持得之於心的藝術理念從事創作，並且以明確的措辭向詩壇進言：「我們的表達方式和著眼點在變化，但詩的精神意圖和文化目標，詩對藝術的超越性格之執著，以及它對現實是非的關懷，寓批判和規勸於文字指涉與聲韻跌宕之中，這一切，是不太可能隨政治局面或意識型態去改變的。」（《有人》後記，一九八六）文學要勇於介入歷史，為人間發揚公理和正義，楊牧亦作如是觀，〈狼〉指出了其中一條可行的途徑——回頭聆聽大自然多元的聲音，其中澎湃著一道强勁似原始生命的律動，訴說愛、美與反抗。

接續著〈狼〉（一九八四）之後，詩人又透過一隻在一九九二年邂逅於香港清水灣的鷹，進一步闡釋自己的詩歌理論，這回側重自然與人文世界的交感、互通。楊牧認為一首詩的誕生有賴於用心感應實存時空中具象的自然與人事，然後「無限提升，將具象固定在抽象層次上，賦予恆常的神論」，這個過程的完成，因文學世界有其自主秩序，猶需仰仗古典人文知識的詮釋發皇與推波助瀾才算克竟全功：

倘若說它以神以靈對我強制感應了，以它的力與美，我也可以說我的工作正是人情理性所能企及的一種極致，試圖以文字的鋪陳，安頓，將那短暫的感應長至無限，更想要把那鷹的實存恆化於我的篇幅結構，音韻，色彩，意象，比喻等等修辭和文法的架勢裡；同時我就發現，我所目擊的鷹，在它那絕對的背景狀況烘托之下，固然對我提供了許多不平凡的第一手資料，等於就是長年田野調查成績的總合，一凌厲，冷肅，繽紛，迷人的生物，卻又好像只給了我一些表相，是不足以充分支持起我的文章，我的工作的。我知道我需要甚麼。我需要古典創作的啓發，詮釋，註解，正如杜甫面對畫絹上的鷹一剎那就已通明雪亮，需要累積的文學知識來深化，廣化，問題化那工作；我更需要集中思想與感情，組織，磨礪，使之彰顯明快，庶幾能夠將那鷹定位在我的工作的前景。

這整個過程也即是一首詩之完成的過程。

（一九九六．一．六）

這一段摘引自《亭午之鷹》後記〈瑤光星散為鷹〉的文字，不只是楊牧窮四十餘年創作與治學功力洞見獨到的詩藝心得，其中，鷹的形象——力和美的極致，自然與精神的交契，人文傳統的賡續彌新——更是詩人詩歌生命的寫照。

3-4 結語：歷史的興替與時間的輪迴

作為一個島嶼型的移墾社會，臺灣四周的海域，風平浪靜時雖然常向男性詩人啓示永恆的母愛[36]，是供養與保護的允諾；然而，回顧歷史，這片海域也常因各種外族入侵或大陸霸權的潛在威脅而動盪不安。一九七八年秋，中美斷交前後楊牧寫〈從沙灘上回來〉，取歷史宏觀的角度，模擬古希臘悲劇中的守望者，甚至新約〈啓示錄〉先知的口吻，為這片海域的安危懷憂致哀：

暮色從沙灘上回來
夏天在石礁群中躲藏
在海洋中，夏天依然輕呼著
自己的名字。我不免思索

季節遞嬗的祕密，時間
停頓；歲月眞假的問題——
年代循環的創傷，而我
聽到伶人在雜沓上車
一些臨時演員在收拾道具：
歷史不容許血淚的故事重演
他們動人的戲必須告一段落
在天黑以前。這時我又聽到

36 參閱林梵的〈海的聯想〉，收於《失落的海》（臺北：環宇，一九七六）頁一〇五—一〇七：「夢裡／躺在藍藍的海波／海的搖籃／搖晃著／嬰兒無爭的寧靜／我有黑白／分明的眼珠／愛望著細心／呵護我的／姆媽微笑／伊的胸膛／是廣闊的海／伊的乳房／是我生命的暖流／伊的手／撫遍我每一寸的／山河／伊耐心的針線／一次又一次縫遍／我可愛的身軀／春夏秋冬／四季各有不同的／膚色／我那時是個／快樂的小孩／跌落時空／僕僕無邊的風／從此再也回不去了／只有不斷找尋／伊一般耐心的針／縫過我風霜／侵蝕的創痕／或者，溫暖的海／溶化我無盡的憂傷／啊，永恆的愛／美的高潮，死」。在這首詩中，海讓詩人聯想到母愛，是孕育詩人生命恆常不變的柔情。詩的最後一句往前推進一層，亦用海指涉生死愛慾與藝術美的追求。余光中的大中國情懷則讓他將臺灣四周的海域比喻為母體的洋（羊）水：「這島嶼，原是依戀的嬰孩／浸在母體包容的洋水／怎忍用一把無情的藍刀／切斷母體輸血的臍帶／切斷從前風浪過海峽／和母親一起東望的童年」（〈母與子〉，刊於一九九二年一月三日〈中華副刊〉）。

兵營裡一支黃昏的號角
遠遠地蓋過了不安的海潮

戰爭的悲劇不斷在歷史的舞臺上重演，隔著異代的時空觀看，一齣齣重覆的戲目好像季節的遞嬗與歲月的循環；然而活在歷史實境中的個人生命及一整個社會人群的禍福，從近距離觀看，往往卻是萬劫不復，一失落便回不到原點的。海潮不安，為歷史的險厄哀哭，詩人聽見了。

多識草木蟲魚鳥獸

訪楊牧談解識自然

受訪者：楊牧
訪問者：曾珍珍
訪談時間：二〇〇九年九月二十七日

初秋的臺北，街上的行人仍以著薄衫的居多。從楊牧家居的落地窗往外看，街心成蔭，臺灣欒樹的樹頂聳起一柱柱嫩黃猶摻青綠的花，其中少許，需得仔細端詳，才能察覺水潤的紅褐色正在柱底悄悄漫開。九月二十七日的秋意堪稱婉約，蕭索尚待登場，視界裡醞釀著一股季節幽微流轉的興味。詩人在他的書房接受我的訪談。這個下午，我們的話題將聚焦於他與草木蟲魚鳥獸的關係。我先以暑假在灣區谷歌總部旁一家電影院觀賞科幻片《第九禁區》（*District 9*）的感想作為開場白。楊牧說，關於這部影片，不久前他在《紐約時報》的影劇版曾讀到相關報導。我說片尾化身成異形（人＋獸＋機器合成體，或稱 cyborg）的社工員，讓我想起卡夫卡〈蛻變〉中那個一覺醒來變成彪形巨蟲的推銷員。〈蛻變〉寫得最好的部分，在我看來，是關於那條巨蟲攀爬在牆上，用它全新的身體和腳爪在密閉的房間裡感知、移動，冷靜地體認著蛻變成異質的存在狀態。書寫異形的卡夫卡彷彿在探索如何找到一種深具禪境的語言，描摹出人蟲合體的生存情境，我在其中讀到詩越界撩撥異質，嚮往進入渾同的企圖：icy fire（冷靜的焦灼）。閱讀卡夫卡、觀賞《第九禁區》，隨著故事中角色蛻變，進入 cyborg 存在的處境，尋找與人溝通的語言。前衛的肇端折回原始取徑，後人類的思維强調眾生平等，人類和其它的物種在地球上具有平等的生存權，同時也意謂著人對自身 cyborg 存在的初體驗。若把人的身體視為空間，在這個空間裡，人、自然與科技的界分早已雜糅不清。我使用以上半生不熟的語言為訪談暖場，詩人像個得道多年的長者，耐心聽我這從蟲的祕境還魂歸來的童子報告過境心得，會心不語。

曾珍珍教授（以下簡稱曾）：您最近的一本詩集以「介殼蟲」為名，而新結集出版的《奇萊後書》最後一輯回憶當年在柏克萊圖書館讀書，在麻州大學 Emily Dickinson 的家鄉 Amherst 教書的生涯，有兩篇文章分別以蜘蛛蠹魚，以及鼬題名。讀來，覺得蜘蛛和蠹魚不只是象徵，牠們是您在聚精治學之同時，敏銳體察到的與人文並存之自然。從鼬的體味感受到麻州春天特有的氣息，您的人文世界裡充滿俯拾即是的具象自然。草木蟲魚鳥獸從您年少創作的開端，一路與您如影隨行，能否說說隨著您創作藝術的成長，自然物象和您之間的關係有何演進或變化？

楊牧教授（以下簡稱楊）：先從閱讀心得說起。詩文裡的草木蟲魚鳥獸的確不只是象徵而已。《詩經》第一首開頭的「關關雎鳩」，宋儒注釋曰：「興也，先言他物。」意謂鳥鳴關關是自然界裡某種聲音的實體，不是象徵或比喻。但是，也有以鳥為象徵的，如史賓賽的《仙后》和屈原的〈離騷〉，就有托鳥為媒的修辭。前者以斑鳩為媒，成功地讓一對遭嫉離間的愛侶重修舊好；屈原以鴆為媒求佚女簡狄，鴆反而居中挑撥壞事。《西遊記》充滿幻奇想像，然而唐僧騎馬，而非駕龍，因為馬象徵任重道遠。有時馬作為一種旅行工具，是創作者想像出來的，可以是一種裝飾，如在英國中古騎士傳奇裡，Sir Gawain 騎馬進入黑森林，這樣的視覺意象就為敘事的背景增色不少。《詩經》常見以草木蟲魚鳥獸起興，以第二首〈葛覃〉為例，「葛之覃兮，施于中谷。」葛原是用來編草鞋的，依漢儒的解釋，在這首詩裡則是縫製衣服的布料。葛這種草本植物非常習見，原是一種 prosaic 已完成敘事情節的物色，屢於「賦」體的作用，即使不是用來起興在詩裡也產生了 poetic significance。詩人往往希望引導讀者一起參與想像的完成，運用自然界的物象是達到這預期最有效的方法之一。換句話說，起先，自然物象出現時是為了點綴背景，但一經轉化成象徵修辭，就生發出詩的蘊藉，譬如雪萊 “To a Skylark” 詩中的雲雀和濟慈 “Ode to a Nightingale” 中的夜鶯，牠們的啼聲成為詩人抒發情感的依托，指出詩人精神運作、嚮往的方向。夜鶯在濟慈的名篇裡，甚至還提供了詩人排比典故的空間。與夜鶯有關的典故，最著名的是希臘神話中 Philomela 的故事，濟慈別出心裁，取典於《聖經》舊約，說夜鶯的啼聲不朽，當年路得在麥田拾穗，動了鄉愁時，也曾聽見夜鶯的啼叫。

曾：您自己作品中的草木蟲魚鳥獸也因應謀篇成章的需要，有不同的修辭表現嗎？

楊：我曾經以「寓言」為題，採不同的修辭技巧寫石虎、黃雀、鮭魚。石虎是憑空想像，黃雀取典於曹植詩，鮭魚是西雅圖一帶名產。有位在西雅圖華盛頓大學德文系教書的朋友讀完我詩作的德文譯集之後，告訴我，他讀著讀著，有一種熟悉的感覺，後來發現，原來是因為他所熟悉的德國經典詩人歌德（Goethe）也喜歡以草木蟲魚鳥獸入詩。詩人寫生態，不必然出自眼見。我十六歲時寫的一首詩，詩中出現了鳳尾草，並不是我親眼見過的，當時也不知道鳳尾草就是《詩經・小雅・采薇》裡的薇草，屬蕨類。這麼說，意味著那首少作中鳳尾草的意象當時有可能以其它草木取代。它之出現，純屬想像創造出的偶然。但作品中有些植物是我真正看到了的，譬如我童年時在花蓮的家，院子裡種有柿子、龍眼、楊桃、柚子，甚至蓮花。對小時候的我而言，那真像人間樂園（earthly paradise）。樂園的想像讓我以為自己看見了滿池蓮藕繁生，其實家裡和院子裡的蓮花池按理不會有蓮藕。所以，文章中出現的蓮藕是我自己憑想像創造出來的象徵。古詩有「涉江採芙蓉」，是遊子思歸之作，注家說這「芙蓉」取的是諧音，即「丈夫的面容」，而梧桐後來常出現在詞曲中，也是取諧音「吾同」的緣故。所以，除了想像，諧音也會讓有些生態象徵出現在詩文中。不會創作，但精於注釋，也算有貢獻。

曾：您觀察自然，有什麼訣竅？

楊：以中山北路為例，我高中畢業時初到臺北，當時中山北路日本委託行林立，若只觀察到這個現象，卻未睜開眼睛看見沿街成蔭的樟樹下，有隻黑狗走過，那麼，我充其量不過是個 reporter。又譬如旅行到布拉格，人們只看見大教堂，但我們會特地去造訪卡夫卡的故居，這涉及到個人敏感度的問題。用心觀察和體會，處處皆自然。有時也會有巧遇，許多年前我曾寫過一首〈蛇的練習曲〉，詩中的小蛇，便是在 Puget Sound 的 Orcas Island 目擊的，偶然撞見的機緣觸發了寫作這首詩的靈感。此外，我的確從小愛看有關自然的書，對有關中古武士服飾的知識也同樣著迷。我寫〈鮭魚〉，憑藉的是讀書得來的生態知識，以及大量的想像；我不記得自己曾經參觀過任何導引鮭魚迴游的魚梯，像西雅圖 Ballard 水閘旁那樣的。無論讀書或觀察得來的生態知識，我所著眼的不是抽象的大自然，而是如何將其融通於人文價值。譬如我對含羞草的感受，絕對連結著多年前發生在香港科技大學野地上的一幕情景，當時奚密的兒子還是個小孩，被一叢叢小粉撲似的紅花吸引，然後發現一經他觸摸，花的葉子立刻閉合，這是他在加州從未見過的，他像發現新大陸一樣興奮。我總以為讀雪萊和華滋華斯的詩作，絕對不能錯過其中的在地性（local significance）。我寫〈池南荖溪〉，對於鯉魚潭附近特有的動植物生態特別留心過，有些知識是打從少年時期便開始累積的。

曾：從《時光命題》以來，生態意象大量出現在您的詩中，這與您一九九六年回歸故鄉花蓮有關嗎？

楊：五十多歲時回到花蓮參與東華大學的創辦，置身在野地生態繽紛多元的校園環境中，多少會有影響。譬如我有一首詩寫環頸雉，完全用自己的話，依自己的眼見寫。我把在草地上走動的環頸雉形容為一艘洋洋得意的炮艇，頗有童話風。類似的經驗讓我覺得詩果真是生態的命名。

曾：耶魯大學英文系教授 Harold Bloom 曾說偉大的詩歌讀來難懂有三個原因：第一種原因是博學用典的難懂，如 John Milton 和 Thomas Gray 的詩歌用語；第二種原因是認知的原創性，如 William Shakespeare 和 Emily Dickinson 的隱喻；第三種原因是獨創的神話象徵系統，如 W. B. Yeats 和 William Blake 的詩作。您的近年詩作被許多人認為是難懂的傑作，原因不出上述三端，然而出沒在您近年詩作中的生態意象有時流露出一種天真的童趣。可否舉一個您最得之於心的生態意象，談談您如何出入於藝術的絕藝與天真的童趣之間，悠遊自得？

楊：首先，我並不覺得自己的詩歌語言真的那麼難懂，至少我的詩行謹守中文句法規則，不刻意扭曲、造作。而且，讀者只要捕捉到我詩歌的音樂性，隨其牽引，多少能心領神會。此外，偉大的詩歌讀來難懂，其因不只 Bloom 所說的三端，還有四端或五端。Bloom 沒讀過中國古典文學，以為只有 Shakespeare 才夠格稱作人性的發明者（inventor of humanity）。其實，Shakespeare 寫不出荊軻這樣的角色。荊軻他勇敢落拓，學藝不精，殺狗、喝酒，卻能「壯士一去兮不復返」，為天下蒼生搏命刺秦。Shakespeare 也寫不出《後漢書》所刻劃的儒者：鄭玄一介儒生，若在一千八百年後的今天，不過是個留過學，任職於國稅局的小稅吏，卻孜孜不倦注釋《詩經》和三《禮》，甚至睡午覺還會夢見孔子持杖敲他腳脛叫醒他，「起，起。」Shakespeare 也寫不出李陵和蘇武這樣的悲劇英雄。再說，Bloom 為什麼不提 Gerard Manley Hopkins ？他的詩也夠難懂而偉大。至於天真的童趣，大概有吧，我把蒼蠅都寫進詩裡了。另外值得一提的，該是寫作〈介殼蟲〉的緣起吧。《介殼蟲》的後序裡有說明：幾年前，我任職於南港中研院文哲所，有天下午，附近的胡適小學剛放學不久，我在過馬路時看見有幾個學童在人行道上蹲下來，彎腰盯著一株生了病的蘇鐵鄰近的地面猛看。覺得好奇，我也跟著加入了他們的行列，彎腰細瞧，看見有一隻介殼蟲掉落在混凝土上。這一事件，讓我目擊了幾天前因關心院內蘇鐵病蟲害，翻書在圖片中看到的雌性蘇鐵白輪盾介殼蟲之實體；不僅如此，更讓我在好奇中彷彿重新找回了童心。原來，面對自然物象，人是可以恆常以天真率性的童心直觀的，我從小不就是這麼對生態種種感到興趣的嗎？童心的回返，這是個可喜的經驗。

第二篇

楊牧與西方

譯者楊牧

作爲知識分子，我們不能或忘的工作之一，不僅在於釐清局勢，更應研判積極介入的各種可能性，然後挺身實踐，或者稱許先賢如是壯舉、今人之蹈烈，或這或那，知識分子，斥堠者也。

Part of what we do as intellectuals is not only to define the situation, but also to discern the possibilities for active intervention, whether we then perform them ourselves or acknowledge them in others who have either gone before or are already at work, the intellectual as lookout.

——愛德華・薩依（Edward Said）37

每一個翻譯家也就是他本族裡的一位先知。

——約翰・沃爾夫岡・馮・歌德（Johann Wolfgang von Goethe）38

詩人是一種另類譯者，把尋常的話語，以情感點化之，譯成「神的語言」，他凝聚心神所致力的，與其說是爲自己的理念尋找表達的文字，不如說是爲自己的文字窮搜理念，以及極致的律動。

The poet is a peculiar type of translator, who translates ordinary speech, modified by emotion, into "language of the god," and his inner labor consists less of seeking words for his ideas than of seeking ideas for his words and paramount rhythms.

——保羅．梵樂希（Paul Valéry）[39]

另闢蹊徑：對於心靈共相的宗教式追尋被知性的好奇取而代之，轉而致力於發掘

37 摘自 Edward Said, "The Public Role of Writers and Intellectuals," in Sandra Bermann and Michael Wood ed., *Nation, Language, and the Ethics of Translation*（Princeton, N.J.: Princeton University Press, 2005）。

38 摘自 J. W. von Goethe, *Schriften zu Kunst und Literatur*, band 12, 353，參考錢鍾書，〈林紓的翻譯〉，《七綴集》（臺北：書林，一九九〇），註六七。

39 摘自 "Variations on the Eclogues"（Denise Folliot 英譯），收錄於 Rainer Schulte and John Biguenet ed., *Theories of Translation: An Anthology of Essays from Dryden to Derrida*, 118。

同樣放諸四海皆準的差異。他方殊俗不再是例外，而是常態。這一觀念的轉移既矛盾又具啓發性。野蠻人意味著文明人的懷舊翻版，是他的另我，失去的另一半。這一轉移隨之反映在翻譯的趨向上：翻譯不再致力於闡明人群與人群之間的終極相似，反而成爲揭顯個別差異的工具。

A new course was taken: the religious quest for spiritual universality was superseded by an intellectual curiosity intent upon unearthing equally universal differences. Foreignness was no longer the exception, but the rule. This shift in perception is both paradoxical and revealing. The savage represented civilized man's nostalgia, his alter ego, his lost half. And translation reflected this shift: no longer was it an effort to illustrate the ultimate sameness of men; it became a vehicle to expose their individualities.

——渥大維・帕斯（Octavio Paz）[40]

5-1 前言

以山水詩獨步六朝詩壇的謝靈運對「殊俗之音，多所通解」，因參與至今猶仍傳佈於世的《大般涅槃經》譯治，可謂中國古代大詩人中唯一兼具翻譯家身分者；然而，文學史對他的譯事經綸，未見著墨，任令湮滅，今人錢鍾書深諳翻譯的文化意義與藝術價值，為康樂公扼腕、抱憾[41]。清末西學東漸以來，尤其五四白話文運動開啓現代漢語文學創作先河之後，由於大量引進西方文學經典供作文體創新、思想變革之借鏡，身兼譯者身分的作家不勝枚舉[42]。創作與翻譯之間的交互影響，儼然是漢語現代文學研究的重要一環。有學者甚至指出，漢語現代文學史正是一部翻譯文學史[43]。從文化翻譯的角度思考創作與翻譯

40 摘自"Translation: Literature and Letters"（Irene del Corral 英譯），收錄於 Rainer Schulte and John Biguenet ed., *Theories of Translation: An Anthology of Essays from Dryden to Derrida*, 153。

41 見錢鍾書，〈林紓的翻譯〉，輯入《七綴集》，頁一〇九。

42 參考李奭學，〈詩人翻譯家〉，輯入《經史子集：翻譯、文學與文化劄記》（臺北：聯合文學，二〇〇五），頁六六—六七。

43 見王寧，《文化翻譯與經典闡釋》（北京：中華，二〇〇五），頁八。王氏認為五四之後翻譯文學的勃興逐漸形成一種「翻譯體的」、「混雜的」中國現代文學話語體系，既可以與中國古典文學進行對話，同時又可以與西方的現代性進行對話，從而消解了獨尊西方的單一現代性神話，為世界文學提供了一種具有中國特色的「有選擇的」另一種現代性樣貌。他因此推論：「從比較文學的角度來看，一部中國現代文學史在某種程度上就是一部翻譯文學史。」

的交互融通，可據以觀察跨文化詩學在漢語現代文學創作中如何涵化、生成，作為對內推動文學變革，對外追求與世界文學接軌的準據與門徑。從作家論的角度切入，除了觀察上述跨文化宏圖如何具現於作家個人創作題材的選擇、美學判準的形成之外，透過作家的譯事活動，深入體會他如何譯介域外作品，包括譯作選目背後所寓含的政治、倫理和美學考量，以及因此所牽動的譯文修辭策略，及其與漢語書寫傳統，甚至地方俚語之間交相磨合、嫁接的努力成果等等，對於確切了解該作家的文化認同與藝術成就，洵有助益。

放眼臺灣詩壇，創作具經典地位，譯事輔以治學洞見，文風近乎傳世格局者[44]，楊牧乃箇中翹楚。創作、翻譯、治學三足鼎立，標示著楊牧文學版圖中西合璧、跨文化的屬性。作為臺灣當代文學的指標性作家之一，想像的胚芽發端於鄉土自然，又從中西文學源遠流長的傳統汲取養分，楊牧的整體書寫成就，不僅傲視華人世界，透過外譯，也蔚成當今世界文壇引人矚目的景觀之一。省識楊牧上述三合一著述活動、多重文化取向彼此穿透，難以界分的特色[45]，本文擬聚焦在詩人具體的外語漢譯活動，參酌晚近文化研究翻譯學轉向的理論視野[46]，試圖從譯作選目的歷史脈絡、譯文的修辭策略，和譯詩音樂性的再現與轉化三個面向，由宏觀到微觀，檢視譯者楊牧多重的文化認同如何影響他的譯文修辭，兼及他念茲在茲的詩藝追求如何指引他的翻譯倫理取向，形塑他的音律翻譯技巧。

44 「傳世」一詞襲取自梁啓超以下的經典論述：「『傳世之文』或務淵懿古茂，或務沉博絶麗，或務瑰奇奧詭，無之不可；『覺世之文』，則辭達而已矣，當以條理細備、詞筆鋭達為上，不必求工也。」轉引自李寄，《魯迅傳統漢語翻譯文體論》（上海：譯文，二〇〇八），頁二〇二。

45 略窺一隅，可參考楊牧的文學生涯自述諸文，尤其是二〇〇九年出版的半自傳書寫《奇萊後書》中〈抽象疏離〉上下兩章。文中，楊牧回溯浪漫主義詩人濟慈的頌詩形式，和雪萊所揭櫫的知性之美與抽象思維、象徵語言之間的關連，如何在六〇年代初期啓迪了他以〈給時間〉為代表的頌詩系列創作。接著，他又詳細説明了六〇年代後期，也就是他獲得加州柏克萊大學比較文學博士學位而詩歌創作藝術重新出發、趨向成熟的開端，自己如何運用習自於西方的戲劇獨白體，以擷取自中國古代典籍的掌故入詩，寫成〈續韓愈七言古詩「山石」〉、〈延陵季子掛劍〉等詩，往後四十載歲月，更以此體式，持續取材自明清傳奇小説、英文國際時事報導、希臘古詩、猶太故舊事跡等，「以客觀縝密的觀察與一般邏輯為經，以掌握到主觀神態與聲色的綱要為緯」，寓體物抒情於敘事張力中，寫出〈林冲夜奔〉、〈妙玉坐禪〉、〈喇嘛轉世〉、〈平達耳作誦〉、〈以撒斥堠〉等跨時空、跨文化佳作，指涉容或隱晦，看似抽象疏離，其實知人論世，介入、游移在本土關懷與全球觀照之間，權衡以詩歌語言蘊寓政治、倫理、美學論述的多種可能性。此外，楊牧在愛荷華大學就讀文學創作碩士期間，曾經將西班牙詩人洛爾伽（Federico Garcia Lorca）英譯詩集 *Gypsy Ballads* 譯成漢語，該詩集突出的「感官交融」（synaesthesia）修辭技巧，大量出現在他六〇年代中晚期的詩作中，譬如五官官覺的交融在以下的詩句中，把周遭秋景流動、凝定的意象串連成涵渾一體的感官經驗：「啊西來的風／穿過昏黯的人叢／屋樑上的夜暈／一隻飛向內陸的候鳥／那是你兩眼驚見的毒藤／揚起的花香，星期四的琴聲／棕黃色帶著檸檬花的／髮辮／我已經疲憊／在壁畫和音符間／佇立，滑交。」（〈三藩市〉，收入《瓶中稿》）這亦可視為創作與翻譯交互影響的例證之一。另可參考 Lisa Lai-ming Wong（黃麗明）論及楊牧跨文化詩學專著 *Rays of the Searching Sun: The Transcultural Poetics of Yang Mu*。

46 參考 Susan Bassnett & André Lefevere, *Constructing Cultures: Essays on Literary Translation*（Philadelphia, Multilingual Matters, 1998）；Lawrence Venuti, "From Translation, Community, Utopia," and Emily Apter, "A New Comparative Literature," collected in David Damrosch, Natalie Melas, and Mbongiseni Buthelezi ed., *The Princeton Sourcebook in Comparative Literature: From the European Enlightenment to the Global Present*。

由於涉及《英詩漢譯集》的翻譯諸問題，已有本人的訪談錄可供參考，本文將以《葉慈詩選》和《暴風雨》為主要觀察場域。以譯者楊牧為範例，一來旨在試探將翻譯研究運用於臺灣文學研究的可能取徑，二來冀能管窺楊牧譯詩訣竅，供後繼者觀摩，俾有助於提升未來英詩漢譯的藝術水準。

5-2 譯作選目的歷史脈絡

迄至日前為止，楊牧的漢語文學譯著，以書籍方式付梓出版的，依序計有：《西班牙浪人吟》（一九六六，Federico Garcia Lorca 原著 *Romancero gitano*）、《葉慈詩選》（一九九七，自選 W. B. Yeats 抒情詩七十六首）、《新生》（一九九七，Dante Alighieri 原著 *La Vita Nuova* 前半部）、《暴風雨》（一九九九，William Shakespeare 原著 *The Tempest*），和《英詩漢譯集》（二○○七，自選英詩一二二首）[47]。二○○六年秋天，楊牧以包玉剛講座教授身分受邀返回曾經參與創辦的香港科技大學演講，之後，將講稿之一，〈翻譯的事〉，與自一九六八年以來涉及英詩翻譯的五篇文章合輯，題為《譯事》，交由科技大學「包玉剛講座系列」出版。此外，二○○九年初應《人籟論辨》月刊之邀，以《英詩漢譯集》的翻譯藝術為主題，接受本人訪談，訪談錄〈雎雎和鳴——楊牧談詩歌翻譯藝術〉刊登於該年二月號；同年十二月十八日，應花蓮東華大學創作與英語文學研究所之邀，親擬以〈翻譯一個茫思駝〉為題演講。上述《譯事》專書、刊載在《人籟論辨》的訪談錄，和〈翻譯一個茫思駝〉講稿是目前研究楊牧翻譯論述的主要文獻資料。可以這麼說，自一九九二年在臺北舉行的翻譯會議發表〈詩關涉與翻譯問題〉之後，尤其隨著《英詩漢譯集》的出版，詩歌翻譯藝術的相關問題成為楊牧學術思考的關注重點之一。他不但以詩筆從事詩歌翻譯，也自覺性地從翻譯的親身實踐和觀察前人譯例，針對翻譯本質和技術問題，進行理論性的反思。舉凡詩的不可譯性、翻譯的文化移植與建構功能、譯詩語體的斟酌、如何安切轉譯原詩的技術關涉與文化關涉、譯者結合文苑鴻儒（philologist）與聲音表演家雙重角色之體認，以及譯作作為一種再創作，譯者應被容許具有主體斡旋空間，甚至可以修飾原作瑕疵等翻譯倫理問題，都提供了精闢的見解。在〈翻譯一個茫思駝〉的演講中，楊牧甚至透過他翻譯莎士比亞傳奇詩劇《暴風雨》的獨到心得，從以漢語再現卡力班（Caliban）原始、土生的語言，到捕捉空氣精靈愛立耳的天籟歌詩，所必須面對的挑戰，以及因而臻至的絕妙譯異／藝化境，

47 楊牧譯，《西班牙浪人吟》（臺北：洪範，一九九七）；《葉慈詩選》（臺北：洪範，一九九七）；《新生》（臺北：洪範，一九九七）；《暴風雨》（臺北：洪範，一九九九）；《英詩漢譯集》（臺北：洪範，二〇〇七）。

具體闡明班雅明（Walter Benjamin）所倡言，譯者的天職乃在於與原作者齊心協力，在文化差異間穿梭、綴補天機的罅隙，以求企及純粹的語言係何所指。譯詩實踐與翻譯詩學亦步亦趨互相闡發，詩人／譯者楊牧以其文白交響、雍容多音、風格獨具的語體，渾然天成的文字律動和韻致，導引漢語現代詩與波瀾壯闊的中西抒情傳統沸沸合流，其所體現的文學風景，讓人興嘆！

回顧楊牧近半世紀的文學翻譯實踐，誠如我在訪談中指出的，有一項特色凸顯出來，那就是翻譯作品的選目完全出自譯者自主的選擇，其中涉及了政治、倫理與美學的考量，是一個有創作自覺的詩人，在自我形塑（self-fashioning）的過程中，憑著史識，透過翻譯擷取外國文學精華，以他山之石可以攻錯的托喻手法，介入本國當代時空，除了在美學的層次上，替漢語現代詩的語言開拓出多元交響聲調、水到渠成的律動之外，更試圖在政治和倫理的層次，為現代中國，特別是島國臺灣，召喚出新的社會次序與能容乃大的文化格局。詩人楊牧作為譯者，騁其跨文化視野，儼然以成為華人世界的斥堠、先知深自期許，此外，視之為法國象徵主義詩人梵樂希所謂，將日常語言點化成神的語言的文字魔法師，也不為過。

楊牧在訪談中曾對自己譯作選目的歷史脈絡及其背後的翻譯旨趣，做了以下扼要的說明：

在愛荷華時，翻譯洛爾伽的詩，後來結集爲《西班牙浪人吟》，除了喜歡他的詩之外，也算是一種政治抗議吧。洛爾伽被西班牙大統領佛朗哥處死。我自覺地以爲翻譯他的詩是對獨裁政權——包括在臺灣的蔣介石獨裁專制——抗議。當時，我是從英譯本翻成漢語，不過，在定稿前，逐詩與會讀西班牙原作的同學討論過。會翻譯但丁的《新生》，是當時有志要把義大利文學起來，準備用心以原文閱讀《神曲》，而且作爲《神曲》的前身，但丁在這本小書中敘述了他如何邂逅Beatrice以及Beatrice所代表的象徵意義，賦予女性如此崇高的地位，這是漢文學傳統中所沒有的。此外，這部作品對於流行於義大利文藝復興時期的各樣詩體舉例加以說明，別具意義。不過，這本小書，我只譯出前半部。

至於九〇年代譯出《葉慈詩選》，除了對他的詩藝表示崇仰之外，的確尚有政治訴求。葉慈不只寫詩、編劇，還參與了愛爾蘭獨立建國運動，後來還擔任愛爾蘭共和國的國會議員。葉慈詩歌創作背後的政治背景，我在這本書的導言裡詳加說明，我是秉持著史識投入《葉慈詩選》的翻譯工作。而接著選擇譯出莎士比亞的最後劇作《暴風雨》，所要凸顯的是劇中和解的主題，同時劇中所隱藏的對基督教殖民偏見的批判，我在譯書序裡藉著以後殖民閱讀觀點替卡力班平反，也有所闡發。但更重要的是，我想透過翻譯實踐，探索以白話文轉譯無韻體詩劇的可能性，試圖讓魔法師公爵與卡力班各異其趣的戲劇對白在漢語白話文中大放光彩。

《葉慈詩選》背後的政治訴求的確影響了這本譯詩集的呈現方式[48]。一九九七年出版前夕，楊牧為之撰寫導言，也就是後來收錄於《譯事》中的〈葉慈的愛爾蘭與愛爾蘭的葉慈〉，文中聚焦於葉慈一生的創作志業與愛情追求和愛爾蘭獨立運動糾結難分的始末。先於此，楊牧曾在一九九四年撰寫〈英詩漢譯及葉慈〉，文中論及漢譯英詩不妨採用經過古典文言語彙與句構適度修飾的白話語體為之，特別强調譯者需「詳熟審視」，思辨譯詩在整部西洋詩歌史上的演化特徵，「始能以再現的漢文結構準確把握其藝術精神」。他於是精挑出英詩中兩首具有代表性的格律詩為例，一為喬叟的〈迴旋曲〉（“Roundel”，出自《飛禽博議》*The Parliament of Fowls* 近尾處），一為莎士比亞以「英雄雙行體」（heroic couplet）替晨起採擷花草的羅倫斯修士所設計的八行獨白（見於《羅密歐與朱麗葉》第二幕第三場）；然後，用心以對等韻格試行譯出，作為示範。此外，針對前一首詩，强調必須以「春天」譯原文的“somer”，因為詩中的時序是聖凡崙亭節（St. Valentine’s Day），合該是春天，而喬叟的 Somer 其實包括「一年當中溫煦明亮的上半載」；若不明究理，按字義硬譯為夏天，就大錯特錯。至於莎劇中羅倫斯修士的獨白，考慮到劇場演出的效果，特將"I must upfill this oisier cage of ours / With baleful weeds and precious-juiced flowers."這兩行仿元雜劇賓白的句構譯出：「我不如加緊採摘些好花毒草／要裝滿我們這柳條籮筐才好。」最後，在這篇論文的末節中，楊牧以譯介葉慈的三首詩引領讀者一窺這位愛爾蘭詩人如何在詩作中以「丹黯」歌體（Danaan rhymes）繼承古愛爾蘭鄉野傳說與神話意識，藉以表達對喀爾特文明的追憶，且又上追希臘古典、驅遣想像魂遊域外古城拜占庭，契連於東方正教神聖不朽的精神嚮往。這三首詩分別是：〈贈與我傾談向火的人〉（"To Some I Have Talked with by the Fire"）、〈催眠曲〉（"Lullaby"）和〈航向拜占庭〉（"Sailing to Byzantium"），後來都

48 根據楊牧自述，他深入閱讀葉慈詩作，始於柏克萊時期。其時，即曾動念譯介葉慈其人及其詩。一九七一年春愛爾蘭聖．巴特里克節（Saint Patrick's Day，三月十七日）後三日，詩成〈航向愛爾蘭〉，以摘自葉慈悼念一九一六年復活節起義失敗，捐軀成仁的愛爾蘭獨立革命烈士名詩，"Easter, 1916"之不朽名句："A terrible beauty is born."起興。隔年，又作詩〈愛爾蘭〉，再次表達對北愛爾蘭獨立運動的支持。這時，楊牧已落腳西雅圖任教於華盛頓大學比較文學系和東亞學系，是寫作《瓶中稿》常以鄉愁入詩的一段時期。華大英文系上有位專攻葉慈的資深教授 Hazard Adams，也在比較文學系教授文學批評課程，楊牧與其交往甚洽。八〇年代中期，吳潛誠就讀比較文學博士班，以杜甫和葉慈組詩的比較研究為博士論文題目，由 Hazard Adams 和楊牧共同指導，三人無形中構成一個跨文化葉慈研究社群，為楊牧日後編譯《葉慈詩選》厚植根基。

收入《葉慈詩選》中；〈航向拜占庭〉更收入《英詩漢譯集》，為葉慈重要代表作。按理這篇文章應可納入《葉慈詩選》中，用以說明譯者的譯詩準則和葉慈詩作的主題特色。但是，楊牧選擇另撰〈葉慈的愛爾蘭與愛爾蘭的葉慈〉作為導言，且將這篇文章排除於《葉慈詩選》之外。整本《葉慈詩選》的呈現因此多了一點政治訴求，少了點學院味[49]。而原詩與譯詩並列排版，一方面具有引導讀者閱讀原詩的作用，另一方面更賦予譯詩與原詩對等的地位，宣示著譯者對自己譯作的充足信心。若仔細比對，讀者將會發現，在貼近原詩意蘊亦步亦趨轉譯的同時，有許多讀來出神入化的妙譯，都是楊牧發揮知性與感性窮盡想像，逆溯原詩創作蹶生的現場，然後別出心裁以漢語再創作，有以致之[50]。與現有其他版本相較[51]，楊牧作為詩人／譯者，在語言韻致與詩行律動的講究上，尤見突出。下節將擇例說明。

在《葉慈詩選》之後，楊牧選譯莎劇《暴風雨》，自述「所要凸顯的是劇中和解的主題」。這是回應島國臺灣後殖民政治訴求的延伸，著眼於創傷的療癒，希望藉由傳奇文學（romance）匡時濟世、更新秩序的想像，開啓族群和解、消泯歷史宿仇的可能。將楊牧的譯版與梁實秋、朱生豪和方平的三個不同譯版相較，應可發現楊牧在譯文語體選擇上匠心獨運[52]！他敏於權衡劇中場景特質，在語辭與句構上愜切融匯《詩》〈騷〉與《山海經》

語體，藉此將整個劇本歸化入大漢民族的漢語語境裡，同時又靈活引進臺語與「臺灣國

49 前此，一九八二年遠景出版社印行由陳映真主編的《諾貝爾文學獎全集》，其中，包括了一九二三年獲獎的葉慈作品集，題為《葉慈詩選》，由周英雄與高大鵬編譯。這本選集依所屬叢書體例，譯出了瑞典學院諾貝爾委員會主席霍爾斯陶穆的頒獎辭和葉慈本人的致答辭，以及敘述葉慈得獎經過的短文；為了幫助讀者了解葉慈的作品特色，高大鵬譯出克默德（Frank Kermode）的評論文章〈葉慈及其作品〉。一九九四年，中國學者兼翻譯家傅浩編譯的《葉芝抒情詩全集》在大陸出版。許多跡象顯示，楊牧進行《葉慈詩選》譯事的過程，未曾參考前兩本漢譯葉慈詩選。楊牧編譯《葉慈詩選》出版之後，彭鏡禧曾撰文評論，發表於《中國時報》開卷版。這篇評論後來經過改寫，收入彭著《摸象——文學翻譯評論集》。彭鏡禧除了指出少數幾處字彙、句構的誤讀之外，對這本譯詩選未能謹守嚴格的學術體例，提供原作版本資訊、翻譯準則說明、葉慈詩歌導論，以及比較詳盡的註解，提出負面批評。依《葉慈詩選》呈現的方式研判，楊牧並無意證明自己是葉慈研究專家。他乃是以詩人身分從事這本詩選的編譯，藉著它的適時出版（在臺灣全民普選的第一任總統李登輝就職之初，雖然他曾公開表示自己支持這一歷史性的選舉，並且返國投票，但是投給了落選的臺獨領導人彭明敏），期許在臺灣本土意識覺醒之際，提供葉慈一生所投注的愛爾蘭文藝復興志業作為臺灣文化界的借鏡。當然，也許更重要的，透過對葉慈的景仰，表明自己詩歌創作美學的取向，以及與世界文學巨擘分庭抗禮的雄心。至於這本譯詩選集中詩歌選目所反映的，也差可借用楊牧本人為《英詩漢譯集》所寫的跋作為說明：「只是一部剖切的選集，周巡楚望，難免主觀，代表了譯者的品味，經驗，和不可避免的評騭。」（頁三九五）

50 參考梵樂希論譯詩藝術的現身說法，見"Variations on the Eclogues," 118。

51 除了前註提到的兩個譯版之外，尚有二〇〇七年由書林出版社印行的傅浩譯，《葦叢中的風：葉慈詩選》，和二〇〇五年由愛詩社出版的袁可嘉譯，《葉慈詩選》I&II。

52 李奭學譽之為臺灣莎劇中譯的典範：「譯注俱全，於聲音的戲劇努力尤深。」見〈新譯莎士比亞〉，輯入《經史子集：翻譯、文學與文化箚記》，頁八〇。

語」，甚至容易造成與原作時代錯亂的現代品物與職稱辭彙，將島國臺灣的對應處境，若即若離地植入落難的魔法師頗羅斯倍羅公爵掌權的荒島。相對於其他三個版本並不著眼於凸顯譯本流通的文化社群與地理空間特質，楊牧的譯版鮮明地展示了譯者所處的特定歷史時空——處在被殖民與後殖民轉捩點，族群對立加劇、政局可能一夕變天的臺灣。下節將擇例說明。

5-3 譯文的修辭策略

5-3-1 《葉慈詩選》

首先，讓我們仔細觀察楊牧怎麼譯出“The Lake Isle of Innisfree”這首音韻和律動令人印象深刻的田園詩：

我現在就動身前去，去到因尼斯夫莉，
去那裡蓋一間小屋子，混凝土夾木條；

九畦豆莢園，一套蜂房飼養貯聚些蜜，
蜜蜂熙攘的隙地那裡我獨居逍遙。

於是我擁有和平，那裡和平墜落緩緩，
墜自早晨的煙幕向蟋蟀嘈切的地方；
那裡子夜是一片燦爛，正午紫光一團，
暮靄充斥了朱頂雀無數翻飛的翅膀。

我現在就動身前去，因爲白天黑夜
我都聽見湖水輕輕舐沏岸沚的聲音；
或通衢駐足，或在灰色石板路上站，
我都聽見它響在胸臆深處，在我的心。

I will arise and go now, and go to Innisfree,
And a small cabin build there, of clay and wattles made;

Nine bean-rows will I have there, a hive for the honey-bee,
And live alone in the bee-loud glade.

And I shall have some peace there, for peace comes dropping slow,
Dropping from the veils of the morning to where the cricket sings;
There midnight's all a glimmer, and noon a purple glow,
And evening full of the linnet's wings.

I will arise and go now, for always night and day
I hear lake water lapping with low sounds by the shore;
While I stand on the roadway, or on the pavements grey,
I hear it in the deep heart's core.

這首詩原詩共三段，每段四行，押韻工整，韻格為：abab cdcd efef ；每段的前三行大抵每行十三音節，而最後一行則為八音節。楊牧的譯詩原則上也採隔行押韻，但最後一段顯然破格，只有第二和第四行押韻；這一段的破格也發生在斷句上。換句話說，在這首譯詩結束之前，楊牧用雙重的破格，刻意打亂原詩機械性的規律，表明他不以完全依樣複製原詩的韻格或詩句長短為譯詩準則[53]。然而，他充分利用自己敏銳的聽覺，秉持有機結構為上乘詩作的圭臬，為譯詩設計了它特有的音樂性。以第一段為例，除了工整押尾韻之外，第一、二行使用四個含「ㄨ」韻的字：夫、屋、土、木；全段五十九個字含「一」韻的即有十三個字，而且其中有八個字集中出現在第三、四行。至於原詩第三、四行押頭韻 b、h、l，譯詩也刻意地在第三行以「ㄐ」子音，第四行以「ㄒ」子音模仿之。「ㄐ一」與「ㄒ一」音群在這兩行密集出現，於是達到一種效果：第四行的「蜜蜂熙攘的隙地那裡」就不僅是視覺意象，同時也製造出了蜜蜂嗡鳴的音效。同樣地，第三段第二行的譯法：「湖水輕輕舐泐岸沚的聲音」，其中，「舐泐岸沚」用了兩個部首為「水」的字，不只具象地再現湖水拍岸的形貌，「泐」與「輕輕」押頭韻，也彷彿讓人聽到了拍岸的水聲。另外值得注意的是，詩首的「ㄨ」韻又再次出現在詩尾兩行，其密度也是一共出現四次：駐、足、路、處。

53 關於譯詩應否押韻，林語堂持相同看法：「凡譯詩，可用韻，而普遍說來，還是不用韻妥當。只要文字好，仍有抑揚頓挫，仍可保存風味。因為要押韻，常常加一層周折，而致失真。」見〈論譯詩〉，輯入海岸選編，《中西詩歌翻譯百年論集》（上海：上海外語教育，二〇〇七），頁七一。

而譯詩以斷句「在我的心」作結，除了忠於原詩辭義之外，還象徵性地凸顯 Innisfree 已融入詩人的心境裡了，成為他內在的自由樂土。這些都是巧合呢？還是譯者的匠心獨運？而 linnet 以「朱頂雀」譯出，而非泛泛的「紅雀」，深具說服力，再現了隱逸詩人觀察生態，體物入微的眼力。不過，整首譯詩最耐人尋味的恐怕是把詩眼"peace"譯為「和平」了。乍讀之下，會覺得這是挺不自然的硬譯，亦即草草照字面譯；其他的譯版採「寧靜」或「安寧」，反而比較貼切和自然。不過，遣詞用字一向精準的楊牧為什麼捨「寧靜」或「安寧」而取「和平」呢？「寧靜」或「安寧」的譯法訴諸於人共同的嚮往，無地域之分。楊牧以「和平」譯出，所著眼的或許正是為了反映處於政治動亂頻仍的愛爾蘭，詩人心中特有的渴盼吧。這樣的譯法除了敏銳地意識到原詩所來自地域的政治現實之外，也巧妙地呼應了譯詩流通的社會——島國臺灣，紛擾不安的政治局勢。出於在地適切性（local relevance）的考量，楊牧為這首田園詩注入了歷史的複雜性。他的譯詩在語言的韻致和律動上，較諸原詩，工巧有過之而無不及，整首詩隨機應變的譯法證明詩人譯詩絕非意譯而已。作為譯者，楊牧是原作詩人的知音，同時也是地位對等的挪借者、改造者。

上節提到楊牧作為譯者，他的詩歌創作經驗使得他比一般學院譯者更懂得敏銳地憑藉知性與感官去逆溯原詩深層的含義或再現原詩所要捕捉的聲色光影。通常一般譯者譯得不夠精到的地方，往往因為原詩用語晦澀多義或含糊籠統，譯者技窮，略以字面翻譯草率交差；遇到原詩有辭不達意的瑕疵，或者「犯重」，楊牧並不避諱用精準的修辭改良之[54]。舉兩個值得推薦的例子說明之，一為〈航向拜占庭〉第三段，一為〈闊園野天鵝〉第三段。

〈航向拜占庭〉第三段：

啊上帝神火堆裡屹立的聖徒們
儼然昭顯於牆壁金飾的鑲嵌形象，
請自神火攸降，迴轉於環鏇之中，
爲我靈魂歌吟詠唱的大師。
請將我心殫竭損耗；病於慾念
復束縛於一匹瀕死的獸
它已經不復認識自己；請將我整肅
檢點，交付與永恆的技藝。

54 楊牧自述，見曾珍珍，〈雎雎和鳴——楊牧談詩歌翻譯藝術〉，《人籟論辨》五十七期（二〇〇九年二月）。

O sages standing in God's holy fire
As in the gold mosaic of a wall,
Come from the holy fire, perne in a gyre,
And be the singing-masters of my soul.
Consume my heart away; sick with desire
And fastened to a dying animal
It knows not what it is; and gather me
Into the artifice of eternity.

這段詩行採祈禱語式，追隨西方史詩詩人在詩的開端向詩之女神繆思或聖靈祈禱的傳統，只是這裡祈禱的對象是修行奏功而死後靈魂進入永生的聖徒，是一生追求不朽詩藝的葉慈仰之彌高的精神典範。葉慈祈禱他們前來附體，砥礪他修練心神，克服慾念與肉體的綑綁，致力於「永恆的技藝」。第三行“Come from the holy fire, perne in a gyre”中的“come”，楊牧選用仿自《詩經．周頌》的語彙「攸降」譯出，一則再現了原詩聖靈附體或「道成肉身」（incarnation）的宗教指涉，二則反映了原詩傳承於古典史詩“epic evocation”的體式；而

"gyre"這一關鍵字眼（在葉慈玄祕的象徵系統中代表靈肉在個人生命進程糾結辯證以及歷史隨之循環演化的模式），楊牧用自鑄新詞「環鏇」譯出，未加注，應是著眼於再現原詩玄祕、不落言詮的視覺象徵。與周英雄的譯法（「請步出聖火吧，迴旋環轉」）和傅浩的譯法（「請走出聖火來，在螺旋中轉動」）相參，更顯得楊牧的譯詩語體別出心裁、古意盎然，十分貼近原詩的意蘊、韻致。至於最後五行楊牧的譯法，更可從其中窺見詩人譯者如何以自身殫精竭智的創作歷程去逆溯葉慈的詩心。倒四行"Consume my heart away"，周英雄的譯法「且將我心焚淨」，相較之下，除了精準把握原詩辭義之外，也呼應了前此聖火意象的延伸。楊牧捨此而譯出「請將我心殫竭損耗」，覺得這樣還不夠傳達修行過程施加於肉體的神聖暴力（sacred violence），復以「整肅／檢點」翻譯"gather"加強之。這樣的譯法引領讀者一窺想像裡詩人在綿亙一生的創作過程中媲美於修道，靈肉互搏的火煉現場。

把原詩文字表面看似靜態的聲色描寫，透過翻譯，喚回或還原動態的景觀現場，〈闊園野天鵝〉第三段是極佳的例子：

我長久注視那些華采禽物，
而此刻憂心黯然。

一切都變了自從最初
當時，就在這霞光湖岸
聽鐘鳴之翼徹響過頭頂，
投足腳步比現在來得輕。

I have looked upon those brilliant creatures,
And now my heart is sore.
All's changed since I, hearing at twilight,
The first time on this shore,
The bell-beat of their wings above my head,
Trod with a lighter tread.

這首詩抒寫的是景觀依舊、人事已非的嘆惋，尤增感慨的是自己已年華老去。第三段第三至第五行捕捉詩人回憶裡，十九年前，初次在闊園霞光籠罩的湖岸，聽見野天鵝成群從頭頂掠飛而過鐘鳴也似的聲響。昔日鵝翼掠飛而過的動態景觀是第五行所要再現的關鍵，以對比於逐漸老邁的詩人今日蹣跚的步履。原詩用"above"這個介係詞很容易讓粗心的譯者把它譯成空間的定位符碼，動態的景觀於是往往被譯為靜態的素描，如高大鵬還算細膩的譯法：「牠們鼓翅如鈴響在我頭頂」；或只聞聲音而無形影，如袁可嘉為求推廣閱讀而過度簡化的譯法：「我聽見頭上翅膀拍打聲」。只有楊牧文白相參的形似、聲似譯法：「聽鐘鳴之翼徹響過頭頂」，以看似不通順的「徹響過」取代常用的語彙「響徹」，加上一個「過」字，如畫龍點睛，讓原詩回憶裡動態的聲色場景活脱再現。楊牧的譯法同時也印證了文學翻譯，與創作一樣，應該服膺俄國形式主義的信念，遣詞用字要追求「去熟悉化」。因此，開發一種有原創性的譯詩語體，不同於譯入語的習用語法，除了可避免譯文因讀來通順而過度透明化，無法發揮翻譯的文化翻異功能之外，更有一層文學美學的原理性考量[55]。評價楊牧讀來有時略顯艱澀、古奧的譯詩語體，應作如是觀。和他的詩作一樣，楊牧在敏於思辨以史識介入時局的同時，他的譯作所追求的也同樣是梁啓超所謂傳世之文，而非覺世之文的格局。

然而，譯詩時志在以聲音的表演藝術家自居的楊牧[56]，展現在《葉慈詩選》中的譯詩

55 參考 Levi Leito, "In the Beginning was Translation," in Marjorie Perloff and Craig Dworkin ed., *The Sound of Poetry / The Poetry of Sound*（Chicago and London: The University of Chicago Press, 2009）, p.50。

56 見本人所撰楊牧訪談錄。

語體其實具有多重風貌。他可以譯出像「王與后將翱將翔以浪蕩」（"A king and a queen are wandering there"，出自〈樹枯枝萎〉）這樣古雅的句子，也可以仿臺式漢語活靈活現模擬詩中人諧謔的口吻，如：「馬拉雞．高蹺阿傑哥，我，學甚麼像甚麼，／從衣領到項圈，高蹺到涉禽，父親到兒子。」（"Malachi Stilt-Jack am I, whatever I learned has run wild,/ From collar to collar, from stilt to stilt, from father to child."，出自〈高談〉）而以下這段摘自葉慈經典名詩〈復活節．一九一六〉（"Easter, 1916"）的譯文，更證明他也擅長以最嘹亮，如空氣和水一樣澄澈的白話文，褪卸所有古典漢語語境的象徵比附[57]，為愛爾蘭獨立革命運動的死難者，譯出為悼念他們而寫的輓歌——啊！如石般屹立不移的死志，在生生不息的大化中，正是魂魄不死的見證。所以，譯詩的語言有時十足透明其實也無妨。像這段譯詩，如入化境，讀來，既像是楊牧的原作，卻又是葉慈不朽詩章的再生（afterlife）：

眾心認準了整齊的意向單一
通過夏天，直到冬天彷彿
都寄情於一塊石頭
如何激擾那活活的流水。

大路那邊趕到一匹馬，
騎者，飛鳥從一朵雲往另外
一滾動的雲那方向延伸
一分鐘一分鐘改變著；
流水裡一片雲彩
在改變著一分鐘一分鐘改變；
馬蹄滑踐過涯岸，
然後一匹將那流勢擊碎；
長腳赤松雞一一下水，
牝雞對公雞呼叫；
一分鐘一分鐘就這樣活著：
石頭正在這一切的中央。

57 詩中「江流石不轉」的意象應會讓熟讀杜甫詩的楊牧和漢語讀者聯想到〈八陣圖〉這首悼念諸葛亮壯志未酬身先死，深具史詩悲劇情調的五言絕句。楊牧在柏克萊的指導教授陳世驤曾撰文對〈八陣圖〉深入評析，見《陳世驤文存》（臺北：志文，一九七二）。

5-3-2 《暴風雨》

在臺灣詩壇上，另一與楊牧齊名的翻譯名家余光中主張：「艾略特曾强調詩應『無我』，這話我不一定贊成，可是擬持以轉贈他的師兄龐德，因為理想的譯詩之中，最好是不見譯者之『我』的。在演技上，理想的譯者應該是『千面人』，不是『性格演員』。」[58]其實，楊牧展露在《葉慈詩選》中的聲音表演藝術，證明真正稱職的譯者可以時而是「千面人」，時而又是「性格演員」。經由翻譯《葉慈詩選》練就嫻熟又多元聲音的表演技巧，過不久，擇定翻譯莎劇《暴風雨》，這下子，具「千面人」兼「性格演員」潛質的譯者楊牧替自己找到了大顯身手的舞臺。《暴風雨》書末的〈後序〉開頭，他引了一行波普（Alexander Pope）的譯詩："Yet by the stubble you may guess the grain."（唯願你能從禾梗想像麥穗，《奧德賽》十四章二四九行），謙遜地表達自己對譯無完藝的體會並為如何閱讀譯詩指點一條明路。然而，在本文裡，他以篤定的自信說明自己翻譯這齣莎劇背後的雄心大志，除了時代的切應性，以及哲學和倫理的考量之外，屬藝術的部分，的確涉及了譯詩音樂性的追求和多元聲腔、語姿的模擬：

我想翻譯一本莎劇的念頭由來已久，主要動機是爲了嘗試以漢文的節奏與音韻，其跌宕，旋律，和聲等來轉化莎士比亞偉大的無韻體，希望能多少將他詩的無窮的藝術肌理展現出來，並及於其中蘊藏的精神，情感等相關的主題論述，讓我們正確理解詩與時代，以及哲學和倫理的關係，其隱顯，亦即其奧祕與普遍眞理之存在。其次，《暴風雨》的散文部分提供我一個可以無忌憚地大量使用戲謔的，甚至更喧囂，張揚的表達方式之機會，以縱容文字，模擬誇誕的語言，乃是我深深珍惜的。

以下謹從三方面約略剖析楊牧版《暴風雨》新譯的修辭特色：一、多元漢語語體的隨機運用；二、以時代錯置的品物和職稱辭彙，加上地方方言的點綴，巧妙植入臺灣當代時空；三、以最美的譯詩語言歌頌卡力班被醜化的身體，從而釋出後殖民的視野。隱藏在這些修辭特色的背後，是楊牧為已經或即將進入後殖民時代的島國臺灣召喚族群和解，以及能容乃大文化格局的用心。

58 見余著〈翻譯和創作〉，輯入海岸選編，《中西詩歌翻詳百年論集》，頁四三一。

5-3-2-1

多元漢語語體的隨機運用

與其他譯版相比，楊牧的譯版最突出的特色在於古典漢語詞彙和語法的隨機大膽運用。在全劇最動人的時刻，也就是第三幕第一景，孚迪南和密蘭達墜入情網，互訴衷情，魔法師米蘭公爵，頗羅斯倍羅，密蘭達的父親，在旁見狀心喜，脱口而出：“Fair encounter / Of two most rare affections!”，楊牧譯為：「雝和完美的接觸，兩顆絶無僅有的愛心碰上了！」「雝和」是《詩經》的用語，曾經出現在楊牧的詩〈盈盈草木疏・柏〉（一九八〇）中：「雝和的雨露在天地間成型」，用來形容兩情繾綣最美的境界。這個取自漢語文學最早的詩集「詩三百，思無邪」的語辭，此處再次出現，形容孚迪南和密蘭達這對情侶有如重回伊甸樂園般的愛情，再恰當不過。仿《詩經》農事詩的詞彙和語法也大量出現在第四幕第一景祝頌他倆婚禮，由稼穡女神穡類思負責吟唱的輪唱曲中：

大地繁殖，刈穫豐且隆，
高廩與百室積粟永不空；
葡萄園繁結纍生函斯活，

林木枝葉低垂，善果多。
春日遲遲趕到，願及時，
續接濟濟載穫以歸盈止！
匱乏與欠缺永世毋逢臨，
穡類思祝福爾等身與心。

仿楚辭〈九歌〉體則出現在第三幕第三景，用在涉及頗羅斯倍羅施行巫術的舞臺指令，以及劇中角色對魔法幻象的反應：

（莊嚴，譎幻音樂聲起，頗羅斯倍羅出現舞臺上方，隱形。諸奇形異狀角色陸續上，奉饗宴，繼之以曼舞，其形容柔美以招搖，若不勝繾綣之情，勸王及左右就飲食，隨作勢離去，紛紛下。）

阿：何氤氳舒徐之合氣！朋友，聽——

岡：令人神爲之移的仙樂！

阿：請以聖善天使啓示，啊天，那是甚麼？
舍：活傀儡戲。現在我只得相信世界上
有獨角獸存在，而且天方阿拉伯
有一棵樹乃是火鳳凰的王座，一隻
鳳凰此刻正君臨彼邦。

值得注意的是，透過楚辭〈九歌〉體的模擬（故意避用「兮」字，免於落入俗套），楊牧在這一小段譯文中，巧妙展現了世上有關神話想像的三種不同文化語境：中國南方的、西方基督教的、阿拉伯世界的。

不久，愛立耳上，變形為希臘神話中的 Harpy。楊牧仿《山海經》語體譯之為：「愛立耳上，形似女首坦乳怪鷹，以兩翼擊桌面。」梁實秋譯為：「愛麗兒做人首怪鷹狀上；在桌上鼓翼。」朱生豪譯為：「愛麗兒化女面鳥身的怪鳥上，以翼擊桌。」（另加註說明怪鳥出處）方平譯為：「愛麗爾變人面怪鷹上，鼓動雙翼，撲擊席面。」相較之下，楊牧刻意植入《山海經》神話語境的用心，立時判然。

楊牧譯版在修辭上刻意連結古代漢語文學各種婀娜多姿的語體風格，上引只是局部可謂十分安切的例子。這樣的修辭用心不應以炫學視之。其所產生的效果是對古代漢語多元文化的涵容，是極其成功的跨時代跨海峽，完成文化上「縱的繼承」之典範。

5-3-2-2 臺灣當代辭棄與多語現象的再現

除了漢語古典辭彙和語體之外，楊牧譯版的重要特色更在於臺灣當代辭彙與多語現象的再現。先說多語現象。將小丑 Trinculo 譯為純Q鑼是神來之筆，不只諧趣盎然，Q字除了讓人聯想魯迅的阿Q之外，更標示著英語在臺灣社會流通的現象。此外將 Monsieur Monster 仿日語譯為「怪物先生樣」，或將“monstrous lie”譯為「怪譚大謊」，意在反映日本曾經殖民臺灣造成的臺語局部和風化現象。至於臺語或臺灣國語出現在譯版裡，則有下面幾個例子（粗體部分）。

其一：

史：純Q鑼，不要再生事了。你要是再打斷這怪物一句話，我發誓把我的慈悲心趕出大門，用手把你揍成一條**鹹鰱魚**。

（第三幕第二景）

Ste: Trinculo, run into no further danger: interrupt the monster one word further, and, by this hand, I'll turn my mercy out o'doors, and make a stock-fish of thee.

其二：

史：都愛毛毛，美美，咪咪，妙妙，
但沒有人想跟**招弟**交朋友。
（第二幕第二景）

Ste: Lov'd Mall, Meg, and Marian, and Margery,
But none of us car'd for Kate.

其三：

純：太誇張了，絕頂無知的怪物——我現在隨時可以**單挑一個警察鬥鬥看**。你這條酒色無度的魚，你，天下難道可能有人喝酒喝得像我今天喝得那麼多還算**無膽**，懦夫？你只不過半魚半怪物而已，怎麼撒得出這種**怪譚**大謊？

（第三幕第二景）

Trin: Thou liest, most ignorant monster: I am in case to justle a constable. Why, thou debosh'd fish, thou, was there ever man a coward that hath drunk so much sack as I to-day? Wilt thou tell a monstrous lie, being but half a fish and half a monster?

值得注意的是，這裡把"constable"譯為「警察」而非「巡官」，有時代錯置之嫌。比這更離譜的是「衛生棉」這個當代才有的語彙竟然在戲一開始就出現在岡札羅這老樞密官的口白中：

岡：我保證他不會淹死，雖然這條船比不上果殼結實，而且漏得像一個來不及包**衛生棉**的女人。

（第一幕第一景）

Gon: I'll warrant him for drowning, though the ship were no stronger than a nutshell, and as leaky as an unstanched wench.

唯一能讓「衛生棉」合理化的解釋是，譯者楊牧有意在幕啓之後馬上引起讀者／觀眾產生時空錯覺：這個故事或許可以發生在當代，在臺灣或臺灣外圍的一座荒島上。臺灣當代辭彙與多語現象的三兩再現，在楊牧的譯版中是一種象徵性的修辭設計，若即若離地促成了這種錯覺效果[59]。

5-3-2-3 歌頌卡力班的身體

楊牧在《暴風雨》的導言裡極力以後殖民觀點替卡力班平反，認為有些批評家執意把他讀成牛人牛魚的怪物是白種人帝國主義觀點作祟。在他的解讀裡，卡力班是個前殖民時期荒島上的原住民，典型的自然之子，「如此熱衷於尋覓失去的自然資源，他的清泉，沃原，山楂和花生豆子，他的藍樫鳥，小猴子，鮮貝——而且樂於將這種種與人分享，在平等互信的條件之下。」（《暴風雨》，頁三一）尤其他對自然聲籟的敏感，「神經和骨骼血肉順其旋律運作，行止」，在楊牧看來，簡直是天生的詩人。所以，在這齣戲中，莎士比亞編派給他的對白全是無韻體詩行。梁實秋和朱生豪的譯版卻僅以散文草率譯出，了無詩意。楊牧的譯版替他平反，用心以天籟也似的詩行替卡力班譯出以下這段他對島上聲籟的描寫：

59 在 Annie Brisset 所著 "The search for a Native Language: Translation and Cultural Identity" 中，作者引用 Henri Gobard 的理論，指出每一個文化場域或語言社群，都掌握了四種語言類別或次級語碼可供驅遣：一、地方方言，二、都會官話，三、傳統雅言，四、宗教神聖的祕語。當傳統雅言是外來語時，以馬丁路德倡導宗教改革時期的德國為例，使用地方方言翻譯《聖經》，旨在取代外來雅言，消泯其所造成的用語與日常生活疏離的現象。翻譯的職責在於以本土語言取代外來語，本土語言往往就是在地方言，是「與生俱來的語言行使權，不可抹煞的歸屬標誌」（"the linguistic birthright, the indelible mark of belonging"），於是，翻譯成為重新找回或重新定焦認同，一種回歸本土的作為。它並不創造一種新的語言，而是把方言提升為國語或文化語言。此文輯入 Lawrence Venuti ed, *The Translation Studies Reader*（New York: Routledge, 2004）。上述說法見於頁三三九—三四〇。楊牧的譯版有異於同年出版，由李魁賢翻譯的臺語版《暴風雨》。臺語、臺灣國語、和風臺語、英語、古典漢語出現在楊版《暴風雨》中，除了標示出這本新譯主要以臺灣這一處多族群、多語化的地理區域為流通場域，翻譯旨趣的確包括了後殖民訴求，但翻譯語體多語化的表現，更是忠於臺灣多元文化特色的一種高度藝術考量。

卡：不用害怕，這島上到處都是聲音，
樂曲，和甜美的歌，愉悅而不傷人。
有時候我聽見一千種樂器琤瑽
在耳朵旁邊作響，有時是
各種詠嘆卻於我剛從長夢醒來當
下又將我催睡入眠，然後，夢中
恍惚覺得雲層打開了，對我顯示豐美
瑰麗隨時將墜落我的身體，使我——
每當醒覺——都哭著想回到夢裡。
（第三幕第二景）

Cal: Be not afeard; the isle is full of noises,
Sounds and sweet airs, that give delight, and hurt not.
Sometimes a thousand twangling instruments
Will hum about mine ears; and sometimes voices,

That, if I then had wak'd after long sleep,
Will make me sleep again: and then, in dreaming,
The clouds methought would open, and show riches
Ready to drop upon me; that, when I wak'd,
I cried to dream again.

第六至第九行，在現有的四個譯版中，楊牧是唯一一個把卡力班作夢的「身體」譯出的：「夢中／恍惚覺得雲層打開了，對我顯示豐美／瑰麗隨時將墜落我的**身體**，使我——／每當醒覺——都哭著想回到夢裡。」（粗體為筆者所加）。豐美、瑰麗，如楊牧所感受到的，以天籟的旋律，滲透到夢境中（其實正是前殖民期的渾沌自然）卡力班的「神經和骨骼血肉」裡去了。其他的譯版僅譯出類似「落在我的身上」這類含含糊糊的感受，豐美、瑰麗並沒有穿透卡力班的肌膚，進入他的內裡。「身體」和「身上」只有一字之差，前者打開了卡力班的身體，釋放他回歸未被文明開化、殖民之前的自然，後者讓他的身體繼續被各樣的勞役殖民，與自己的感官疏離。

5-4 譯詩音樂性的再現與轉化

接受訪談時，楊牧特別强調，在他所有的譯詩實踐裡，有關音樂性的再現，自己覺得最成功的例子是《暴風雨》中空氣精靈愛立耳（多麼將音樂的魔力具象化的譯名！）聞悉自己將要獲得自由時所吟唱的歌。因此，甚至選擇這首詩歌印在《英詩漢譯集》書前的蝴蝶頁上作為展示：

蜜蜂吸蜜的地方，我吸蜜；
野櫻花，我躺在它鈴鐺裡。
這邊我屈身睡著聽貓頭鷹啼，
蝙蝠背上我附著它飛，鼓翼
快樂啊，追尋夏天的蹤跡。
快樂啊，快樂啊，在那裡住下，
低於鮮花垂垂從樹枝上懸掛。
（第五幕第一景）

Where the bee sucks, there suck I:
In a cowslip's bell I lie;
There I couch when owls do cry.
On the bat's back I do fly
After summer merrily.
Merrily, merrily shall I live now
Under the blossom that hangs on the bough.

細究之下，讓這首譯詩讀來悅耳的，除了工整的韻格之外，關鍵在於利用參差有致的斷句結構調控律動。這是楊牧作詩的訣竅，也靈活運用到譯詩上。檢視楊牧譯著《葉慈詩選》和《英詩漢譯集》，遵循原詩的韻格絕非他譯詩的準則。以雪萊的〈西風歌〉（“Ode to the West Wind”）為例，這首詩共五章，每章十四行，由五段構成，依 aba bcb cdc ded ee 的格律押韻：譯詩絕難複製同樣的韻格，楊牧的譯版另闢蹊徑，自創韻格，全詩大抵每段的第一和第三行押韻。又以荻藍．湯瑪士的名詩〈蕨岡山〉（“Fern Hill”）為例，這首詩非以押韻取勝，但全詩共六段，每段九行，九行的音節數由多漸少再漸多，在頁面上排列成飛鳥振翼飛翔的側影，朗誦起來抑揚頓挫，節奏成迴旋、複沓，如波拍岸。楊牧的譯詩再現了詩行排列如鳥側飛的視覺效果，口語化的語體讀來同樣有迴旋、複沓的流動性節奏。但在第五段第一、二行的譯法裡，他充分運用了漢語構詞的特色，讓三個音似詞聯翩出現的趣味（以下用粗體標出），轉化並加强原詩押頭韻的設計，這或許是譯詩過程中意外的驚喜發現：

> 而狐狸和雉雞都對我**青睞**有加，離那**興采**的
> 房屋不遠在**新裁**的雲朵下快樂隨心拉長

> And honoured among foxes and pheasants by the gay house
> Under the new made clouds and happy as the heart was long

5-5 結語

詩無定律，譯詩亦然。

60見《英詩漢譯集》，頁三七五。

雝雝和鳴　楊牧談詩歌翻譯藝術

受訪者：楊牧
訪問者：曾珍珍
訪談時間：二〇〇八年十二月二十七日

在臺灣作家中，兼具學者和翻譯家等多重身分，楊牧的整體書寫成就，眾所公認，已達經典厚度。他的詩歌與散文作品近年來陸續被翻譯成包括英文、德文、法文、荷文、瑞典文、日文和韓文等多種語言，在國際間成為觀察臺灣文學藝術水準的重要指標之一。優質的翻譯使得楊牧的作品跨越了語言的籓籬，滲入了異國的文化空間，我們可以想像花蓮的山風海雨和擷取自明清章回小說的〈林冲夜奔〉與〈妙玉坐禪〉，透過他獨特的隱喻轉化，正在其他語言世界裡被閱讀、傳誦。

不只受惠於翻譯，楊牧自己也因身歷其境，將翻譯視為一種文學藝術，戮力親為而深諳其中樂趣。大學時期在東海初讀濟慈的長詩 "Endymion"，曾試譯千行而中輟，殘稿至今猶仍壓在書櫝箱底。這是他的譯事濫觴。此後近五十年的寫作生涯，單只西方文學作品的漢譯付梓出版的計有：《西班牙浪人吟》、《新生》、《葉慈詩選》、《暴風雨》和前年成書的《英詩漢譯集》。楊牧譯詩的獨特風格與傲人成績衆所矚目。二〇〇八年歲暮有幸獲得詩人應允針對翻譯藝術的課題接受我的訪談，以下為訪談紀要，牛年伊始，公諸於世，與讀者分享：

曾珍珍教授（以下簡稱曾）：自古以來，翻譯在促成文學作品或哲學與宗教經典跨文化傳播的推動上，發揮了不可抹滅的功能。然而，除了實用的工具性外，翻譯是不是一種藝術，如帕斯（Octavio Paz）所說的，是一種文學的模式？

楊牧教授（以下簡稱楊）：翻譯的應用性的確有時會讓人以為它只是一種technique，一種技術，譬如要把BMW汽車行銷到華人世界，就必須把各種車型的駕駛手冊譯成漢文。但是，翻譯絕對不僅止於一種應用技術，凡涉及到人文的層次，它更是一種藝術，所涉及的不只是字彙或句構的轉譯而已，必須深入思考異文化之間如何融通的問題，同時往往也涉及詮釋學與語言哲學的問題，甚至需要辯詰原文與譯作之間是否需謹守主從等次的倫理問題。有一年，我在加州大學爾灣校區與德希達、米勒（J. Hillis Miller）、克里格（Murray Krieger）等批評理論大師一起論學，他們都非常重視翻譯的價值，很認真地思考與論辯翻譯與文化相關的課題。在他們之前，猶太裔的思想家班雅明在〈翻譯者的任務〉這篇文章中就曾經賦予譯者與原作者對等的地位。翻譯，在他看來，是讓各自掌握到片面靈光的兩種語言相互激盪、彼此互補，去追索、捕捉那已失落的原初語言；譯者的努力目標，他認為，應該是與原作者接力去逼近純粹的語言。這是針對翻譯本質，相當哲學性的思維。

臺灣學界不知何故輕視翻譯的學術價值，大概認為翻譯很容易而且缺乏原創性。許多年前，曾有一位臺大哲學系的年輕教授試圖以西方美學經典的翻譯作為升等的代表作，結果不被接受，後來還遭到解聘。可是，在西方，許多漢學家的學術地位可以憑藉譯注漢語經典受到肯定。

曾：David Hawkes 把《楚辭》譯成英文之後，為了全心翻譯《紅樓夢》，甚至不惜辭掉牛津的教職。今天，國際漢學界不但肯定他的翻譯貢獻，也將其視為一項卓越的學術研究成果。反觀臺灣，由於輕視翻譯的學術價值，使得學者怯於投入，某種程度導致國內的翻譯品質低落。近年來國科會積極推動經典翻譯計畫，試圖提振翻譯的學術價值，但是學術的制式規範卻也有可能限縮翻譯藝術的實驗性空間。您個人兼具詩人與比較文學學者的雙重身分，在從事翻譯工作時，學術與藝術的要求，兩者如何平衡拿捏？或者，從一般學術性的閱讀、詮釋進而投入實際的翻譯行為，其中有何區別？

楊：首先，我想談談為什麼會有翻譯的衝動。我在西雅圖華盛頓大學的一位同事問我為什麼要分神去翻譯而不僅僅專注於創作，對於他的疑問，我直覺的反應是，他不像我有學習多種語言的經驗，我覺得一個人學會外文到了某種精通的程度，就自然會喜歡嘗試翻譯。我讀英文讀了那麼多年，翻譯的時候，感到最有挑戰性的部分，已不只是文法和句構的轉化，而是如何在漢語裡再現原文文字的調性與神韻。譬如，若是翻譯約翰・鄧昂（John Donne）的詩，我會揣想他若使用漢語寫詩，會採用什麼樣的文字調性。雖然同為十七世紀的玄言詩人，顯然，他的文字調性與安德魯・馬服爾（Andrew Marvell）是不同的。最近，我試著譯出喬叟《坎特培雷傳奇集》的片段。其中有一段描寫成群朝聖香客在酒館裡，幽默又嚴肅的語調蘊藏在中古英文的字裡行間，洋溢著虔信與夥伴唇齒相依的情懷。如何以貼切的中文捕捉喬叟精心打造的戲劇性對白語調，正是我翻譯的用心所在。

說到調性，浪漫主義詩人柯律治（Samuel Taylor Coleridge）詩風雖有知性的澀味卻不失甜美，其調性與布雷克（William Blake）先知式的口吻截然不同，而用來翻譯布雷克聲音的文字調性卻也絕不能用來翻譯華滋華斯（William Wordsworth），這就像在英國文學史或英詩選讀的課堂上，作為老師的，必須要讓學生了解白朗寧（Robert Browning）聲音的調性與丁尼遜（Alfred, Lord Tennyson）是不一樣的，否則，若僅止於字義解釋或提供含糊的意譯，那上起課來，就變成應用英文而不是文學教學了。課堂上講解或寫論文闡釋有時不免淪於空泛，透過翻譯把每位詩人不同的調性用漢語具體表現出來。譯詩的我，除了是詩人和學者之外，同時更像個演員——聲音的演員——將原作聲音的神韻表演出來。這樣界定翻譯所要追求達到的藝術極致，比傳統所謂的信達雅，要來得精確。

曾：創作與翻譯是兩種不同的書寫活動，從事翻譯時，您與所使用的語言之間的關係有否產生微妙的不同？或者豐富的詩歌創作經驗對您的翻譯產生了什麼樣的影響？您對寫景興象，以其為隱喻，映照心情、投射靈視的專擅是否在譯詩裡也能發揮得淋漓盡致？

楊：這個問題大概與詩人譯詩的問題有關。以龐德（Ezra Pound）為例，他翻譯李白的〈長干行〉較諸其他的英譯獨到許多，譬如，他把「落葉秋風早。八月蝴蝶黃，雙飛西園草。感此傷妾心，坐愁紅顏老。」這五句讀作外景與心境的互映，從思婦寂寞悲秋的視角，將落葉、草上翻飛的黃蝶、老去的紅顏譯成同系列意象的疊影：

The leaves fall early this autumn, in wind
The paired butterflies are already yellow with August
Over the grass in the West garden;
They hurt me. I grow older.

譯法雖與原詩的對句結構略有出入，但他以敏銳的感性與連續的意象傳神地譯出思婦的寂寞。他的譯詩題為“The River-Merchant's Wife: A Letter”，因其讀來具有原創的藝術性，詩評家向來將其視為〈長干行〉的改寫或再創造而非翻譯。以我自己翻譯葉慈〈航向拜占庭〉為例來說，創作經驗告訴我這首詩是葉慈的想像之作，他從來沒有去過拜占庭，詩中的意象是他從自己的象徵系統推衍而來，譯者我應該進入他的想像，用自己的文字去逼近他的心象；如果是學者而不懂想像虛構之妙用，可能會窮盡心力去考據，譯詩於是變成考據功夫的延續。至於翻譯喬叟的《坎特培雷傳奇集．通序》，我認為自己幫了喬叟一個大忙。在臺灣，春天到了，不會有人像中古時代的英國，想到要去朝聖，要去坎特培雷向殉道的聖徒貝克特致敬，祈求神恩垂憐讓自己的肉體與靈魂獲得醫治。要在漢文裡創造出春天到了就要去朝聖的情境，需要發揮相當敏銳的感應力，需要縱橫古今漢語字彙去選取最恰切的字眼，務求替喬叟在漢文裡創造出合宜的因果。我在翻譯葉慈時，也用另一種方式幫了葉慈一點小忙，使他看起來不至於「犯重」。

曾：翻譯是比較文學的必修課，在從事英詩漢譯的過程中，對於英詩抒情傳統相對於中國古典詩詞抒情傳統的同與異，您有否什麼獨到的體會？對漢語古典詩詞傳統具有淵博的知識對您的英詩漢譯有何助益？

楊：中國傳統詩學强調詩言志，陶淵明寫精衛填海，被解讀成寫的仍是他自己志向的投射。英詩的傳統比較不侷限於抒發詩人個己的情志，譬如湯瑪士．葛雷（Thomas Gray）著名的〈悲歌在鄉村墓園作〉，所哀輓的有鄉夫、文人和將相等各階層的人，雖是抒情詩，但像喬叟的《坎特培雷傳奇集》一樣，詩人的意識裡含納進了社會中各式各樣的人，這也就是艾略特所謂的寫詩要迴避個人化的意思吧。其實我個人很贊成這美學思維的方向。談論漢詩，大家喜歡品評李、杜孰人勝出，從前我認為杜甫技高一籌，現在覺得李白寫詩常常把自己化作不同的人，譬如「當君懷歸日，是妾斷腸時」。李白戲劇性的扮裝想像，在漢詩詩言志的傳統之外別樹一格，應該獲得更高的評價。
此外，譯詩會碰到格律的問題，不同語言的詩歌傳統往往因其語言的音韻特色而產生不同的格律形式，如果原詩是押韻的四行詩，或許譯詩也可以盡量試著押韻，但不必要拘泥於對等的押韻規律，有時甚至只要以註解說明原詩的格律形式就夠了。我將濟慈的“La Belle Dame sans Merci”譯成〈女洵美兮無情〉，洵美取自《詩經．鄭風》「洵美且都」，句型採楚辭體。濟慈既以外文擬詩題，譯者合當以不尋常的語彙與句構對等譯出。這首詩中有一節的末句為「With kisses four」，意譯的話，「用四個吻」即可，但為了至少譯出六個字，免得這一行的譯文在全詩中破例，我靈機一動，將之譯為符合原詩俏皮口吻的「用二二四個吻」，這「二二」的複詞一方面也平行對應了上一行的「her wild wild eyes」。翻譯有時真的會有意想不到的樂趣。

曾：在《英詩漢譯集》裡，您選譯了米爾頓史詩巨構《失樂園》第十章描寫撒旦變形化蟒的段落，把其中幾行的原文和您的譯文對照著讀，對米爾頓關於蛇蠍類字彙近似百科全書般的掌握，以及您同等古雅的翻譯，十分折服。請問您如何找到相稱的漢語語彙做出如此貼切的翻譯？

這段詩行的原文和譯文如下：

Dreadful was the din
Of hissing through the hall, thick swarming now
With complicated monsters, head and tail,
Scorpion and asp, and amphisbaena dire,
Cerastes horned, hydrus, and ellops drear,
And dipsas（not so thick swarmed once the soil
Bedropped with blood of Gorgon, or the isle
Ophiusa）; but still greatest he the midst,
Now dragon grown, larger than whom the sun
Engendered in the Pythian vale on slime,
Huge Python, and his power no less he seemed
Above the rest still to retain

何其恐怖——滿堂瀰漫
渾濁的嘶咻，怪物擁擠遊走，

糾結交纏，扭動，首尾勾搭：
節肢蠍，小毒蠁，觸目驚心的兩頭蛇，
四腳蠆，無聊聳動的凋蠉和溪蠕
消渴沙螾（體形偏小曾腹行戈工滴血
之野，一說在奧非尤沙島嶼成精）。
雖然，眾中唯他獨尊至大，膨脹如暴龍，
大過太陽在庇底亞峽谷泥淖裡蹶生的
庇當巨蟒，而且神力不減，看來牽制
餘眾綽綽有餘。

楊：讀米爾頓《失樂園》的這段文字讓我想起司馬相如〈上林賦〉的修辭風格。米爾頓和司馬相如都是想像力上窮碧落下黃泉的 rhapsodists，同時具有類書般廣博的字彙和知識，堪稱為 philologists。我向來認為漢賦就是大漢帝國的「現代詩」，司馬相如寫賦的懷抱力求在文學版圖裡寫出可以與崛起中的泱泱帝國匹配的修辭氣象。我在翻譯你所舉例的這段文字時，心中揣想著漢賦的現代性以及類書般的修辭風格，翻閱從圖書館找來的幾種類書，從中篩選自認為在形音義三方面可以鎔鑄出與米爾頓原作蛇蠍意象效果足以匹比的字彙。當原作者是philologist時，譯者也必須化身成philologist。譯者的確應該是擅長化身的文字表演者。

曾：黑倪（Seamus Heaney）在翻譯古英語史詩《貝爾武甫》（*Beowulf*）時，認為採用現代英語精練的散文，足以再現一千多年前古英語史詩直接、生動的口語敘事風格，不過，他仍適度摻雜古愛爾蘭語，藉以形塑譯者個人的語言風格與族裔認同。您在翻譯《葉慈詩選》、《暴風雨》和《英詩漢譯集》時，除了大量使用漢語文言語彙之外，並有少數幾處以神來之筆引入臺語語彙，譬如在譯古英詩〈過海者〉時，用了「行船人」這個臺語語詞，這樣的翻譯策略應該如何解釋？

楊：我沒有認真比對過黑倪的《貝爾武甫》譯本，不知道他是不是直接從古英文翻譯過來的。其實，我閱讀《詩經》與楚辭，愈來愈覺得不只國風，連小雅和大雅的語言都是當時的口語白話。楚辭〈離騷〉也接近口語，〈九歌〉分明是楚地祭神的街舞舞曲。譯者看待這些古代文學，應該就像個演奏者或指揮家面對樂譜，透過自己生動的語言，把作品背後活生生的靈魂給召喚出來。是的，臺語是我語言資產的一部分。「行船人」，多麼傳神又有味道的語言！

曾：有時我們會被指派或邀請翻譯某部作品，您的文學翻譯活動似乎全是出乎自主性的選擇，背後有什麼考量？

楊：在愛荷華時，翻譯洛爾伽的詩，後來結集為《西班牙浪人吟》，除了喜歡他的詩之外，也算是一種政治抗議吧。洛爾伽被西班牙大統領佛朗哥處死。我自覺地以為翻譯他的詩是對獨裁政權——包括在臺灣的蔣介石獨裁專制——抗議。當時，我是從英譯本翻成漢語，不過，在定稿前，逐詩與會讀西班牙原作的同學討論過。會翻譯但丁的《新生》，是當時有志要把義大利文學起來，準備用心以原文閱讀《神曲》，而且作為《神曲》的前身，但丁在這本小書中敘述了他如何邂逅 Beatrice 以及 Beatrice 所代表的象徵意義，賦予女性如此崇高的地位，這是漢文學傳統中所沒有的。此外，這部作品對於流行於義大利文藝復興時期的各樣詩體舉例加以說明，別具意義。不過，這本小書，我只譯出前半部。至於九〇年代譯出《葉慈詩選》，除了對他的詩藝表示崇仰之外，的確尚有政治訴求。葉慈不只寫詩、編劇，還參與了愛爾蘭獨立建國運動，後來還擔任愛爾蘭共和國的國會議員。葉慈詩歌創作背後的政治背景，我在這本書的導言裡詳加說明，我是秉持著史識投入《葉慈詩選》的翻譯工作。而接著選擇譯出莎士比亞的最後劇作《暴風雨》，所要凸顯的是劇中和解的主題，同時劇中所隱藏的對基督教殖民偏見的批判，我在譯書序裡藉著以後殖民閱讀觀點替卡力班平反，也有所闡發。但更重要的是，我想透過翻譯實踐，探索以白話文轉譯無韻體詩劇的可能性，試圖讓魔法師公爵與卡力班各異其趣的戲劇對白在漢語白話文中大放光彩。然而，《暴風雨》劇中，我個人特別喜歡〈愛立耳之歌〉（"Ariel's Songs"），尤其是第二首，因此把它個別摘出，印在《英詩漢譯集》的蝴蝶頁上。這首歌押韻，我的漢譯也亦步亦趨：

Where the bee sucks, there suck I:
In a cowslip's bell I lie;
There I couch when owls do cry.
On the bat's back I do fly
After summer merrily.
Merrily, merrily shall I live now
Under the blossom that hangs on the bough.

蜜蜂吸蜜的地方，我吸蜜；
野櫻花，我躺在它鈴鐺裡。
這邊我屈身睡著聽貓頭鷹啼，
蝙蝠背上我附著它飛，鼓翼
快樂啊，追尋夏天的蹤跡。
快樂啊，快樂啊，在那裡住下，
低於鮮花垂垂從樹枝上懸掛。

曾：讀過原詩，接著讀您的漢譯，恍覺您與莎翁攜手就要搆著了班雅明所嚮往的純粹的語言。從語言的深林大苑裡傳出雝雝和鳴，近乎詩歌翻譯藝術的極致了。

楊牧與西方

◎馬悅然／著
◎曾珍珍／譯

楊牧對於西方文學深入而獨到的研究心得向來爲他的創作活動提供源源不絕的養料。他一生永續探索、實驗，務求不拘泥於一種固定風格，長達近乎一甲子的創作途程，對於初衷至今可謂恪守不渝。

當今華文創作的現代詩人，論對西方詩歌傳統之涉獵深入，恐鮮有出楊牧之右者。為了探窺經典文學之堂奧，他潛心修習多種語文：學古英文以鑽研英雄史詩《貝爾武甫》；學古典希臘文以閱讀平達耳和荷馬；更為了里爾克和歌德，努力學德文。除了詩作令人稱奇的吸納，轉化用心之外，作為譯者，楊牧的成就亦屬可觀。二〇〇七年漢英對照付梓出版的《英詩漢譯集》展現了他融會中西的治學與譯事功力。這本譯詩集橫亙英詩發展的歷史縱深，精選詩作或擷要或全豹呈現，上起古英文佚名經典（包括《貝爾武甫》），續之以中古英文敘事傳奇《甲温爵士與綠騎俠》（*Sir Gawain and the Green Knight*），而於英詩傳統成大家者更自喬叟以迄吳爾芙，共選譯了三十位詩人的傳世名作。

「轉益多師是吾師」，楊牧師法的西方詩人，除了濟慈和葉慈之外，里爾克和艾略特對他的影響亦令人矚目。他以詩心獨運的譯筆完成的《葉慈詩選》出版於一九九七年，採原文與漢譯雙語呈現，共譯出葉慈精選詩作七十六首，佐以愜恰注釋。在書首的導言中，楊牧縷述愛爾蘭國族的發展始末，勾勒出這一支最初「四季遊走和歇息於無垠的綠野上」的弱小族群，如何歷經天災饑饉與殖民壓迫多重苦難，得力於先民前仆後繼的流血犧牲與意志堅持，終於在一九四八年推翻大英帝國統治，卓爾獨立，成為愛爾蘭共和國。在這篇導言裡，楊牧特別强調凝聚國族意識，躁進的政治活動未必可恃也非唯一的革命取徑。以葉慈的成就與貢獻為例，楊牧倡言，詩人將源自於愛爾蘭本土的古老神話融入詩歌與劇作，為喀爾特文化注入再生的活力，允為鎔鑄國族認同的先導。

而楊牧最傲人的譯事成就當推一九九九年以漢英對照出版的莎劇《暴風雨》。敏於史識，楊牧以絲絲入扣，洞察人文與自然的敏銳解讀、靈動的詩韻、展現豐贍學養的註釋與評析，讓莎翁這齣封筆傑作，透過雜糅多元用語的絕妙譯藝，為臺灣文壇揭開了二十一世紀的序幕。

楊牧嘗云：「小教堂初夏廊蔭裡讀里爾克〈杜伊諾哀歌〉，西方文化之美盡在於斯。」（見《疑神》，一九九三）這位奧地利詩人所著《給青年詩人的信》（*Briefe an einen jungen Dichter*, 1903-08），以及史本德（Stephen Spender）的散文專書《一首詩的創作》（*The Making of a Poem*, 1954），進一步則為楊牧撰述已被論者目為他個人詩藝論文之《一首詩的完成：給青年詩人的信》（一九八九），提供了典範。這本書寫於一九八四至一九八八年，其間楊牧以客座教授身分二度任教於臺灣大學。全書由十八封信簡組成，旨在為愛好寫詩的年輕學子解疑，著眼於闡發中西文學傳統互可融通的精髓。楊牧强調寫詩是一種召喚，受召者衆，得道者寥。此一召喚求之於詩人的，乃期許他堅忍不拔，窮一生之力心無旁鶩追求藝術之精進。而真誠無偽的詩除了需具備洞見與知識之外，尤賴正直的人格和有為有守的道德修持相輔相成。

楊牧對於西方文學深入而獨到的研究心得向來為他的創作活動提供源源不絕的養料。早在一九六六年，他即譯出了洛爾伽的詩集《西班牙浪人吟》。又十年，在洛爾伽逝世四十週年前後，他發表了〈禁忌的遊戲〉一—四、〈民謠〉、〈西班牙·一九三六〉等六首詩，以活用洛爾伽詩吟的迴響追懷這位挺身對抗極權橫遭殺害的詩人劇作家。

●

記憶與時間撲朔迷離的主題在楊牧多首詩作中扮演了重要的角色。依我看來，艾略特形諸於〈焚毀的諾頓〉（"Burnt Norton"）詩中的時間觀或許對楊牧產生了影響，在〈水妖〉（一九九九）一詩略見端倪。楊牧生長在臺灣東海岸的花蓮，後來任教於美國西海岸的西雅圖華盛頓大學，前後達三十多年。太平洋、海的意象、洄瀾、洋流、以及潮汐的湧動在楊牧詩中迭生多重象徵意涵。潮起潮落無情地為時間的流動定節拍。然而，搏命以身體的極限搆著精準的絕技，終生嚮往超越的完美（臻於美與真的遇合），水妖——楊牧的另我，矯疾旋身逸離於時間之外。她是她自己的女兒。我個人深信瑞典詩人哈定（Gunnar Harding）針對伯格森（Henri Bergson）「流動的當下」（now flow）這一概念所作的精闢詮釋，楊牧或許心有同感。以下是哈定在二〇一〇年歌登堡（Gothenburg）書展的專題演講中所提出的詮釋：「流動的當下，生之流流動不居，時時盛載著過往，且往前發展從而更新。它不只涵納過往，也孕育著未來。就像一首正在演奏的樂曲，預示著下一個即將湧現的音調，而每一個當下奏出的音調也同時溯迴改變了前此曲調的意涵。」

楊牧的第一本詩集《水之湄》於一九六〇年結集印行，他在後記中曾經矢志自許，表明一生將永續探索、實驗，務求不拘泥於一種固定風格。回顧他長達近乎一甲子的創作途程，對於初衷至今可謂恪守不渝。在這本以瑞典文譯行的《楊牧詩選》（*Den Gröne Riddaren: Dikter av Yang Mu*）中，我決定按創作年代依序呈現楊牧的詩作，收錄了他始於一九五八年勃發自十八歲浪漫少年情懷的歌詩，以迄二〇一〇年七十嵩齡詩人的近作，共一一七首。這種呈現方式，我相信較諸炫學的指引，更有助於讀者從中體會楊牧令人驚異與時俱進的創作風格。我同時期望譯詩能提供讀者掌握原詩結構的門徑：楊牧的詩特色在於語言縝密多姿，句構隨機拆解，變化有致，而主詞的省略和行尾標點符號的闕如更平添耐人尋味的多義性。

（摘譯自瑞典文版《綠騎——楊牧詩選》序文，原稿為馬悅然以英文另行撰寫之譯序。《綠騎——楊牧詩選》：馬悅然編譯，中文、瑞典文對照，斯德哥爾摩：天鶴出版公司，2011。臺灣代理：洪範書店，本書獲得瑞典二〇一一年度「書籍藝術」大獎，三月底於瑞典皇家圖書館展出。）

第三篇

楊牧對話

英雄回家　冬日在東華訪談楊牧

受訪者：楊牧
訪問者：曾珍珍
訪談時間：二〇一四年一月九日、一月十日

我們
終於深入從未來到過的，無夢的
虛領域之實境，六翮傾斜且左右翱翔
超越矰繳窺伺的極限

——〈歸鳥〉，二〇一一

去年春天的一個午後，陽光和煦，從後院穿透落地窗，閒閒灌滿楊牧重返東華棲居的宿舍。像往常一樣，我喜歡抓住偶爾聚首的片段光陰，藉著提到自己近來讀書的心得，換取老師未必有機會在課堂或文章裡暢談的治學靈光。或許因為室內明亮、淨爽，讓人心地安妥，我率先提到耶魯大學英文系教授 Harold Bloom 八十嵩齡編輯出版的詩集 *Till I End My Song*，這本書輯錄了古今英詩名家最後的詩作，讀來彷彿環繞在黑洞邊緣亮度不一、各自精彩的星光；接著，一時興起，竟然翻轉了師生的定位，我問楊牧可知道這標題典出何處，然後怯怯地深怕自己的造次讓和煦的空氣凍結。想不到回憶讓老師的嘴角現出了年青稚氣的微笑，他緩緩背誦出來：“Sweet Thames, run softly, till I end my song.” 隨著加註，「這是 Spenser “Prothalamion”（〈婚前頌〉）中複沓出現在每段結尾的名句。這句後來也被 Eliot 摘引入 “The Waste Land”，成為第三章 “The Fire Sermon” 的前導意象。前些日子你說 Bloom 主張 “The Waste Land” 起首的意象（April is the cruelest month, breeding/Lilacs out of the dead land, mixing/Memory and desire, stirring/Dull roots with spring rain.）乃承接 Whitman 的 “When Lilacs Last in the Dooryard Bloom'd” 衍生出來，其實真要溯源，得更往前推到 Chaucer *The Canterbury Tales* 的序曲開端。春天到了，四月的甘霖滲入草根，滋潤了大地，是最適合朝聖的季節，當瘟疫肆虐橫行。」老師的點撥穿透窗裡窗外的春陽，堪比甘霖，我當下跟他約定進行一次深度訪談，擬刊登於《人社東華》電子期刊創刊號。時隔近半年多，訪談終於分兩次，在今年一月九、十日的午後進行，地點是楊牧東華居南邨宿舍書房。

曾珍珍教授（以下簡稱曾）：先從一個夢境談起。幾天前聽老師說近日作了一場極為特別的夢，夢見自己和孔子一起飛翔。記得大學時期上王文興老師的小說課，他曾提到夢與真實的關係，向著我們這群年輕的學生非常篤定地說，一個人如果在夢裡夢見自己死了，在夢裡親身經歷了死亡的過程，那麼，醒來之後，他應該可以認定自己曾經死過。王文興老師的說法當時對我產生極度深刻的啓發。如果夢中的經驗是真實的經驗，透過閱讀獲得的經驗應該也可以如是觀。原來，文學啓示我們，人活著，經驗的幅員無遠弗屆，多重而邈遠，夢與真實的邊界似有還無，而且可以彼此穿透。可否從您近日夢見與孔子一起飛翔談起？談夢與創作和閱讀的關連，談在您漫長的創作與治學生涯中，儒家溫柔敦厚的詩教，儒家的詩歌經典《詩經》對您的影響，或者，談談您自己對近日這場特別的夢作何解析？

楊牧教授（以下簡稱楊）：三個多月前，在西雅圖，我重新翻讀希臘神話，讀到 Daedalus 和 Icarus 在克里特島乘著自製的翅膀飛出迷宮，幾天前的夢境說不定與這段閱讀有關。Daedalus 經驗老到，成功脫困。Icarus 年少氣盛，不聽老人言，越飛越高，讓太陽的熱氣把連結翅膀的蜂蠟給融化了，於是，噗通栽入大海中，應該是愛琴海吧，成了Bruegel不朽畫作的題材。自古以來，Icarus成為年輕藝術家的寫照和警惕：意圖高亢，功夫粗淺，難以成家。Daedalus象徵機智、巧藝，American Academy of Arts and Sciences的期刊以其為刊名。怎會夢見孔子，還和他一起飛？我自己也覺得奇怪。其實，孔子也曾夢見周公，十九世紀不知是誰，也許是Ezra Pound，提及這事，將周公誤譯為Duke of Chang，Yeats在早期的一本詩集*Responsibilities*裡照樣引用。這點我印象非常深刻，也許這些都纏在一起，觸發了這場夢。夢裡，我非常清楚有個Master在前面飛，我緊跟著他，御風凌空。至於這代表什麼，和儒家有什麼關係？我自己倒還沒加以分析。

曾：除了Daedalus和Icarus，我還想到另一種可能。您的夢境讓我聯想到《神曲》中，但丁由Virgil作為前導，穿越地獄和煉獄抵達天堂邊界這一類比。對於Virgil，您是熟悉的，您曾經寫過一篇重讀大雅和周頌的論文，以比較文學的方法，嘗試透過有別於Virgil羅馬建國史詩*The Aeneid*崇武尚勇的西方英雄主義，從中搜尋、組構出周朝建國史詩的雛型，用以定義受儒家影響的另一種英雄主義。這點我們待會兒再談。先談這場夢所透露的創作與文學傳承的關連。

楊：的確，在同輩的創作者中少有人碰觸儒家傳承的問題。我或許因為師承的關係，在這方面有過思考，雖然不曾刻意要建構什麼龐大的體系。你提到的這篇論文的最後一段特別强調周人的憂患意識，也就是居安思危，在功成之後，回溯一路歷盡艱辛的過程，不敢或忘，這是承接我的老師徐復觀在中國哲學思想史課堂上的詮釋。你的問題也讓我想起三十歲出頭時曾寫過一首詩〈經學——夢遊儀徵阮大學士祠〉，靈感即得自於在西雅圖作的一場夢，我真的夢見自己身歷其境來到清朝阮元大學士的祠堂遊覽。阮元以撰著《十三經注疏》傳世，夢裡我直覺這應是湘君、湘夫人的禁地，她們不宜來此，因為太多愁善感。最後還用《詩經》的篇名做了一幅對聯記遊：「周南召南十五國風／小雅大雅周魯商頌」。柯慶明跟我邀稿，我把詩寄給他，他讀了，很喜歡，覺得太有意思了，把它編進《新潮》裡。

曾：除了〈經學〉，與儒家有關的還有〈鄭玄寤夢〉。很有趣，您總是用夢境寫儒者。儒家一般是務實的，入世的，不語怪力亂神，講究經國濟世之道、人間社會的倫理。您托夢說儒，是潛意識裡想賦予儒家另一層精神面向嗎？

楊：除了〈鄭玄寤夢〉，寫儒者的還有〈延陵季子掛劍〉，我藉著後來變成非俠非儒的季札把儒家所代表的做了一番檢討。而鄭玄呢，我深深覺得他是他那個時代極為特別的人。當曹操、袁術、袁紹等人整天忙著謀略想統一中國，鄭玄跑去做學問，選擇了潛心治學。這些詩有什麼關連，也許我該費神釐清一下。的確，儒者讀書的目的是為了修成溫柔敦厚，但溫柔敦厚是不是至善的人性，這點我存疑。至於儒家博大精深的思想體系，我略有領會，至少承認它的存在，不是用cynical的方式談它。但不像我的有些朋友把它奉為一種宗教信仰。對於它的濟世功能，我多少有點保留。至於你題目裡問到《詩經》對我的影響，《詩經》顯然是儒家的東西，因為深入研究過，它裡頭無論是內容或主題、形式、風格，對我當然有點影響。而且，我知道我的同輩不太注重這個，他們也許從別的地方汲取養分，像音樂、繪畫或電影。我卻是從古典的源頭《詩經》獲得一些關於內容和形式的訊息。但要說出一套完整的理論來，像 Virgil 和但丁做到的，我從未往這方向努力過。

曾：您的夢境是否透露出潛意識裡想替漢民族務實的人文傳統注入超現實想像的因素？

楊：這點說得通，只是我沒整理過，做出個 manifesto 來。我知道自己有個小角落是別人進不來的，因為人家不做這個；而別人做的，我也覺得有點難再去做。再說這場夢，在天上飛。好像除了這場夢，從來沒夢見在天上飛，而且和孔子一起飛，孔子哪裡會飛？太奇怪了！我曾經作夢，在夢裡寫了一首詩，醒來只記得殘句，隨即下筆補全，成了〈草原告別〉。這些夢都有關連嗎？

曾：和孔子飛翔的夢境裡有詩嗎？

楊：沒有。但感覺很舒服。有點像 Icarus 隨著 Daedalus 往上飛。但 Icarus 後來飛得太高，高過父親，就摔下來，變成 martyr 了，大家說這是年輕藝術家的宿命。

我現在年紀大了，應該不會像 Icarus。

曾：就年紀說，楊牧跟孔子的關係應該不會對等於 Icarus 和 Daedalus。就某層意義看，您的夢境倒是改寫了 Icarus 和 Daedalus 的神話。您想高中生葉珊會做這種夢嗎？

楊：不會。所以，這麼看來，這場夢有可能是一種 repentance，懺悔高中時不懂得和孔子一起飛，所以，老了補償。

曾：高中時跟我們的世代一樣，《四書》是學校裡的文化基本教材？

楊：讀過的，接觸的還更早。日據時代我們家有一套上海石刻本的《四書》，是我父親上私塾用的，他的老師是花蓮最有學問的駱香林先生。這套書我記得很清楚，有回颱風天被灌進窗來的風雨吹破了。後來，《孟子》不見了。小時候不懂這套書有多精彩，要等五、六十年後才知道這套書可以帶你飛翔。

曾：大家總是傾向於把您歸入浪漫主義一派，您作品裡的抗議精神的確受到西方的影響。但另一方面，也許師承徐復觀和陳世驤，您內在裡屬學者的這一面向其實跟儒家有關。這是當代的作家少有的涵養，說到儒家，大家避之唯恐不及，總覺得那是帝王治理之術，您卻從中找到溫柔敦厚的詩教。

楊：而且，我很珍惜。老實說，也很 proud。我喜歡做別人沒有做的事，單就中華文化的學問說，我挑著做的常跟我的朋友們不一樣。西方文學也一樣，我從中古做起，別人多數做現代或十八、十九世紀。夢見跟李白飛或跟屈原飛，好像理所當然。夢見跟孔子飛，真的很怪異。我跟著他，但隔著一段可以讓我自在飛翔的空間，像一種師徒的關係，不覺得危險，滿有幸福感。

曾：這也讓我想到柏拉圖和蘇格拉底的關係。Harold Bloom 在 *Till I End My Song* 的序裡說，文學除了追求原創之外，還有非常重要的面向，是屬於傳承的部分。對於 Grand Tradition，cultural heritage 的承接與轉化也需要活潑、充沛的想像力。

楊：所以，不需要發明什麼東西，但能把傳統裡好的東西 hand down 給下一代，就有價值，孔子說的「述而不作」，為往聖繼絕學。這很重要。

曾：您剛才說的，自己有個小角落是別人進不去的，指的是儒者內在的精神涵養呢，還是《詩經》對您的影響？其實，《詩經》十五國風並不怎麼温柔敦厚，有些詩還非常坦白。

楊：首先，温柔敦厚講的不是怎樣 behave，《詩經》沒有教我們這個。所謂「思無邪」，這思字，從魯頌〈駉〉看來，是個虛字。無邪指的是一種 style 的要求，作詩是有規矩的，不可太超過，要剛剛好，恰到好處。譬如幾行幾個字有定格，但有時候也可以突破，突破之後又收回來。收回來就是一種謙讓，進取和謙讓之間拿捏得宜就是温柔敦厚。雖然我們通常說它是四言詩，但也容許加上虛字變成五言六言七言，甚至有長到八個字的。所謂的敦厚，就是不要超過，讓人不忍卒讀。從這裡我學到原來文字可以如此來佈置，從平衡到不平衡，故意讓它不平衡，卻是為了把思想表達得更透澈。看來像是衝突，但是為了藝術的目的，為了讓詩更有效。對我來說，到了二十世紀、二十一世紀，這些東西跟《詩經》學和跟宋詞學有什麼不同？當然大大不同，因為《詩經》裡頭有很多創出來的字，我們看到它時，都是第一次看到。作為一個字，它自己能夠function，它的定義是什麼，我們從詩裡去揣摩它。然後，有些字，我們讀時，真是糟糕極了，都已經死掉了，意思被我們忘記了。於是，我偷偷地給自己一個期許，一個野心，想要起這些字於僵死。以前已經沒希望了，可是我要拿來把它擺在白話文中，給它個位置使它再有力量，別人一看就知道什麼意思，不必查字典，因為查字典說不定查不到我給的定義。既然它當初創造出來時可以單獨存在，可以同其它的字合群存在，我在二十、二十一世紀把它放在白話文的context裡使用它，它應該也可以function。這使我多了一個信念，一個野心，就想做這件事，它是一種文字形式的藝術。我讀《詩經》的收穫就是找到這個抱負。如果只讀唐詩和宋詞，是不可能有這收穫的，不可能體會句子這樣組合是可以接受的。別人在談Foucault、Derrida，我聽不懂。可是，沒關係，我有些東西他們也不懂，他們看不出來我在做什麼。像在最近出版的《長短歌行》裡，我用字跟從前不一樣，這跟年紀有關，跟看事情的方式有關，跟苦口婆心地想説服別人文字可以這麼用有關。不過，也許跟從前也沒什麼不一樣，這就有待你們分辨了。

曾：是文字的意象和文義的肌理更有機的結合，除了意象，更重要的是產生了恰當的音樂性。

楊：本來最初詩的構成法，不像我們從唐詩看到的那樣。《詩經》的寫法不像唐詩一樣有固定的格律，四行該怎麼寫，八行又該怎麼寫。《詩經》詩行的組構和排列有時很奇怪，像〈無羊〉第一句「誰謂爾無羊」就不是四言，〈鶴鳴〉「鶴鳴于九皋」亦然，而〈伐木〉與伐木根本無關，講的是我宴客，叔叔和舅舅都不來，怎麼辦？詩的思考佈局不同於一般邏輯，這些從唐詩是看不出來的。

曾：回過來談您的夢境，或許夢中的楊牧試圖為漢文學開立一個足與西方抗衡的傳承神話？説到希臘神話，您在最近出版的《長短歌行》跋裡，重新反省這一神話體系對文學創作的啓發，以隱喻自比為 Narcissus 和 Sisyphus，並透過回顧自己綿延逾一甲子的抒情詩創作歷程，嘗試為這兩位神祇掘發更新更豐富的象徵意涵。在跋的結尾處，有感於試圖以詩文籠絡「一切的原初、和歸宿」——無邊的時空云何——而不可得，您似乎為自己 Sisyphus 似徒勞的宿命發出慨嘆。您寫的跋是這樣結束的：「億載萬年以下，我們想像，當群峰高處的大神息怒時，西息弗斯自當被寬恕，停止苦役，如我大膽預言，然而我們什麼時候才可能獲釋？」如果說夢境經常是現實虧缺的反差，您在夢中與孔子飛翔這意象幾乎完全顛覆、擺脫了 Sisyphus 苦行徒勞的宿命。您潛意識裡根本不想讓自己的創作終結於此一宿命，您想從漢文學泱泱漭漭的傳統中另闢一條出路？

楊：先說我希望獲釋嗎？希望停止苦役嗎？恐怕未必。能這樣遭受神譴，在我看來，也是一種榮耀。我寫跋這樣結尾，與其說是氣竭力盡，想休息，不如說希望大家彼此砥礪，不要停筆，繼續寫下去。相對於希臘神話和悲劇，以及猶太人耶穌的信仰，儒家的確溫和多了。但不管是高加索山上的普羅米修斯或十字架上的耶穌，那是神話的意境，透過這意境，讓我們體識崇高和偉大，還有所謂的 sacred violence。

曾：為了助成東華大學圖書館特闢「楊牧書房」，作為您個人一生創作與治學活動、成果的展示空間，並為花蓮文學提供一恆久的導覽窗口，您從美國西雅圖家中運回數十箱個人藏書，等著待書房建置完成時，捐為典藏。不料，前一陣子連日霪雨，居南邨宿舍不知不覺遭白蟻肆虐，把您藏書中的四箱啃蝕成灰，其中多半與法國文學有關。您戲稱，連白蟻都看上法國文學比較可口入味。在眾多完好的紙箱中，我發現其中一箱標示著「聖經」。Robert Alter，您從加州柏克萊大學比較文學系博士班畢業之後擔任系主任（一九七〇－一九七二），後來，成為希伯來文學學系的創系主任，二〇一〇年，高齡七十五歲，由普林斯頓大學出版了近著 *Pen of Iron: American Prose and the King James Bible*，生動綜論了 *The King James Bible* 對美國小說創作的深遠影響；Harold Bloom（一九三〇年出生），與 Alter 同為猶太裔，前年也由耶魯出版了 *The Shadow of a Great Rock: A Literary Appreciation of the King James Bible*，序裡提到 *The King James Bible* 出版那年（一六一一），莎士比亞也完成了《暴風雨》，莎劇和欽定本《聖經》並駕齊驅影響了此後英語世界的文學，包括英語句構和語彙。作為最受矚目的華裔學者和作家之一，可否請您從跨文化的視野，談談您的《聖經》藏書始末，以及您對《聖經》文學或《聖經》某一特定章節的獨到心得？此外，從〈和棋〉一詩得知，您曾讀過《金剛經》，對佛教或佛學應也有自己的看法。從完成《疑神》之後，到去年出版的《長短歌行》，以人文主義思維作為經緯，對宗教信仰抱持知性的懷疑，始終是您知性、靈性探尋的軌跡？

楊：〈和棋〉裡頭提到《金剛經》，那只是一個 metaphor，我對佛經或佛學並沒有深入研究過。至於《聖經》就比較複雜些。《聖經》雖然相對地 popular，但深度也值得鑽研。閱讀《聖經》的確對研究英語文學有用，我通常是在找典故資料時翻閱，從未有系統鑽研過。我對《聖經》感興趣，是屬於人文層面的。我的幾本《聖經》，有一本是弟弟送的，其它有學生和朋友送，一本是我在香港書店買的。《聖經》中的故事很吸引人，我對〈啓示錄〉和《詩篇》反而不覺得特別感動，最受感動的是新約裡耶穌生平的故事，這是別的地方沒有的。小時候，花蓮幾個長老教會的牧師他們的兒子全都是我的同學：美崙的江牧師、花蓮港的陳牧師、信義教會的袁牧師，他們的兒子，還有後來成為臺北雙連教會牧師的賴俊明。我跟袁牧師的兒子在學校還常打架，有一回還打到掉進明義國小前的水溝裡。往往上午打架，下午就和好了，放學還去他家玩。我在袁牧師的家裡看到一幅耶穌在客西馬尼園禱告的畫。畫中他是個洋人，年輕，長著鬍子，角落裡有光。有時看了會莫名感動，但他那洋人的長相讓我無法相信他是神。不過，對別人選擇相信，我也不會覺得不值得，有時還會羨慕。唸東海時，有個女老師一針見血對我說："So, you don't have faith."五十年後我才了解什麼叫作faith。那是人下定決心要接受，不講道理地相信。宗教即faith，會讓人產生力量，度過逆境。我唸研究所時，非常深入地閱讀中世紀和文藝復興文學，現在回想也覺詫異，雖然對基督教不怎麼了解、認同，卻能耐心查考《聖經》典故，為了進入但丁和米爾頓的詩中世界。或許我理解基督教根本是透過但丁和米爾頓，不是透過《聖經》。那時，在《神曲》中讀到但丁超越Virgil人文智慧的侷限，靠著Beatrice象徵的grace，神的救恩，進入天堂，對我，那是一個concept，還未變成faith。近來我對基督教的排斥越來越低，比較願意聽，哪天說不定就成為基督徒。

曾：信仰對我而言，除了faith，它的核心更是愛，「你們要盡心、盡性、盡意愛主你們的神，並要愛人如己。」

楊：雖然《聖經》中强調耶穌的sonship，也就是他對天父的順服，但我總覺得耶穌對他的母親很兇，尤其在迦拿婚宴把水變成酒那則神蹟故事裡。明清時期的譯經者從頭到尾都不敢用「孝」這個字，因為「孝」太複雜，不對等於piety或順服，就像「龍」和dragon不一樣。說到翻譯，幾年前，我遇見雙連教會的賴牧師，他正在參與臺語《聖經》的翻譯。他說聖母瑪麗亞童女懷孕，孕的臺語叫「有身」，真妙。我告訴他，「有身」這詞古早就有，出現在《詩經．大明》，關乎文王的誕生，「大任有身，生此文王」，用「有身」譯聖母懷孕，古雅、恰當。基督教重視忠於信仰，教人不可撒謊。誠實非常重要，不誠實就是違背真理。但丁的地獄裡最嚴重的罪就是撒謊，比貪食和好色嚴重，因為它會混淆是非、扭曲真理。看來，宗教和神學是迷人的。我的同學，袁牧師的兒子，後來進了臺大哲學系，赴美留學改讀醫科，Johns Hopkins醫學院。好幾年前，我回東海演講在招待所巧遇他，那時他在臺中榮總行醫，到東海參與研究計畫，可是他的桌上擺的全是神學的書，原來他正在唸函授學校，還是想當牧師。

曾：盈盈師母喜歡狗，養狗像養兒子，您們斷續養了十三年的臺灣土狗 Happy（黑皮）被您寫進了〈狻猊〉[61]詩中。從《涉事》之後，您以蟲魚草木鳥獸入詩的頻率大增，說您是詩人中的 naturist，應不為過。比較您的動物書寫與畫家 Lucian Freud（精神分析學家 Sigmund Freud 之孫）的動物畫作，應該會是比較文學發人深省的課題。Lucian Freud 顯然深受祖父影響，認為人獸之間只有衣冠有無之分；在他未完成的遺作中，躺臥的中年裸男與狗再現了人獸之間原始自然的和諧之美，卻也透露出獸類肉身共有的高貴、神祕與哀愁[62]。相較於繪畫，文字是完全不同的表現媒材。同樣以蟲魚鳥獸為創作題材，比起油彩或其它視覺藝術，文字有何優勢？有何限制？可否跟我們分享您的獨到心得？

楊：前面提到耶穌的畫像引起我反感，但〈約翰福音〉一開頭形容耶穌：「太初有道，道與神同在，道就是神。……生命在他裡頭，這生命就是人的光。」這段文字多麼神祕，比起畫像，尤勝一籌。五、六〇年代，寫 *European Literature*

61 〈狻猊〉，《長短歌行》輯一〈葵花〉（臺北：洪範，二〇一三）。

62 畫作參見 http://gerryco23.wordpress.com/2012/02/27/lucian-freud-portraits-painted-life/。

and the Latin Middle Ages 的 Ernst Robert Curtius 主張美術史不值得修讀，雅典神廟崩毀了，任它去，但好書可以一再傳譯，永續流傳。他這是德式觀點。近來，大家總說網際網路使我們進入了視覺影像的新紀元，文字漸漸式微。我則對文字書寫一直有信心。上花中時，我曾經在書店裡一站，幾乎把《水滸傳》讀完。上課時出神讀《水滸》被記過，靠辦壁報記功補回來。小孩子是會對文字入迷的，這點我有信心，相信好書一直都會有人讀，文學不會死亡。我讀王文興、陳映真、王禎和的小說，有些場景現在還記憶深刻，電影看過的，反而記不得了。我寫〈狻猊〉不只嘗試捕捉 Happy 的意識，也因懷念五、六歲時養的一條狗，叫 Kuma，日本話是熊的意思。後來，家人不准我養，只好放生。當時，火車站附近中山路的隧道那裡有座木橋跨過河，狗就被帶到那河邊，跨過橋，讓我跟牠說再見，河成為我和 Kuma 隔絕的邊界，寫〈狻猊〉是想把 Kuma 找回。十年前在東華，有回開車撞見一條蛇過馬路要游進甘蔗田，我就停下來，讓路，同時覺得不好意思，因為人類開路，讓牠那美麗的身軀赤裸裸裎現，了無遮蔽。你認為近年來蟲魚鳥獸頻頻出現在我的作品裡，我自己以為草木出現得較多，我喜歡用草木當隱喻，但也許你是對的，尤其在《介殼蟲》

這本詩集裡。我在柏克萊時開始寫蛇，在西雅圖寫鮭魚、寫狼，到了香港清水灣寫鷹，十多年前，在東華寫野兔、環頸雉，到了中研院寫介殼蟲。這些蟲魚鳥獸是自然物色又是象徵，無論在我們知性、感性的範疇裡，牠們都是鮮活的一種 presence，理當進入我們的書寫。我寫〈心之鷹〉，把鷹抽象化，企圖把自己和動物 identify 在一起。寫〈蛇的迴旋曲〉、〈蛇的練習三種〉，以蛇的不受歡迎作為 metaphor，說牠跟天使一樣雌雄同體，為什麼被咒詛？蛇向來是 extreme、越界的象徵，我和《白蛇傳》唱和，替蛇平反。鷹的典故繁多，我也寫過幾首有關鷹的詩。我用狼探討暴力與美，形容環頸雉像一艘炮艇，用撲朔和迷離寫公兔和母兔，公兔被母兔鼓勵，要有新的創造。我驅遣這些動物的意象想傳達一些什麼，是否有效？我彷彿有把握，卻又不特別 sure。

曾：將近十年前，您替我譯註的 Elizabeth Bishop 詩選《寫給雨季的歌》寫序，從中古文學的動物寓言（bestiary）書寫切入，集中評論 Bishop 的動物詩。我一邀序，沒多久，您就完稿了，序的標題叫〈解識蹤跡無限大〉，後來收入您的評論集《人文蹤跡》。從您完稿的速度，我能體會您對中古的 bestiary 十分熟悉。

楊：舉凡藝術家在追求craftmanship的過程，應該都可以很自然地接納草木鳥獸作為描摩的題材，像年輕時寫love song那麼自然。Renoir和Monet這些Impressionists不也都如此，藉自然物色間接表達內在的心境。《詩經．關雎》，關關雎鳩，不就是用鳥起興？從漢樂府到宋詞也常先言他物藉以抒情。古希臘的《伊索寓言》和柳宗元的動物寓言也都證明了這類修辭方式的確有效。草木蟲魚鳥獸進入人的知感世界，成為人書寫的媒介。

曾：最近，歌手陳綺貞出了一張新專輯《時間的歌》其中有一首歌〈秋天蒙太奇〉，據說在創作歌詞時，受了您散文中的一段話啓發：「幸福並不是不可能的，我們要它，它就來了。」（"But Love me For Love's Sake"，收在《葉珊散文集》）。這張專輯的廣告文案這樣寫著：「楊牧的文字寫於一九六〇年。與綺貞這首歌隔半個世紀相對。半個世紀前一位詩人的幸福，與半個世紀後一名歌手對永恆的叩問……，這當中時間被輕易地跨越，彷彿一場蒙太奇剪接。」陳綺貞受您啓發，並非您的作品延伸入大眾文化的孤例，楊弦等民歌手也曾將您的詩作譜成民歌。倒過來，我們更感興趣，想要知道您如何轉化大眾文化的精髓進入您的作品。一九八八年，當文化研究被引入文學研究的開端，David S. Reynolds 寫出了 *Beneath the American Renaissance: the Subversive Imagination in the Age of Emerson and Melville*，幫助我們見識了大眾文化和庶民生活樣貌如何生動地被寫進美國文藝復興時期的文學經典裡，例如，Emily Dickinson "I taste a liquor never brewed" 這首詩就引進了當時街頭酒館前常見醉漢被酒館主人逐出的場景。以醉漢／蜜蜂自喻，Emily Dickinson 寫活了詩興／愛情可比醇酒的魔力。針對這一命題，若有您的現身提點，這篇訪談或可觸發楊牧研究的另一個新面向。

楊：在柏克萊時，我聽了許多披頭四的歌，也喜歡 Bob Dylan 和貓王 Elvis Presley。當時有人甚至認為 John Lennon 在西方世界是繼舒伯特之後最偉大的 song composer。中學時期我也愛讀武俠小說，第一本讀的就是《臥虎藏龍》。〈流螢〉這首詩就是武俠極短篇，詩中的說話者從流螢想到被自己錯殺的妻，她原是仇家的女兒，這情節是我從武俠小說學來的。〈林冲夜奔〉裡落草水滸的林冲也有俠的色彩。

曾：所以，您的抗議精神有部分是藉由草莽人物抒發的？不只中古騎士，您對草莽人物也有某種認同？另外，您有一些詩取材自時事報導，尤其是國際新聞，像〈喇嘛轉世〉和〈失落的指環〉。您有閱讀 *The New York Times* 的習慣？

楊：〈喇嘛轉世〉的新聞哪裡看到的，現在已記不起來，但我當時相信喇嘛轉世這樣的事的確存在，而且從東方轉世到西班牙格拉拿達一個小村莊這件事饒富意義，尤其在宗教衝突到處煽火、製造傷亡的八〇年代，這關乎一種弭平紛爭追求和平的想像。

曾：寫這首詩，您充分發揮了豐富的世界地理知識。然而，它最大的特色在於音樂性。您把西班牙民謠〈聖安達路西亞〉的吟唱旋律成功地植入詩中，賦予藏傳佛教的轉世神奇一種浪漫的西班牙風情。

楊：〈失落的指環——為車臣而作〉的確取材於《紐約時報》的一則新聞報導，我在詩的附錄〈家書〉裡提供了報導的時間（二〇〇〇年二月中旬）和內容。這則新聞在曼哈頓大概沒多少人注意到，我用臺灣的觀點加以轉化寫成這首詩。有評論家指出我的這類詩顯示出對弱小民族的關懷。國際間强欺弱，貧富懸殊，公平、正義在哪裡？我一直很關心。

曾：我讀這首詩，一直覺得它像極了一部精湛的微電影，在車臣的首府果羅茲尼取景。場景出現這座城淪為廢墟的街景、遠處高加索群山中游擊隊出沒的營壘，特寫鏡頭隨即攝入車臣少年狙擊手明銳如鷹的眼神，向準星逼近，以及那棵他童年候車的樹暴露了敵人的行蹤。槍響伴著烏鴉嘎嘎的音效，用疊句的韻律和錯落的斷句配樂。廢墟中紅花盛開，空氣中有花香，這些都極到位，讓我想到阿莫多瓦。而且，您從閱讀平面地圖，那時還沒有Google Maps，就能精準掌握、想像果羅茲尼城內和周圍的地景，並化作文字，鋪陳場景，推展情節，這樣的功力讓人折服。

楊：寫這首詩的過程我從未有意識要模擬電影運鏡、分場的技術。嚴格說來，我也不懂小說，但我懂Homer的敘事詩，也懂戲劇，知道怎樣在主要情節之外，運用其它細節、因素加强敘事與戲劇效果。讀莎士比亞的劇本，發現每個角色的對白或獨白，句句是莎士比亞自己詩的語言，唯獨 Falstaff 和 Caliban 不同，尤其 Caliban，Caliban 的語言是莎士比亞為他特別創造出來的，荒島土著的胡言亂語卻是莎士比亞最好的詩。這些對我都有啓發。至於對果羅茲尼城市地景的描寫，那是根據一點知識，加上大量的想像，這也是濟慈和雪萊寫詩的憑據，與大抵仰靠知識的新古典主義，像 Alexander Pope，路數不同。其次，人道主義者小說家托爾斯泰年輕時曾經從戎駐紮於車臣，這段經驗後來還寫成書，我對鄰近裏海和黑海的這一帶本就存有浪漫的想像。在柏克萊拿到博士學位後，一度想進哈佛攻讀考古，想到土耳其和這一帶從事考古，寫信告訴住在哈佛附近的於梨華，她回信罵我說我瘋了。

曾：您平常的娛樂包括看美國職業棒球賽轉播，為什麼獨鍾棒球？

楊：當然跟小時候打棒球有關，但棒球的確比籃球好看。籃球通常打十幾分鐘就知道輸贏，棒球則不然，經常瞬間逆轉，勝負不可預期。而且，打擊手一定要有拚勁，有 adventurous spirit，想盡辦法上壘，上了壘，目的就是要奔回本壘。英雄一定得回家，回到家才算完成 adventure。

曾：您上網嗎？

楊：我用 iPad 接收 emails，但不發信。我仍然用傳統的方式寫信。偶爾我會用 iPad 讀點本地的新聞報導，通常只看標題，因為內容的文字太差。

曾：Walt Whitman 在曼哈頓擔任記者和編輯期間，曾經負責撰寫表演活動的評論稿。那段期間，他親臨演出現場，觀賞了許多義大利歌劇。有論者指出，他對歌劇的喜愛和熟諳影響他寫出了不受格律限制、熱情澎湃的自由詩。您亦嗜聽義大利歌劇和西洋古典音樂，可否跟我們分享您最喜歡的歌劇曲目和作曲家？

楊：我的確偏愛義大利歌劇，普契尼的，尤其女高音的部分。至於古典音樂，貝多芬、莫札特、布拉姆斯，甚至巴哈，我都喜歡，都能聽入神。不過，我不同意有人認為馬勒比他們偉大。

曾：由於 Edward Said 的引介，Adorno 於一九三〇年間論及貝多芬晚年作品中有關「The Late Style」的說法近年來在批評領域廣受討論。不同於有些藝術大師的晚年作品充滿真知灼見，與存在達成和解，Adorno 認為貝多芬的晚年傑作，諸如《第九交響曲》和最後的六首弦樂四重奏等，完全不規避音節間的斷裂與衝突，甚至顛覆傳統章法，似乎有意在抵達藝術顛峰之後，悲劇性地再探未明的另一境地，不畏暴露自己藝術的侷限。生命何其有涯，唯藝術無涯，晚年的貝多芬著力於向未知探祕，不惜自毀過去曾經臻至的完藝，冀能向未來探路。後期作品中極端明顯的 tears and fissures 可謂誠實見證了以有涯追無涯，個人的完藝面對存有（Being），破綻百出，力有不逮。音樂的母題和意象瀰漫在您去年出版的《長短歌行》中，這本詩集或可將它比擬為貝多芬的鋼琴奏鳴曲，作為開啟您晚年風格的序章。可否跟我們透露一點您近年探索未來／未知有何突破的心得？或者您的困頓？

楊：這樣評論貝多芬最後的六首弦樂四重奏，我懂。不過，我以為《第九交響曲》是一首讚美詩，讚美創造的偉大，帶我們進入 sublime 的境界，卻一點也不 sensational，我倒是從未發現它的細節裡有破綻。到了生命的後期還能保有充沛的創作力，其實不簡單。像 Wordsworth，雖然活到八十歲，基本上過了四十五歲，幾乎就停筆了。Yeats 的創作生命最長，一直寫到老死，過程中，有時靠翻譯維持筆力於不墜，譬如他跟印度朋友合譯梵文經典 *Upanishads*。他後期的詩，無論結構或內容都不一樣，他嘗試寫出像 Crazy Jane 這種詼諧、狂放的詩。中文的語詞多由兩個字或四個字構成，我最近十幾年傾向於故意用單字，不用合成語。早期，三十歲以前，在詩裡找自己的 identity，現在反而是找看不見的 identity。二十歲，不知道自己的性格；二十七、八歲時好像找到了，〈延陵季子掛劍〉有我自己的影子。此後寫詩，一直都有我。直到最近這十年，我反過來要讓人在詩裡找不到我，所以，我在《長短歌行》裡和陶詩以及韓愈的〈琴操〉，藉著陶淵明和韓愈引導人進入我思考的境界，有時更想誤導。〈歲末觀但丁〉這首基本上是讀書報告，讓但丁導引我進入地獄、天堂。很長的一段時間，詩裡有我，不是理論，而是一種誠實的書寫。陶淵明的每首詩不也都有自己？而謝靈運呢，你在詩中看不見他，只有好詩。我近來努力在創造不同的style，希望有別於過去。早期寫的詩都還記得，回頭看，有時覺得厭倦，有時覺得難得。三十歲時，我寫詩就很老練了，現在沒以前老練，卻又更老練。說不老練，因為在找變化，Adorno 指的 tears and fissures，我的確在嘗試這東西，故意使句子破碎，故意留下破綻。貝多芬《第九交響曲》在進入 choral 之前旋律游移不定，他這樣反覆猶疑，是為了不流俗。

曾：《長短歌行》裡有幾首詩寫出了您對死後世界的想像，其中有依但丁導引遙望天堂，也寫純粹的虛無。想像純粹的虛無，需要勇氣。

楊：到了一個年紀，懷念逝去的親友，才會去想像死後的世界。這是個 point of departure。基本上，我認為若有死後的世界，跟人間應沒什麼兩樣，我們仍然保有可感知的肉身。

曾：您三十五歲寫的〈孤獨〉[63]，就是王文興在《朝向一首詩的完成》裡朗讀的那首，許多人喜歡，應該算是臺灣現代詩的一首經典了。那時孤獨是一匹獸，要把牠用酒往肚裡吞。《長短歌行》有首〈論孤獨〉[64]則充滿淡定的禪境，彷彿佛陀在菩提樹下悟道。您怕孤獨嗎？不怕？

楊：不怕，除非叫我一個人開車到臺東，再說，我也不覺得孤獨。十多歲時，家裡很多人，會有孤獨感，是因跟人家不一樣而覺孤獨。寫〈孤獨〉時，正在臺大客座，天天跟朋友吃飯，其實不孤單。有天，單獨一個人在租屋處看書，看到一個段落，往窗外看，天黑了，靈感一來，寫了這首詩。當時寫詩不是為了把孤獨驅走，反而覺得孤獨幫我完成了一首好詩。

曾：您的詩和散文顯示出對過往有鮮明的記憶，許多細節您都記得。我認為這與您從小就開始寫作，經常獨處，心靈常處在全然清醒的狀態有關。

楊：這與我選擇要記住什麼，有些就忘掉有關。

63〈孤獨〉，《楊牧詩集II：一九七四－一九八五》第六卷〈北斗行〉（臺北：洪範，一九九五）。

64〈論孤獨〉，《長短歌行》輯一〈葵花〉（臺北：洪範，二〇一三）。

曾：這種近乎潔癖的選擇可以說是一種 poetic justice 嗎？去年夏天，我在曼哈頓對林泠做了一次訪談。林泠說她喜歡 Paz 的詩，因為精練、瀏亮，讀多了卻又深怕被他影響，寫出像他那樣的詩，澄澈的詩。讀紐約詩人 Ashbery 的詩，林泠覺得自在多了，因為他的詩意象豐富、蕪雜，各自間沒有邏輯關連，你可以閒逛於其間，自由擷取靈光。林泠說他從 Ashbery 的詩體會出何謂詩是開放的空間，不應有認知的脅迫性。您的詩介於 Paz 和 Ashbery 之間？

楊：所以，我把一百行的詩分四段寫是操控過度了？詩寫出來之後就屬於 public domain 了，大家可以自由貢獻對它的看法，作者並不是自己作品的權威，雖然讀者有賢與不肖之分。我很年輕時就這麼主張，那時「讀者反應」的理論還沒出來。Critic 讀我的詩與我看法不同，我可以接受，不會生氣，甚至高興、驚訝，他怎麼可以讀出比我自己想到的還更精彩的東西。近十年來有比較多論文討論我的詩，各式各樣的讀法。有的讀法聰明絕頂，把我的 points 組織得好極了。這點，我一直覺得很幸運。

王文興與楊牧對談詩詞

主持人：曾珍珍
時間：二〇〇二年三月九日
地點：敦南誠品書店視聽室
主辦單位：中外文學、東華大學創作與英語文學研究所、誠品書店、中國時報人間副刊
錄音整理：黃千芳

曾珍珍教授（以下簡稱曾）：很高興能有今天這樣的機會，安排王文興先生和楊牧先生對談詩詞，除了因為他們兩位都是我的老師，是我在文學閱讀與學術研究上的啓蒙師之外，更因他們曾是愛荷華寫作班前後期的同學，後來都成了臺灣文學的經典作家，一個透過《家變》、《背海的人》寫出小說經典，一個從年少時代出《水之湄》，到去年出了《涉事》，總共十二本詩集，甚至也寫了被稱為臺灣現代散文經典的奇萊三書：《山風海雨》、《方向歸零》和《昔

我往矣》。在接受我所提出的兩人對談的提議之後，王文興老師選擇要和楊牧談詩詞，他說，你就請楊牧選擇四首詩詞，我們就以這四首詩詞為焦點談談文學。楊牧很快就選好了，兩首唐詩、兩首宋詞，也就是各位手中講義上的：李白〈長干行〉、韓愈〈山石〉、蘇東坡〈江城子〉和晏幾道〈鷓鴣天〉（詩詞附於對談紀錄後）。現在就讓我們聽聽這兩位作家透過詩詞談文學寫作藝術，聽聽他們有什麼特別的 insights。首先，請楊牧說明，中國唐詩宋詞那麼多的作品，為什麼今天要和王文興對談，單單就獨鍾於這四首？

楊牧教授（以下簡稱楊）：主持人、王老師、還有各位朋友，這個題目真的很特別，剛才我一路在想，想王老師跟我幾十年前唸的都是外文系，現在兩個唸外文系的人在這裡談唐詩宋詞……。這裡頭其實也是故意的啦，就好像是中文系的人讀莎士比亞一樣的那種感覺，其實是想試著自另一個角度來看偉大的中國文學，看有什麼是前人談唐詩或是宋詞沒有論及的東西。首先曾珍珍要我挑幾首古典的詩詞，我第一個反應當然是兩首唐詩、兩首宋詞，為什麼挑這四首呢？我的答案是因為這四首詩詞背後都有故事。我們讀詩好像有時候覺得沒有什麼故事，不知道在說什麼，譬如李商隱的詩，你必須去猜；有些則是抒情，把自己的感情說出來，或言志等等這些。今天選的李白、韓愈這兩首詩，是古體，它們真的有個故事在詩裡。我從很早以前，大概是做學生的時代一直到現在，常常思考這個問題，「敘事詩」的問題，也就是 narrative poetry 的問題。我想一聽到這個字，人家就知道你是外文系的。對於敘事詩，我非常感興趣。很多年前我曾寫過一篇文章，用英文寫成的，講的是唐詩的敘事性。我的結論就是，的確古體詩比較能把故事性維持下來，或者是創作出來。我這樣提，指的是李白這首〈長干行〉背後一定有個故事。此外，值得一提的，是關於聲音的問題，voice 的問題。詩裡是誰在發言？李白當然不是這裡頭發言的人，可是我們的詩人他居然可以創造出一個人物，用她的聲音和她的心理，來講這樣一個富有故事性的事件。

韓愈〈山石〉的故事性，就好像在寫日記那個樣子。今天老師帶我們去遠足，就把路上的感想寫出來，最後最奇妙的還來個結論（conclusion），像古文一樣來個結論。作詩平常實在真的是不太需要結論，這實在是很特別的一種寫法，它不一樣。此外，從這首詩的敘事我們看得出來時空的運行，時間怎麼走怎麼樣運行，一步一步把它寫出來了。

蘇東坡那首詞，我想我們都很熟悉，那天晚上他作了一個夢，夢見十年前他的妻子，整個十年來他有時想到她，有時又沒想到她。我們知道這後面是有個故事的，不過，他的寫法已經很不一樣了，我想它已經不只是講故事那個味道，慢慢地抒情的成分越來越濃。最後〈鷓鴣天〉這首詞，也有一個故事在那裡，可是好像文字的張力使得它不只把一個故事講出來，甚至可以從那裡往外再渲染出去，找到了一個抒情的特性，就是不只講一件事情，它是講一般的、任何人都可能遭遇的一個經驗，那個經驗看起來是個別的、individual 的經驗，可是的確它可以擴大到幾乎是無限的範圍。我現在不能說我最喜歡哪一首，這四首詩，我都稱它們為詩，就是 poem 或 poetry 好了，我現在不能評估哪一首最好，或是我最喜歡哪一首詩。我想王老師有別的想法。

王文興教授（以下簡稱王）：大家好，這四首的確我個人也非常喜歡。但是第四首，我喜歡它，有一點保留，這我們等一下再講。這第一首呢，沒有話講，溫柔哀怨，這四個字絶對稱得上。這個講話的——剛才楊牧說 voice——很重要。這是一個女性的聲音在講話。要變成女性的聲音才能達到溫柔哀怨的境界。此外還有什麼原因可以使〈長干行〉達到婉轉哀怨？如今不如拆開來看，原因大概是其中轉了三個韻。

頭先呢，它是押了個「開」的韻。後來呢，押了個「早」、「草」這樣的韻。最後呢，押了個「巴」的韻。三個韻轉下來，就讓你覺得是迴腸盪氣的轉彎，就因為這裡頭彎轉得很多。我們再看第一個「開」的韻，為什麼他押「開」？「開」的聲音甘美。然後轉為「早」跟「草」，這是愁苦，愁苦的聲音。最後，最後有一種期待，「巴」的音，是期待，也是優雅。等一下我們可以看到它這個音樂，就決定了此詩的優點，也就是腔調的優美。然而，讀下來雖然這麼好，我還是覺得開頭恐怕有一點問題。我個人有一點疑問，開頭的四句，我嫌它，嫌它什麼呢？我嫌它開頭的四句不太押韻。是的，不太押韻。「妾髮初覆額，折花門前劇。郎騎竹馬來，遶床弄青梅」不押韻嘛，後面的韻又那麼好，前頭為什麼卻不押呢？我懷疑這首詩是抄錯了。如果它能夠一貫都押韻的話，就完美了。起初我讀了就覺得很可疑，覺得意思也不太通順，說實在「折花門前劇」這句子不太好，「劇」字不好。「遶床弄青梅」什麼「床」？這是怎麼回事？

有人說是椅子，有人說是井，門口的水井。好，那怎麼弄青梅呢？青梅是哪來的呢？為什麼又要弄青梅呢？所以，都不很通順。現在我們假設是有人抄錯了，抄錯這種事很多，古時候抄錯的詩不知道有多少。我在想能不能試試看，看可不可以恢復原狀，看看可能出現什麼不同的方向。

「妾髮初覆額」這恐怕沒有辦法了，我想了半天，想不出怎麼改，本來不理想，但是沒法改進，那好吧，就「妾髮初覆額」吧。「折花門前⋯⋯」我改了一個字，改成「排」好了，就是說，把花折了以後，在門口的前頭，把花排起來玩，我們試試看，看行不行。「妾髮初覆額，折花門前排」。「郎騎竹馬來」，下面我再改，下一句改為「遶屋集青梅」。為什麼要改成「屋」呢？我還是覺得「遶床」不太對，「床」這個字你寫得草，恐怕跟「屋」字有點像，所以可能是抄錯了，而「弄」字也有點別扭，不知所云。這個「弄」字寫草一點，跟那個集合的「集」字也有點像。假如說是繞屋、騎竹馬，小孩子遠著屋跑，他幹什麼呢？他在收集樹上掉下來的梅子，這就合理多了。然後兩個小孩，一個排花，一個排梅，這樣子就可以玩起來了，要不然真不曉得他們在幹什麼，變成兩個小孩子各玩各的。現在你把它改一下，就變成一幅遊戲的、兩小無猜的圖畫了，否則我們很難看出兩小無猜是什麼個情形。所以，這是我對第一首詩的意見，其他的都很完美。就算後面幾句有抄錯的，也是完美，等於沒抄錯。這是一點我的淺見，我一點的淺見。

楊：我想王老師這樣改，不是真的要幫李白改詩，的確是這樣唸起來，好像不是像我們平常讀的後來的絕句律詩裡的寫法，這樣的問題……歌行、古體詩都會有這樣的問題。

「折花門前劇」，她在那裡玩，然後「郎騎竹馬來」，這郎也不是指有男生來，而是指你那時候騎著竹馬來，這是她的聲音。這首詩我最感興趣的，是李白居然可以化為另一個角色，有時候是這個人，有時候是那個人。我們讀李白的詩，發現他非常非常有能力把自己化身成女性，從女性的觀點來看。讀中國古典詩，一開始在《詩經》那個時代，詩中女性的聲音真的是女性的聲音，尤其是國風裡，百分之六十至七十都是女人在發言。不知道從哪天開始突然女人都不發言了，都變成男人在幫女人發言。李白卻不一樣，他大量為女人抒情。這點很不容易，因為我感覺讀古典的詩詞——倒不是說我有特別的不滿意——好像每個詩人都在講他自己。我們偉大的詩人之一，像杜甫，講來講去都是在講他自己，早晨起來做什麼、坐船呀、太陽很大呀，都是在講自己。從讀英國文學史的觀點來看，有時候你真的希望他能講講別人的事情。在西方文學的觀念裡頭，往往是假設你能夠為別人抒情，用別人的聲音來講事情，或甚至是更高的境界，也就是你把你自己的性格排除掉，暫時排除掉，就像是戲劇那個樣子。T. S. Eliot 就是在講這個 sensibility，這麼多個人感受的東西，你要把它暫時排除掉，拿別人的聲音來作詩。所以，我有一個教授朋友叫 Steve Ow，說中國詩人寫詩，好像是寫自傳，當時我聽了很生氣，怎會有這種想法！後來想想也不是沒有道理，好像都是在寫自己，謝靈運就是謝靈運，陶淵明就是陶淵明，那個樣子的確像是寫自傳。可是有一個很特別的現象，就是我們讀李白詩，差不多讀一兩百首，我們很快感覺到他常常是為別人講話，把自己的聲音放棄掉了，「當君懷歸日，是妾斷腸時」等等，把自己變成女人，也是同樣的一種做法。我覺得這是從抒情詩的形式，步入敘事詩的境界，快要到達大規模的戲劇的層次，我認為這是很重要的。剛才都幫他改詩了，那我也來幫他改一下，假如李白這首〈長干行〉是一，事實上〈長干行〉有兩首，第二首也是同樣用女人的角度來寫。假如還有第三首，由男生回答一下，第四首，女生再回答一下，兩個開始對話，這就不得了了，這就是舞臺劇的感覺。希臘悲劇怎麼開始的？一開始的時候，也是一個人上臺「妾髮初覆額……」，後來有一個人很聰明，覺得一個人很單調，就上臺和她一起對話，然後就變成整套的對話。在這裡頭我所看到的是一種令人嚮往的功夫，能夠讓自己的性格暫時抹煞取消，幫別人把這個情說出來。所以他不只是一個李白，他是像孫悟空一樣，毛一吹可以化身為幾百個孫悟空，有時是男的，有時是女的。從這點看來，西方文學在詩的方面，這是很頻繁的現象，可是在中國文學，詩的方面不太多，幾乎是沒有，反而是小說真的很了不起，你看像曹雪芹，一個人可以化成幾百個小曹雪芹，每個人再去打扮，這是文學的一個很好的發展。

王：這個詩裡頭有故事，這很明顯，現在這四首都很明顯，尤其開頭的兩首。但我個人覺得，所有的詩，都有故事，而且都要有故事才行。中國從古以來的詩，都有故事。我們平常認為沒有故事，那是因為我們沒有找到，至少這是我個人的看法。從前我讀中國舊詩都不太懂，都只含含糊糊的，都讀成了朦朧詩。每一首詩都只得個印象，覺得這句美麗、那句美麗，合起來都很美麗。結果每一首詩都一樣，也不知道誰更好，誰則不如誰。後來有一天，我覺悟了。我察覺英文詩都有個故事，中國詩應該也一定有個故事，這對我大有幫助，現在任何一首我看不懂的詩，找出故事的路線後，多半就看得懂了。

那故事怎麼找呢？講話的人是誰呀？而且，先決定性別很重要。這首詩到底是男人講話？還是女人講話？這很重要，決定完了後，再找時間、地點，也要把它固定。前前後後的順序。雖然不是小說，也是回憶，也算是回憶錄。這樣弄清楚了，我個人覺得，就會發現中國詩好懂多了，而且就發現中國的詩都在講故事。中國詩中女人的聲音，是特別多的，譬如閨怨，閨怨詩全是女人的聲音。閨怨詩從漢朝開始就不少，這個勢力太强了，到宋詞大概百分之九十・九都是女人在講話，歌女心裡的怨情，很多是：傷春啦、情人不回來啦……種種這些。所以我覺得，外國人批評我們也是有道理，批評我們狹隘，狹隘是我們到後來只有很少類別的人在講話，男的，只有作者；女的，只有歌女、怨女。我們缺少不同類別的人講話。以男的來說，不能只有一個詩人自己在講話，應該有許多不同的男人在講話。中國的古詩裡，例如杜甫，就是只有詩人在講話。

有沒有辦法，你寫一首詩，改用僕人來講話，或者帝王來講話，有沒有？中國寫了多少楚霸王的詩，沒有一首是拿項羽的聲音講話的，他可以是馬克白，他可以是李爾王，為什麼你不讓他講自己的話？千篇一律的，總是別人在談項羽，楚霸王他可以自己講話呀！我們的詩裡缺少人格的改變，metamorphosis，蛻變。男性詩人變成女人也很好呀，中國詩人常變成女人，但是變成女人後，不要老是一種女人，比如宋詞，就只有歌女一種人，你應該還有很多嘛！良家婦女不容易入詞，其實都可以寫進去，metamorphosis的要求，外國人恐怕是對的。

關於第一首詩，剛才既然講了它的故事性，則可能還有一個小問題，就是她的丈夫離開多久，看不出來。「十六君遠行」，她十六歲，丈夫就離開了，但後面沒有寫她現在幾歲，因而這個別離就變得可長可短了。可能只有幾個月的別離，但又說「豈上望夫臺」，大概又走了很久，有沒有十年？恐怕有十年，這位小姐也許二十六歲了，因為「坐愁紅顏老」，二十六歲了，大概覺得老了。不知道，我們不知道。所以要滿足故事性的要求，才能讓我們知道，這閨怨有多深。〈長干行〉應該提供更清楚的故事線（story-line）。

楊：剛講到什麼樣的人在說話，在第一首，這個 voice 當然是女性，我覺得「十六君遠行」，是指我十六歲以後，你常常在遠行，並不是說，十六歲以後一走就不見了，因此女子看到蝴蝶「雙飛西園草」，以下才有「坐愁紅顏老」的感慨。像這樣的聲音表達方式，我覺得韓愈就是一個很奇妙的聲音，這首詩用英文講就是 outing 嘛，幾個朋友走走我們去陽明山、去龍潭，去一下沒什麼了不起呀，到最後竟然有一個那麼嚴重的結論「吾黨二三子……」，把自己弄得像小孔子那個樣子，「安得至老不更歸」。所以，這首詩我覺得他是步步為營，每個地方都有個策略在裡頭。他說他黃昏到寺，然後「僧言古壁佛畫好」，和尚跟我說佛畫很好，接著「以火來照所見稀」這句，我就覺得很奇怪，韓愈有點奇怪，有一點點裝模作樣的樣子。那幅畫大概不錯，可是他好像想說，自己是孔子的門徒，孟子以後最棒的就是我，怎麼可以稱讚佛畫呢？所以，我來看，所看到的就是稀疏的一點點，覺得佛畫沒有什麼好的。這裡我想他是很有策略性地在寫這首詩，底下就說，吃得不好也沒什麼關係，隨便吃吃，糙米飯就好……。

有些地方也覺得不太容易了解，我想我可以替他解釋：「天明獨去無道路」，好像是他自己一個人出來，接著又說「吾黨二三子」，好像又是跟好幾個朋友一起出去。有一個講法說，他是跟好幾個朋友出去玩，為什麼說「獨去」？也許是因為我們這群人和長安城裡的其他人不一樣，所以說「獨去」。看起來好像有一點矛盾，不過這個我們可以解決，詩裡的問題好像沒有辦法通通顧到，我們必須參與，來幫他一起作這個詩，把這首詩作完，找到整個情節，及其它的重要性。但是後面那四行，我覺得都是在講道理，其實出去玩玩，描寫風景就很好了，可是他就是要給它一個moral、感觸。

我很喜歡這首詩，其實我在二十幾歲的時候，寫了一首詩就是續韓愈〈山石〉，〈續韓愈七言古詩「山石」〉。那時我就看出來這後面有很多讀書人的灰色、陰暗的東西，講了一大堆道理，可是事實上，心裡又在想一些別的事情，所以我就幫他續下，我用白話文的辦法、英詩的辦法寫。後來若干年後，我有一個朋友叫莊信正，我想王老師也記得，莊信正有一次跟我講，不是講這首詩，他問我：「你讀過《春蠶》沒有，茅盾的《春蠶》？」我說：「有呀，還不錯嘛！」他說：「這是我看過最爛的小說！」我說：「為什麼？」他說：「《春蠶》這個故事寫著寫著，寫到最後高利貸的問題……然後故事就結束了，翻開最後一行：這就是為什麼，主角他們越來越窮的關係。」莊信正説：「寫小説不需要再加上最後那一句的，人家看到最後就知道為什麼了，何必還要重新把這個主題再講一遍呢？」我的感受也是這樣，他一步一步寫上山的情形，也滿成功的把對和尚和佛畫的感覺寫出來，講得非常好，尤其是下山，相當好，居然可以讓「水聲激激風吹衣」產生新的意義，可是最後「人生如此自可樂……」真是個很奇怪的收筆方法。

王：〈山石〉實在寫得好，怎麼讀都覺得好，快人快語，一路一洩千里，沒有任何阻擋。但是這個一路一洩千里，就像剛才楊牧講的，它還有層次，這很了不起，它的層次就是：傍晚，夜晚，然後清早，然後上午。它的層次跟我們的遊記不一樣，我們旅遊的遊記，都從早上寫起，天亮看太陽，然後中間出去玩，傍晚看落日，夜晚看月亮，我們是這個順序。可是你看他的順序，他倒過來寫，他先寫傍晚、然後寫夜晚、然後深夜、然後才寫清早。完了以後，大概是中午，因為他下水了，大概是天熱可以下水的中午。是這樣的層次分明，且順序和我們一般的不一樣。

這一首詩的確也有一些難句，需要我們想一想。一開始，第三句，就有點費解，「山石犖确行徑微，黃昏到寺蝙蝠飛。升堂坐階新雨足，芭蕉葉大梔子肥」，「升堂坐階新雨足」差不多所有的解釋裡面都說是韓愈和二三子，抵廟以後，就「升堂坐階」去了。這不太可信。到了就到了嘛！「升堂坐階」幹什麼？幹嘛要坐上臺階呢？「升堂坐階」了，又「新雨足」難道是吃飽了雨水不成？這不太可能。所以我們要看看「升堂坐階」是什麼意思。從古詩的結構來看，古體詩都是雙句詩，都是一雙一雙的。雖還沒到對句的地步，但它已經是兩句一個單位了。就像剛才的李白，就是這樣：「十四為君婦，羞顏未嘗開」，這是十四歲的描寫。「低頭向暗壁，千喚不一回」，這是另一件事，兩句一個單位。〈山石〉這一首也是很嚴格的雙句詩。因此「升堂坐階新雨足，芭蕉葉大梔子肥」就很容易了解了。誰在「升堂坐階」？誰又「新雨足」？應該就是後頭的芭蕉和梔子。是芭蕉樹很茂盛，長到臺階上來了，梔子樹也很茂盛，打從窗口，長到廟堂裡頭來了。兩句都說，兩棵樹長得很大、很肥、都靠近那個廟。兩句都是講芭蕉和梔子的位置。這位置構成一幅很好看的景觀，國畫裡頭常常這麼畫，臺階旁邊配著芭蕉，這是畫的境界，告訴你畫物的位置在哪裡。所以，「新雨足」

就講得通了。是芭蕉和梔子吃飽了雨水，不是人吃飽了雨水。梔子，還有一個問題，到底是花肥，還是葉子肥？我們不曉得。好，這是梔子樹，沒問題了，那要看什麼時候開花。梔子是六月開花，花很大、很肥。所以，這首詩如果是寫夏天的話，那他講的就是花，不是梔子的樹葉肥。那麼究竟是幾月呢？我查了一下這首詩寫於公元八〇一年七月二十二號，well，那是夏天了，所以沒問題，他講的梔子肥是講花，白的花很肥，這確能滿足我們的美感。他又說「芭蕉葉大」，芭蕉可不是那個果子了，是樹葉，是說芭蕉葉很肥大。看到蕉葉肥大，同時又看到旁邊白的梔子花也肥大，葉花都肥大，都因新雨足之故，我們的問題就解決了。

下面「天明獨去無道路，出入高下窮煙霏」，也是很麻煩的一句。是這個「獨」字令人頭痛。後邊明明說「嗟哉吾黨二三子」，一共有三四個人嘛。如說「天明獨去」是我一個人去，那除非是其他人都還在睡，我一個人出來跑。這樣或有可能。我一個人出來跑，看到「無道路」路都封住了，給霧封住了，走不了，是有可能。但「出入高下窮煙霏」，又有問題了。既然我說「無道路」，我怎麼能夠「出入高下窮煙霏」呢？我怎麼能夠上天入地跑得老遠，跑到煙霧茫茫的盡頭去呢？除非是說，我根本沒跑，我就站在那裡。但站在那裡，我怎麼「出入高下窮煙霏」？誰在出入高下？這都是問題。但我想可以解決，因為這是雙句詩，一個組合。此兩句詩的主角，可能不是韓愈。但主角是誰呢？主角就是道路本身。「天明獨去無道路」是說，天亮我去一看，廟裡出去只有一條路，故曰「獨去」。我一看，全是霧，唯一的一條路就走不通了，就「無道路」。天明，這廟裡唯一之一條路走不通了，所以「天明獨去無道路」被霧封住了。那麼誰又出入高下？路一直往後延，直延到霧裡去了，所以，是路在出入高下，伸延到煙雨霏霏、煙霧茫茫裡去了。因此「天明獨去無道路，出入高下窮煙霏」說的都是路。韓愈他站了一下，然後裹足不前，後來吃了早飯，霧開了，大家就「二三子」出去旅遊、出去登山。

登山，他就很高興了。「山紅澗碧紛爛漫」，山花也好看、綠水也好看，這可能有點誇大。「山紅」，那山上都是紅花嗎？剛才明明講是公元八〇一年七月二十二號，哪來的紅花？春天才有紅花，所以不知道，又是疑問。可能有一點紅花，他就寫了「山紅」。可能是太陽光照紅了，早上的紅太陽。但是他說「山紅澗碧」，如果山是太陽照紅了，那麼水當也是紅的了。總而言之，這句有一點問題。「紛爛漫」，他覺得好看，ok。下面「時見松櫪皆十圍」，我很喜歡這句。這句證明韓愈童心猶在。哎呀，這松樹要十個人才能環抱，我去抱一下看看。他像小孩一樣。這首詩看起來也像小學生的遠足遊記。一路上都是寫遠足的遊程，連脱鞋玩水都寫了進去，像小學生。「當流赤足蹋澗石」，現在時間要晚一點了，連韓愈這麼拘謹的人，也把衣服脱了、鞋子脱了，玩水去了，那一定是熱不可當了才如此，而「水聲激激風吹衣」，覺得涼快，證明的確熱不可當，也證明是日正當午了。最後「人生如此自可樂，豈必局束為人鞿？嗟哉吾黨二三子，安得至老不更歸」，他真的發起議論來了。我倒很樂意聽他的議論。我覺得滿好聽。就算議論，大概也沒關係。這幾句話文字寫得非常好，通順、一口氣沖下來。人家説「蘇海韓潮」是有道理的，蘇東坡的文字一片汪洋，而韓愈的文字像潮水一樣沖下來。到這兒，就讓他再沖四句，我也高興，也覺得痛快。最後他説「安得至老不更歸」，「我們就住下來，幹嘛要回京城去？」這首詩真的不厭百讀，都可以高歌了。韓愈的詩，拿來唱特別好！我個人覺得。這也是我對這首詩佩服的地方。

楊：剛才忘了提一下，就是李白這首詩〈長平行〉，被Ezra Pound翻成英詩，通常我們看英美詩的選集常常都會被選進去，被翻譯成現代詩的樣子，作者的部分被寫成Rihaku，就是李白，這是從日文來的，所以李白的詩因此進入了英詩的世界，只不過變成Rihaku。為什麼選這首詩？我想這裡頭的確有一點點靠近英詩傳統的地方，但是又不只是像英詩的傳統，譬如說「八月蝴蝶黃，雙飛西園草」，我想英詩的sensibility應該不會很快讓這兩句冒出來，這是非常非常古體詩的，中國傳統裡很美的，從六朝一路下來的，把情跟景融合為一的對照、暗示等等這些東西。剛剛聽到王老師讚美韓愈這首詩，我想我完全同意，有時候在詩的末尾講點道理，我想也是沒有什麼關係，也許讀絕句讀律詩不太看到什麼道理，不過古體詩好像是可以的，例如「此恨綿綿無絕期」之類的……大概是可以的。下一首蘇東坡作品應該請王老師先開始，因為他對詞情有獨鍾，我比較保留一點。

王：這首在文字上，好像沒有什麼疑問。「十年生死兩茫茫。不思量，自難忘。」一開始題目上，他就說這是「夢」。是他想念亡婦，把夢記下來的。「十年生死兩茫茫」，十年的時間，生死兩頭，我們都找不到，我找不到你，你找不到我。「不思量，自難忘」，這個意思大概是說，就算我平時不特別去想她，也都有她的影子在，她的身影，我自難忘。「千里孤墳，無處話淒涼」，這首詞是在京城寫的，而妻子的墳，則在四川眉山眉縣。所以相隔有千里之遙。隔這麼遠的墳，我是到不了的，所以就是想到妳的墳前，和妳共話寂寞，我也辦不到。「縱使相逢應不識，塵滿面，鬢如霜」，假如今天我們能夠見面，喔，恐怕妳也認不得我了。因為她死的時候，東坡才二十歲。今天妳如看到我，我已是個老人，我現在「塵滿面，鬢如霜」，妳不會認得我的。我想上闋這幾句話，真的很動人。

下闋的幾句話，描寫昨天晚上的一個夢。「夜來幽夢忽還鄉。小軒窗，正梳妝」，我昨天晚上作了個夢，很奇怪，從來沒這樣夢過，我夢到，我回四川，回到我們那小小的房子，小小的房子有個小窗，看見妳和從前一樣，正坐在窗邊梳頭，妳還是十年前的妳，很年輕的相貌。「相顧無言，唯有淚千行」，結果妳看見我，竟然沒跟我說話。在夢裡，能聽見妳的聲音也好，竟沒聽見，只看到妳臉上，掉了許多許多的淚。這一句有人以為：應該是兩個人都無言，「相顧無言」，互相都只有「淚千行」。恐怕不對。應該是，只有亡婦淚千行，夢中你看不見自己（除非你照鏡子），所以看到的應該只有亡婦。你看到她回頭了，可是卻不講話，只有臉上泛起了淚花，唯有淚千行。「料得年年腸斷處，明月夜，短松岡」，這讓我想到，恐怕十年來，大概年年如此，每一年妳在墳中最傷心的時候，都是在明月夜的時候。那時妳特別想念從前，或者想念我怎麼都沒到墳上來看妳。「明月夜，短松岡」是妳年年的腸斷處，是妳，也就是亡婦年年在這裡哭的地方。「短松岡」就是墓地。現在，最後的這幾句話也有些難懂。俞平伯他有個解釋，他說宋朝有一首詩，是妻子寫給久別的丈夫，詩是這樣：「欲知腸斷處，明月照孤墳。」太太警告他：你再不回來，就剩下我的孤墳一座在那兒等你了。這首詩就是這裡最後幾句話的來源。「明月夜」、「短松岡」和「腸斷處」都是從剛才那兩句詩中借用來的。

這首詞的故事性很濃，動人的已經就在故事這上頭了，加上它的音調又十分悲痛，更加動人。悲愴的音調，高歌悲唱的話，可以把詞的好處都讀出來。總的來說，在字面上，這首詞倒沒有太大的問題。

楊：「縱使相逢應不識，塵滿面，鬢如霜」，我常常想，一個人早死，其實也是一件幸福的事情，她維持了十七、八歲、二十六、七歲的樣貌，進入我們的記憶。蘇東坡竟然可以在這個地方，把這個揭發出來，讓我們來思考。所以說，人早死也是一種幸福。我已經變老了，而想像裡頭時間是被冰凍的，所以妳的美是被冰凍的，frozen 在那裡，在我的記憶裡頭、在時空的某一個點。雖然蘇軾點到此為止，但我剛提到，這是要我們去參與它、一起來發掘它，我們要想，為什麼要這麼寫，「應不識」「塵滿面」「鬢如霜」是什麼道理？

剛才王老師提到，那個「孤墳」的意象跟「明月夜」、「短松岡」都是有來源的，他把它一個分給上一片，兩個分給下一片，知道有這個典故的就知道，不知道也沒關係，而「明月夜，短松岡」也是很好的一個結束的辦法，和之前那首古體詩的結尾很不一樣，它就這樣結束了，讓我們想像無限。「明月夜，短松岡」到底會不會真的那麼淒涼？真的使人斷腸？對我們來說，是一個挑戰。

另外「夜來幽夢忽還鄉」，我們知道他在寫夢，這是一個相當瀟灑的自白，夢裡頭還鄉就不必 travel 了，說還鄉就還鄉，眼睛閉起來一秒鐘就到了，時間空間都可以妥協。他寫夢，底下那首晏幾道的詞也是寫夢，「幾回魂夢與君同」。

詞真是有個偉大的 quality，它有一個質地在那裡，這個也是夢、那個也是夢，可是好像不太厭煩的樣子，看他寫夢，「幾回魂夢與君同」最後又「猶恐相逢是夢中」但你卻被它 charm 住了，我已經很久沒有專心讀詞了，可是讀了就讓我學習到很多東西，蘇東坡的詞也讓我有這樣的感覺。

王：剛才蘇軾這首詞，確實我在完全不了解意思時，就已經喜歡了，還特別喜歡其中的三兩句。或許它的音調特別迷人，其中「夜來幽夢忽還鄉」這一句，聲音實在好聽。檢討起來，中國的詩詞裡，寫夢的確實也不少，寫得好的也很多，像李商隱：「故鄉雲水地，歸夢不宜秋。」他也是要歸夢還鄉。他說，我的家鄉和現在住的不一樣，我的故鄉雲多水多，我現在若要秋天回去，夢裡回去可不適合，因為太冷了，夢裡回去都太冷了，「歸夢不宜秋」。中國人對夢，確實非常喜歡。

下一首，〈鷓鴣天〉，我的感覺也是，初讀我會很喜歡，不求甚解我會喜歡。我說「不求甚解」，因為細讀之後，又不一樣了。先談起初為什麼喜歡。起初音樂是這麼的好聽，又有許多優美的意象，如「舞低楊柳樓心月，歌盡桃花扇底風」，你不管懂不懂，就已經叫好了。（這也許沒必要，還沒懂就叫好了。）然後其他的好句也很多，最好的恐怕是：「從別後，憶相逢，幾回魂夢與君同」，寫得真是纏綿悱惻，動人之至。此處所以寫得好，我認為是挑對了詞牌，挑〈鷓鴣天〉來寫。〈鷓鴣天〉在我看來大概是詞裡最好聽，也是最動人的詞格，尤其中間的十三個字，三、三、七的安排，最是動人。不管你怎麼寫，寫到這裡，三、三、七，大家也立刻受到感染，覺得哀怨動人。

除了這首〈鷓鴣天〉寫得好之外，寫得好的人還有。譬如說：辛棄疾「追往事，嘆今吾，春風不染白髭鬚」也一樣，你覺得低迴婉轉。還有，也是辛棄疾的〈鷓鴣天〉：「腸已斷，淚難收，相思重上小紅樓。」[65]又是三、三、七，十三個字，讓你覺得有舞蹈的節奏，都是我喜歡的。上面說的是我不求甚解時這首〈鷓鴣天〉我喜歡的部分。

這回再看一下——這可不能再看——這一看，什麼問題都來了，現在變成這是我最不能了解的詩詞了！什麼原因？第一，我不知道是男是女，我不清楚講話

65 辛棄疾〈鷓鴣天〉代人賦
晚日寒鴉一片愁，柳塘新綠卻温柔。若教眼底無離恨，不信人間有白頭。　腸已斷，淚難收，相思重上小紅樓。情知已被雲遮斷，頻倚闌干不自由。

的究竟是男人是女人。從前，我都以為是個女的。為什麼是女人？第一，上闋的時候，又跳舞又唱歌，又彩袖玉鍾的，講的是個女主角嘛，這是肯定的，應該。然後「從別後，憶相逢，幾回魂夢與君同」也應該是女子在講話。就是說：離別後，我一直懷念和你見面的那一次，結果好多年沒機會見面，我只能在夢中見到你。以往我都這麼看，看成是個婦女。但是最近，我把其它解釋的書都拿來看了一下，不行，所有的人都說這首詞的主角是晏幾道本人。是個男人，不是女主角，是個男主角。連俞平伯也這樣講，專家都這樣講。如果是男子的話，那麼「從別後，憶相逢，幾回魂夢與君同」應該就是詩人自言自語了。如果是他自言自語，那「君」字，為什麼用「君」？老實講「君」是女子稱男子比較合理，例如：「思君如滿月，夜夜減清輝。」男子稱女子為君的，只有稱太太才可以，元微之弔亡詩：「今日俸錢過十萬，與君營奠復營齋。」[66]稱君的話，應該是地位較高的女子，不能是個歌女。既然大家都說主角是男子，我就遇到雌雄莫辨的問題，我不知道是男是女在講話。你認為是男子想念女子，我認為是女子想念男子。說不定還不夠，說不定還有第三個可能，是男子想念男子，男想男不是不可能。我們這樣看，上闋是詩人的聲音，是男人在講話，講什麼？他講：我跟你——也就是另一個男的，從前少年歌舞地，我們一起玩，一起喝酒，過去歡樂得很。當時有很多歌女，那就是「彩袖殷勤捧玉鍾」等等。「捧玉鍾」是別人捧來叫我們喝的，是歌女捧來的。「當年拚卻醉顏紅」，「醉顏紅」是我跟你，男人的「醉顏紅」。我們拚了，酒喝得越多越好，不斷鬥酒，所以這不是女性的「醉顏紅」。至於「舞低楊柳樓心月，歌盡桃花扇底風」，那是當時歌舞昇平的景象。所以，假如說這是男子懷念男子，也是可以的。在前闋就是這樣：一個男子講話的聲音，是講我跟你，另一個男子，從前如何如何……那麼下闋，接下來「從別後，憶相逢，幾回魂夢與君同」也是男子對

66 元稹〈遣悲懷〉三首
謝公最小偏憐女，嫁與黔婁百事乖。顧我無衣搜畫篋，泥他沽酒拔金釵。（畫篋一作藎篋）
野蔬充膳甘長藿，落葉添薪仰古槐。今日俸錢過十萬，與君營奠復營齋。
昔日戲言身後意，今朝皆到眼前來。衣裳已施行看盡，針線猶存未忍開。
尚想舊情憐婢僕，也曾因夢送錢財。誠知此恨人人有，貧賤夫妻百事哀。
閒坐悲君亦自悲，百年都是幾多時。鄧攸無子尋知命，潘岳悼亡猶費詞。
同穴窅冥何所望，他生緣會更難期。唯將終夜長開眼，報答平生未展眉。

男子說的話。「今宵賸把銀釭照，猶恐相逢是夢中」，也可以是兩個男子的重逢。我要把燈點亮一點，來看看你，看是不是夢。正因以往「幾回魂夢與君同」，今天要看看是真是假，是不是夢。男子懷念男子，也是很有典故的。杜詩就有「夜闌更秉燭，相對如夢寐」，杜甫先已經寫過了。當然寫的是男子和同性朋友的相逢。司空曙「乍見翻疑夢，相悲各問年」，也是寫男人的重逢。他說，我跟你居然又重逢了，簡直是在夢裡；隔幾十年，我都忘了你幾歲了。這也都寫男子的重逢。所以我覺得晏幾道這首〈鷓鴣天〉，不管男女、女男、甚至男子對男子，都可以，唯獨女子對女子不可以，只有女子對女子不可以。

所以這首詞到最後，不知道該怎麼讀才好。好像也有人對這首詞不能認同，譬如清朝大詞人朱彝尊，他選了一本《詞綜》，其中選了很多晏幾道，卻不選這一首。大家都說這首好，卻偏偏不選，可見他大概覺得男女的定位有問題，所以沒選上。

這首詞還有第二個問題，是文字的問題。「舞低楊柳樓心月，歌盡桃花扇底風」也是好多人叫好的。讀這兩句，誰不手舞足蹈？但是細看，又不能解釋了。初看全懂，細看都不懂，通常解釋為：舞女在舞蹈，跳到三更，跳到月亮都落到樓心了，還不分手。「低」各家原先的解釋，是個及物動詞，舞把月亮跳低了。下面「歌盡桃花扇底風」，「盡」，也是及物動詞，歌唱到桃花扇底都沒有風了。上一句你用一個及物動詞來解釋的話，下一句你就講不通了，歌唱到桃花扇底都不生風，就不知道在講什麼了。所以呢，各家的這種解釋都有疑問。我們不妨採用別的考慮，就是「低」字不看成及物動詞，看成非及物動詞。那怎麼說呢？「舞低楊柳樓心月」說的是美妙的舞姿漸漸停頓，「歌盡」也一樣，不是把扇底風都吸乾了，是歌漸漸唱完了，也是不及物動詞。是舞也完了，歌也完了，如果兩個都改成不及物動詞，就比較沒有矛盾了。但是不矛盾，又有問題了。那「楊柳樓心月」以後，歌唱完了，為什麼再來個「桃花扇底風」？歌唱完了，桃花扇底風來了嗎？說不通的。你說舞跳完了，看見「楊柳樓心月」還可以，但也不太好，因為舞跳完了，「樓新月」可以，但加個「楊柳」幹什麼？「楊柳」跟時間的早晚完全沒有關係。所以，把「舞低」和「歌盡」兩字看成不及物動詞以後「楊柳」這一句還是難懂。不過也許還是不及物動詞較好，「舞低」「歌盡」都是歌舞已停。剩下來的問題再想辦法解決。我說啊，這個「楊柳樓心月」和「桃花扇底風」可能都不是寫景。那是什麼呢？它們恐怕都是歌舞的名字。也許有兩支舞，一支就叫「楊柳」、一支叫「樓心月」。這些曲你都會跳，跳到最後人累了，手舉得低了。不然就是只有一支舞，就叫「楊柳樓心月」，說不定是兩支併為一支，把這「楊柳樓心月」跳完，就不跳了。所以很可能它是專有名詞，是舞名。那「桃花扇底風」呢，也有這可能，或許是一支，也或許是兩支分別叫「桃花」叫「扇底風」。假如這樣的話，這兩句就可以解釋了：舞跳完了，「楊柳樓心月」的舞跳完了，歌也唱完了，什麼歌？「桃花扇底風」的歌也唱完了。

專有名詞入詩的現象是常有的。大概在中國詩詞裡，你能解決掉專有名詞，就能夠懂一半了；許多是當時的地名、人名，今人看不懂，曉得它是專有名詞以後，就可以解決很多問題。沒有考據，真是寸步難行。在白話文學運動以後的中國，很討厭考據，說科學會破壞文學的欣賞，其實不然。講了這許多，無非要證明，晏幾道這首〈鷓鴣天〉，有很多問題，都需要解決。

楊：剛剛聽到這些可能性，我突然想到，假如前面四句，是男的講的，後面是女的回答，這樣就演成一場戲了，每一首詩就是一種演出嘛！如果是這樣的話，我覺得男女會比較 romantic 點，真的，你拿一個燈來照她的臉説我們是不是在作夢，我想它迷人的地方，也就是在那裡，但不知道是講得通還是講不通。另外，「舞低楊柳樓心月，歌盡桃花扇底風」，我剛想了三個可能，想不到你講了七八個，比我還多得多。本來我想的很簡單，就是舞到月沉，唱到風停；第二個可能是舞到低處，蹲下來的時候看到樓心月，唱歌的時候，因為害羞用扇子遮住，所以唱歌的歌聲、氣息以及風，有意象上的關連，看來看去就想了那麼多，也許這個 ambiguity 多義性，就是它迷人的地方。

另外一個美，就是形容詞的大量使用，袖子就袖子，它講「彩袖」；鍾就鍾，它講「玉鍾」。臉色更是不得了，它不但是「醉顏」而且是「紅」，完全不客氣地、拚命地用形容詞，還有一個「銀釭」也是這樣用。剛開始我覺得很奇怪，也許宋詞特別是如此吧。另外一個就是，「從別後，憶相逢，幾回魂夢與君同」，「與君同」我是把它讀成我們同在一起，最後他又說「猶恐相逢是夢中」，通常我們作詩，在這麼近的地方是不太 repeat 的。我想如果我教國文，要改作文的話，我會希望換兩個字，不過它這樣子，好像沒有問題，怎麼能夠做到這個，我覺得很奇怪。而且不僅如此，幾回「魂夢」與君同，和相逢在「夢中」這個

「夢」字又重複！可是我們完全沒有反感。我想，即使創作現代詩，也不太希望在八行、五行內重複，不過它卻重複得頭頭是道，一點也不尷尬，一點也不慚愧，我們也這樣被吸引進去。

我不能不說，我很喜歡這樣的詞，也不能不說，恐怕對這樣的詞有一點厭倦。不過這首詞很了不起，在時間上也寫了好幾個層次，從第一行到第四行，是在講當年那件事情，後來寫夢裡的情形，到最後那兩行，是講現在的事情，它把時間作了很好的安排和收束。我想我們已經習慣了，到底我們是不是在夢中？剛才蘇東坡的詞也是講夢，這也是講夢，到底是醒著還是夢著？就像濟慈在〈夜鶯頌〉（"Ode to a Nightingale"）那首詩裡頭，最後到底是醒著還是夢著，是睡著了還是不是，或者是我還醒著，而這只是一個 waking dream？同樣是夢醒和夢的疑問。當然這首詩的精緻跟柔軟，或是沒有目的（purposeless）——沒有目的是很了不起的藝術創作，他沒有講到嚴重的「人生如此自可樂」，它不來那一套，可是它吸引人和貼近人家心頭的時間的長度，說不定超過「嗟哉吾黨二三子」。所以我自己有一點兩難，不知道是不是還像生命裡的那一陣子，這樣被這種詩捕捉住，不過一邊這樣講，我又有點心虛了，這詞這麼美，怎麼可以講這種話？我想王老師已經把這個分析得很清楚了，我就講到這裡。

王：剛才提到一點，詩和戲劇的關係，我想補充一下。〈長干行〉讀起來像是戲劇的獨白，可見詩人到後來，都想寫戲。這種寫戲的嚮往到了元曲逐漸成熟。元曲時，顯然詩人都受不了了，認為我們這樣寫是不夠的，連短曲都不夠，因此跟著就寫出大戲來。大戲是由詩一首一首串連起來的，元劇就是一首一首詩串起來的。除了詩之外，他還要讓詩更戲劇化，這點連王國維也一樣。王國維詩詞寫得好，可是他後來認為，中國文學最高的發展應在於戲劇。他後來寫了個《宋元戲曲史》，特別親自研究戲劇的發展。王國維要不自殺的話，他一定改寫戲曲，他一定會把詩詞擴充到戲劇上。原因就在這裡，像剛才楊牧講的，光一段〈長干行〉是不夠的，還要再一段，再一段，讓它構成一個故事，到那時候詩人就會滿意了。所以寫戲曲應該是今古以來詩人的目標。

曾：我們今天的對談就結束在這裡，讓我們鼓掌謝謝兩位老師。

（因篇幅有限，觀眾回應的部分略去不錄。）

【附錄】

李白〈長干行〉

妾髮初覆額，折花門前劇。郎騎竹馬來，遶床弄青梅。同居長干里，兩小無嫌猜。
十四爲君婦，羞顏未嘗開。低頭向暗壁，千喚不一回。十五始展眉，願同塵與灰。
常存抱柱信，豈上望夫臺。十六君遠行，瞿塘灩澦堆。五月不可觸，猿聲天上哀。
門前遲行跡，一一生綠苔。苔深不能掃，落葉秋風早。八月蝴蝶黃，雙飛西園草。
感此傷妾心，坐愁紅顏老。早晚下三巴，預將書報家。相迎不道遠，直至長風沙。

韓愈〈山石〉

山石犖确行徑微，黃昏到寺蝙蝠飛。升堂坐階新雨足，芭蕉葉大梔子肥。
僧言古壁佛畫好，以火來照所見稀。鋪床拂席置羹飯，疏糲亦足飽我飢。
夜深靜臥百蟲絕，清月出嶺光入扉。天明獨去無道路，出入高下窮煙霏。
山紅澗碧紛爛漫，時見松櫪皆十圍。當流赤足蹋澗石，水聲激激風吹衣。
人生如此自可樂，豈必局束爲人鞿？嗟哉吾黨二三子，安得至老不更歸。

蘇軾〈江城子〉乙卯正月二十日夜記夢

十年生死兩茫茫。不思量，自難忘。千里孤墳，無處話淒涼。縱使相逢應不識，塵滿面，鬢如霜。　夜來幽夢忽還鄉。小軒窗，正梳妝。相顧無言，唯有淚千行。料得年年腸斷處，明月夜，短松岡。

晏幾道〈鷓鴣天〉

彩袖殷勤捧玉鍾，當年拚卻醉顏紅。舞低楊柳樓心月，歌盡桃花扇底風。　從別後，憶相逢，幾回魂夢與君同。今宵剩把銀釭照，猶恐相逢是夢中。

楊牧專號編輯始末

《新地文學》要出楊牧專號，詩人點名交付予我編輯任務，是一種榮幸；當然，也帶來些許惶恐。詩人想到我，除了師生關係之外，應該是借重個人曾經替《中外文學》主編楊牧專輯（二〇〇三年元月號）的經驗。美好的成果往往難以複製，要讓《新地文學》的這本專號給人留下印象，顯然，我得再一次面對創意翻新的挑戰。然而，幾乎不假思索的，我在接受任務的剎那間，即已為這本楊牧專號設想了它獨特的風貌。在生命轉彎的地方，有時會令人驚詫地遇見一些淒美的偶然和巧合。在這個時間點要我負責這項編務，去回顧與品評楊牧的文學成就與貢獻，從我個人當前的境遇角度看來，這位華語世界的文學巨擘和即將停招的東華大學創英所（「創作與英語文學研究所」之簡稱）當初的設立，絕對有不可分割的關係。藉著專號匯集跨代詩人們與楊牧的交遊掌故、閱讀楊牧的心得，以及學者專家對楊牧詩文的評論之同時，我希望利用這一偶然的編務機緣，象徵性地呈現創英所十年來歷屆學生的創作成果。一來感念楊牧在東華人文社科院創院院長任內促成創英所之設立，為臺灣開闢了一處高階文學創作教育平臺，讓愛好寫作的青年學子可以匯聚一堂，在類似美國愛荷華大學 MFA in Creative Writing 的環境裡彼此切磋、較技；二來緬懷逝世十週年的吳潛誠教授當年規劃設所的用心。更重要的，將十年來創英所師生共同點燃的文學星火，以近似選集的形式展現在華語世界的讀者面前，說是優雅落幕前一聲動人的熄燈號，不如說是對未來更壯闊的波瀾發出召喚、祈禱，借用楊牧的詩句：「每一片波浪都從花蓮開始……」，預言他日有人重新出發無限可能的奇蹟。

在此要感謝《新地文學》的社長郭楓先生和詩人楊牧，一經我解說，他們毫不猶豫地支持我的編輯構想，所期許的應是讓臺灣新生代作家享有開放的發表園地，去持續、擴散生生不息的創作動能。好樣的，先行者提攜後進的胸襟！

說到創英所的設立，故事應從一場天翻地覆的震災開始。一九九九年九月二十一日下午，當車籠埔斷層在中央山脈的另一端發生走山運動，餘震未息，常時多震的花蓮反而平靜異常。我撥了一通電話給隱居在臺北西門町的小說家李永平，邀請他「出山」，在次年的秋天到花蓮東華大學任教，加入新成立的所謂華語世界第一所設立在英文系的文學創作碩士班，以他具有經典高度的小說創作成績，兼比較文學博士的學養，權充鎮所之寶。我之所以成了撥這通電話的人也是遽變使然。

年前規劃設立創英所並向教育部提出申請獲准的吳潛誠教授，亦即東華英文系創系系主任，數月前因罹患肝癌惡疾離職，我臨危授命，出任代理系主任，必須扛起責任，創辦由當時的院長王靖獻教授（楊牧）和昔日老友以自身累積的聲望，使力加持爭取，方能獲准成立的這個夢幻色彩與實驗性質兼具的文創所。吳潛誠是臺灣的葉慈專家，多年來從比較詩學觀點撰寫臺灣當代詩論，對引介與針砭具代表性的本土詩人作品卓有見地。追隨恩師楊牧的創作理念，規劃設立創英所，吳念茲在茲的是如何透過西方經典的閱讀，提升臺灣新一代作家的國際視野與世界文學涵養。具有相同的使命感，我樂意為早逝的學長完成他的遺願。

撥電話之前，心頭浮現在臺大外文系就讀當時李永平助教高大的身影、紅唇、令人畏怯的某種難以捉摸的憂鬱神色，以及後來有關他辭去大學教職潛心寫作的種種傳聞，我抱著姑且一試的心情撥號。電話的那頭傳來的竟是李永平哽咽的哭聲，原來，我突如其來的問候與聆聽成為他可以為震災死難者放聲哀嚎之所恃，他重複地喃喃說埔里是他當年遯居書寫《海東青》的地方，那裡有許多他的舊識。簡短告知打電話的緣由之後，李永平當下就決定接受我的邀約，因此啓動了自己人生一個重要的轉捩點，也成了創英所第一個聘定的師資。所以，我向來認為獨具特色的創英所是在地動天搖之後誕生的。楊牧惜才，為了讓李永平來花蓮後能夠專心寫作和教書，在提聘的同時，替他爭取到以小說著作升等為教授，據說創了臺灣的先例。約莫過了半年，由於楊牧的力邀，獲有紐約大學戲劇學博士學位的文壇新銳郭強生，也辭去在哥倫比亞大學的兼任教職，加入創英所的師資行列。楊牧另又情商瘂弦擔任第一任駐校作家，創英所成立的第一年就是這麼的以小說、詩歌、戲劇三種文類兼備的黃金師資陣容，吸引了具有創作潛力的年輕寫手前來就讀，其中包括不挺年輕的舞鶴（入學不久即輟學）、王威智、許榮哲、施俊州等，第二年更招收了甘耀明、孫梓評、何致和、方梓等，如今他們都已成為知名作家。因緣際會忝為創所所長，我從旁輔助李永平和郭強生，與他們合作無間，形成鐵三角的師資組合，除了在系內整合林惠玲（枚綠金）之外，更跨系納入中文領域的學者／作家王文進、郝譽翔、須文蔚等，偶爾也找花蓮詩人陳黎助陣，只為了在有限的經費資源下，為學生開設多樣性的選修課程，讓他們接觸不同風格的文學。設所之後第二年，楊牧離開東華，不久，我也卸下行政兼職，此後有關創英所的種種籌謀，大抵由郭強生主導，李永平和我專心於教學並為他撐腰。

十年間聘任的駐校作家包括瘂弦、黃春明、羅智成、莊因、施叔青、莊信正、林俊穎、鄭愁予、林正盛、陳雨航、馬森、劉克襄等，俱為一時之選。這樣的設計與安排活絡了學院與文壇的交流，有時更成為校園的聚光點，在全臺大學院校引發跟進的風潮。學生們則陸續在國內各項主要文學獎嶄露頭角，創作成果引起矚目。孰料今春一場突發的車禍毀了李永平的紅色跑車，加上力作《大河盡頭》出版之後，一心想專事寫作，早日完成以馬來為背景的三部曲自傳體小說，他萌生了提早退休的念頭，誰也留不住。鑑於取代師資難覓，又逢東華與花蓮教育大學合校，產生系所整併與調整的需要，長期受困於經費與資源短絀，內外交迫，主事的郭强生遂提議創英所停招，「見好就收，」他說：「藝術教育的品質不容和稀泥。」校方隨即責成由明年將成立的華文系接辦文學創作碩士班，領軍的有傅士珍、許又方、吳明益、須文蔚等。既離奇又巧合的，成績不俗的創英所隨著李永平的退休而倏然熄火。

確定停招不久，臺灣又發生了另一場自然災變：八八水災，高雄縣甲仙鄉的小林村一夕之間被土石流吞埋。而我呢，又再次臨危授命，出任代理系主任，這回扛責，選擇藉著《新地文學》楊牧專號的園地作為方舟，把創英所師生們十年的心血載往遠方，讓天地疼惜，孕育他日奇蹟再生的活種，在夢境發光。發出稿約之後，歷屆校友們反應熱烈，紛紛寄來他們的新作，有人精選出畢業作品的片段，也有人亮出得獎的力作；在校生更積極投稿。剛畢業的連明偉在前往菲律賓服替代役之前，慨然投入執行編輯的行列，在學的陳依佳和許俐葳負責美編與文編，曾任職於《聯合文學》的許榮哲適逢返系擔任駐校藝術家，也提供了排版美學的諮詢建議。正在成大臺文所以臺語撰寫博士論文的施俊州接受我的徵召，騰出時間和心力，譯出香港科大新秀學者黃麗明教授論及楊牧另類民族敘事的論文；畢業於臺大外文系的葉佳怡負責翻譯奚密的英文訪談稿。

大家合力建造方舟，把它獻給《新地文學》的楊牧專號，感念詩人當年肇端發想，追思吳潛誠加持規劃，更珍惜曾經有過創英所，以及所有參與者付出的點點滴滴，尤其李永平和郭强生純情的心血。過去九年，我們三合一用生命和藝術跟學生搏感情。

最後要感謝賜稿給專號「論楊牧」部分的詩人和學者。這一部分是專號的壓軸好戲。其中，我特別設計了「詩人知音」一欄，邀請與楊牧相熟或偶有書信往返的老中青三代詩人，包括郭楓、林泠、陳義芝、羅智成、劉克襄、石計生、孫維民等，書寫他們與楊牧的交遊因緣，或閱讀楊牧作品獨到的心得，希望藉此累積、增添後人研究楊牧生平的文獻資料；而且，詩人論詩人，往往能比尋常的學術文章更能激發出動人的知音妙響。其中，林泠寄來的短論字字珠璣，日後將成為林泠研究不容忽視的篇章。至於參與「學者洞見」撰稿的學者，大多曾經發表學術專著探討楊牧創作藝術的精髓，此外更同時兼具作家身分，因此，文章篇篇可讀性高。散文家賴芳伶聚焦於奇萊想像，發皇楊牧的鄉土深情；卑南族女詩人董恕明爬梳楊牧眾作，企圖透視詩人對原住民浪漫的觀照背後，所歌詠的人文蘊藉與倫理嚮往；小說家郝譽翔解讀楊牧新近結集出版的《奇萊後書》，將其定義為「一本集中西詩學和美學之大成」文體出位的散文傑作；詩人兼記號詩學專家古添洪，從比較文學的角度，試圖辯詰楊牧如何以「文化翻譯」的方式轉化來自於葉慈的影響。壓卷之作，黃麗明折衝於解構詩學與後殖民論述之間，以楊牧詩作〈熱蘭遮城〉、〈五妃記殘稿〉和〈行路難〉為例，剖析詩人的另類民族敘事；施俊州的中譯明快、曉暢，才學功力與原作者幾可並駕齊驅。至於奚密和我的兩篇訪談，從中可聽見楊牧現身說法，用他自己的話說明普世的抽象性與詩歌象徵藝術之間的關連，以及自然生態給他的啓發。繼《中外文學》楊牧專輯之後，這本專號期能值得愛書人收藏。

第四篇

賞讀楊牧

〈故事〉賞讀

故事

（用韻 Philip Glass, Metamorphosis 2）

假如潮水不斷以記憶的速度
我以同樣的心，假如潮水曾經
曾經在我們分離的日與夜
將故事完完整整講過一遍了
迴旋的曲律，纏綿的
論述，生死俯仰
一種迢迢趕赴的姿勢

在持續轉涼的海面上
如白鳥飛越船行殘留的痕跡
深入季節微弱的氣息
假如潮水曾經
我以同樣的心

導讀

這首詩寫於一九九四年，像一封短簡，致遠方知音，懷念曾經聚首清水灣為人文理想同心付出的時光。

楊牧當時在剛成立不久的香港科技大學任教，從學人宿舍陽臺俯瞰清水灣，遠近海景一覽無遺。詩題下附注：用韻 Philip Glass, Metamorphosis 2，點明朗讀〈故事〉，宜以譜於一九八八年的這首鋼琴名曲盈耳伴奏。詩的結構企圖模擬樂曲。樂曲的背景旋律以同組音符複沓湧現，如潮水，如記憶一波波回返，如綿綿的思念縈迴不已。「假如潮水……／我以同樣的心」首尾封緘，複沓、迴旋，居中的詩行狀若主旋律鏗鏘往前推進，時疾時徐，宛如回憶裡一則故事完整的再現，激切處若敞開的胸懷彼此以美學論辯相互激盪，而音符此起彼落、波谷跌宕，更像各自為詩歌、為人文志業長期傾注心魂，屢仆屢起的存在姿勢。

第二段拉回當下目擊海景，船行殘留的痕跡再度喚回過往聚首光陰，而白鳥正是詩人也是知音的寫照，「飛越……深入」，向著未來果敢追尋，迢迢趕赴讓人生死俯仰的精神嚮往。這是詩背後具體情境的蛛絲馬跡，但這首詩神妙之處在於靈巧仿效了音樂的特性，用象徵的語言、潮水般的旋律，適度將故事抽象化，只給出可以引起讀者／聽者共鳴的情思、琴韻。然而，詩畢竟不同於音樂。詩首段反映了詩可以敘事、抒情、言志，次段則更細膩地透過海景的描述——轉涼的海面（溫覺）、白鳥與船痕（視覺／色覺）、季節微弱的氣息（觸覺與嗅覺），再現身體官覺，最後匯聚於「心」，統攝感覺的樞紐。分章佈局，匠心獨運，卻因文字音律渾然天成，讀來不落言詮、鑿痕。值得一提的，白鳥飛越船痕的意象讓人想起 Dickinson 有首詩，寫人生聚散匆匆，如馬戲拆棚、盛會散場，正是以同樣的象徵作結。

葉慈早期詩作〈白鳥〉終章也有如此動人的詩句：

我心縈繞無數的島嶼，和許多丹黯海灘，

那裡時間將把我們遺忘，憂鬱也不再來接近，
很快我們就要遠離薔薇和百合，和火焰煩心，
假若我們果然是白鳥，愛人，在海波上浮沉。（楊牧譯）

異代詩人同心契合使用「白鳥」象徵，恰恰印證了這首詩所詠頌的：知音，知音，靈犀相通！

〈有人問我公理和正義的問題〉賞讀

有人問我公理和正義的問題

有人問我公理和正義的問題
寫在一封縝密工整的信上，從
外縣市一小鎮寄出，署了
眞實姓名和身分證號碼
年齡（窗外在下雨，點滴芭蕉葉
和圍牆上的碎玻璃），籍貫，職業
（院子裡堆積許多枯樹枝
一隻黑鳥在撲翅）。他顯然歷經
苦思不得答案，關於這麼重要的
一個問題。他是善於思維的，

文字也簡潔有力，結構圓融
書法得體（烏雲向遠天飛）
晨昏練過玄祕塔大字，在小學時代
家住漁港後街擁擠的眷村裡
大半時間和母親在一起；他羞澀
敏感，學了一口臺灣國語沒關係
常常登高瞭望海上的船隻
看白雲，就這樣把皮膚曬黑了
單薄的胸膛裡栽培著小小
孤獨的心，他這樣懇切寫道：
早熟脆弱如一顆二十世紀梨

有人問我公理和正義的問題
對著一壺苦茶，我設法去理解
如何以抽象的觀念分化他那許多鑿鑿的

證據，也許我應該先否定他的出發點
攻擊他的心態，批評他收集資料
的方法錯誤，以反證削弱其語氣
指他所陳一切這一切無非偏見
不值得有識之士的反駁。我聽到
窗外的雨聲愈來愈急
水勢從屋頂匆匆瀉下，灌滿房子周圍的
陽溝。唉到底甚麼是二十世紀梨呀——
他們在海島的高山地帶尋到
相當於華北平原的氣候了，肥沃豐隆的
處女地，乃迂迴引進一種鄉愁慰藉的
種子埋下，發芽，長高
開花結成這果，這名不見經傳的水果
可憐憫的形狀，色澤，和氣味
營養價值不明，除了

維他命C，甚至完全不象徵甚麼
除了一顆猶豫的屬於他自己的心

有人問我公理和正義的問題
這些不需要象徵——這些
是現實就應該當做現實處理
發信的是一個善於思維分析的人
讀了一年企管轉法律，畢業後
半年補充兵，考了兩次司法官……
雨停了
我對他的身世，他的憤怒
他的詰難和控訴都不能理解
雖然我曾設法，對著一壺苦茶
設法理解。我相信他不是爲考試
而憤怒，因爲這不在他的舉證裡

他談的是些高層次的問題，簡潔有力
段落分明，歸納爲令人茫然的一系列
質疑。太陽從芭蕉樹後注入草地
在枯枝上閃著光。這些不會是
虛假的，在有限的溫暖裡
堅持一團龐大的寒氣

有人問我一個問題，關於
公理和正義。他是班上穿著
最整齊的孩子，雖然母親在城裡
幫傭洗衣——哦母親在他印象中
總是白皙的微笑著，縱使臉上
掛著淚；她雙手永遠是柔軟的
乾淨的，燈下爲他慢慢修鉛筆
他說他不太記得了是一個溽熱的夜

好像彷彿父親在一場大吵鬧後
（充滿鄉音的激情的言語，連他
單祧籍貫香火的兒子，都不完全懂）
似乎就這樣走了，可能大概也許上了山
在高亢的華北氣候裡開墾，栽培
一種新引進的水果，二十世紀梨
秋風的夜晚，母親教他唱日本童謠
桃太郎遠征魔鬼島，半醒半睡
看她剪刀針線把舊軍服拆開
修改成一條夾褲一件小棉襖
信紙上沾了兩片水漬，想是他的淚
如牆腳巨大的雨霉，我向外望
天地也哭過，爲一個重要的
超越季節和方向的問題，哭過
復以虛假的陽光掩飾窘態

有人問我一個問題，關於
公理和正義。簷下倒掛著一隻
詭異的蜘蛛，在虛假的陽光裡
翻轉反覆，結網。許久許久
我還看到冬天的蚊蚋圍著紗門下
一個塑膠水桶在飛，如烏雲
我許久未曾聽過那麼明朗詳盡的
陳述了，他在無情地解剖著自己：
籍貫教我走到任何地方都帶著一份
與生俱來的鄉愁，他說，像我的胎記
然而胎記襲自母親我必須承認
它和那個無關。他時常
站在海岸瞭望，據說烟波盡頭
還有一個更長的海岸，高山森林巨川
母親沒看過的地方才是我們的

故鄉。大學裡必修現代史，背熟一本
標準答案；選修語言社會學
高分過了勞工法，監獄學，法制史
重修體育和憲法。他善於舉例
作證，能推論，會歸納。我從來
沒有收到過這樣一封充滿體驗和幻想
於冷肅尖銳的語氣中流露狂熱和絕望
徹底把狂熱和絕望完全平衡的信
禮貌地，問我公理和正義的問題

有人問我公理和正義的問題
寫在一封不容增刪的信裡
我看到淚水的印子擴大如乾涸的湖泊
濡沫死去的魚族在暗晦的角落
留下些許枯骨和白刺，我彷彿也

看到血在他成長的知識判斷裡
濺開，像炮火中從困頓的孤堡
放出的軍鴿，繫著疲乏之頑抗者
最渺茫的希望，衝開窒息的硝烟
鼓翼升到燒焦的黃楊樹梢
敏捷地迴轉，對準增防的營盤刺飛
卻在高速中撞上一顆無意的流彈
粉碎於交擊的喧囂，讓毛骨和鮮血
充塞永遠不再的空間
讓我們從容遺忘。我體會
他沙啞的聲調，他曾經
嚎啕入荒原
狂呼暴風雨
計算著自己的步伐，不是先知
他不是先知，是失去嚮導的使徒——

他單薄的胸膛鼓脹如風爐
一顆心在高溫裡熔化
透明，流動，虛無

導讀

這首詩寫於一九八四年初，輯入《有人》（一九八六），楊牧的第十本詩集。其時，楊牧二度受邀於臺大外文系擔任客座教授，攜眷小寓居於現已拆除的基隆路旁海外學人宿舍，這間有庭院的老舊木造宅邸為這首詩提供了寫作當下的場景。一九七九年十二月高雄發生美麗島事件，雖然多位倡議臺獨的異議人士鋃鐺入獄，但透過法庭辯論的新聞報導，臺獨論述開始在臺灣社會發酵。自一九四九年國府遷臺以來，為了反攻大陸而大舉宣揚的中國大一統意識，繼前年的鄉土文學論戰之後，開始受到強悍挑戰。一九七九年，楊牧撰作詩劇《吳鳳》和文論〈三百年家國：臺灣詩一六六一—一九二五〉，臺灣認同初露端倪。然而，直到一九九六年李登輝贏得第一次全民直選總統選舉，臺灣認同才正式取代中國認同，成為臺灣社會主流意識。早在一九八四年，楊牧即已敏銳體察到正在醞釀中的時局變遷勢必導致認同困境，將給臺灣外省第二代帶來迷惘，於是，他在這首詩中虛構了一位由大陸來臺老兵與臺籍貧女通婚（雙重的弱勢）生下的子嗣，從同理心的角度，為他的認同兩難代言。

細讀此詩，你會發現，這首不斷讓港中臺熱血青年在各樣抗議場合引用、改編的經典政治詩，如楊牧在《有人》後序裡企圖說明的，它所關注的不在於如何導正認同，而在於如何透過上乘的詩歌藝術示範為什麼浪漫主義詩人雪萊會將詩人定義為先知、立法者——是比法官和政客更懂得公理與正義真諦的人。唯當詩人不盲從政治勢力黨同伐異，讓文學淪為宣傳或政爭工具，雪萊對詩人的期許才能在亂世落實，成為捍衛人性的準繩。

從這個角度觀察，一些詩中巧妙的寓喻，如二十世紀梨，讀來特具反諷興味。然而，與其說它要諷刺的是把中國意識移植到臺灣土地的阿山仔、老芋仔，甚至外省權貴，不如說它透過學舌，諧擬本土論者不以同理心包容外省人離散困境，反而刻薄譏誚他們昧於鄉愁情結。所以，二十世紀梨的巧喻，在全詩中雖然搶眼，卻算不上核心的藝術設計。從藝術層面看，讓這首詩不落入一般政治詩俗套的，殆有兩端：其一是除了為提出問題的青年設定他具有雙重族裔背景之外，更賦予他「讀了一年企管轉法律」的求學背景，藉此凸顯會讓一個懷抱法治理想的有志青年陷入認同困境，找不到合乎公理和正義的出路，這樣的社會，它的體制一定有問題。但是單憑法治體制、理性的辯論就能夠建立合乎公理和正義的社會嗎？具有興觀群怨功能的詩對於實現理想社會能發揮什麼作用呢？青年致函詩人，心中想問的應該是這類「高層次的問題」，不僅止於洩憤、訴怨，為自己的極端轉向提出合理化的藉口。

針對來函提出的問題，詩人藉著這首詩獨創的敘事設計為讀者提供了間接解答，這就是本詩藝術性的第二端：利用令人稱奇的雙軌敘事設計，天衣無縫地提出同理心的憐憫才是公理與正義背後的基石。A軌複述來函青年的背景自述和控訴、質疑，B軌敘述正在構思回信的詩人從書房外望所見的天氣變化和生態微觀。B軌在首段以括弧框住，有如一首樂曲的背景旋律。從次段開始去除括弧，以副旋律的姿態和A軌的主旋律形成呼應。到了居中第四段結尾時，B軌副旋律穿透A軌主旋律，以「天地也哭過，為一個重要的／超越季節和方向的問題，哭過／復以虛假的陽光掩飾窘態」，嘹亮地點明這首詩的主題，暗示從超越的角度看，任何形式的特定認同，如果是外加的，無不受制於一時一地的政治形勢，會隨著時勢而變化，它似乎不能作為公理和正義的絕對判準，唯有達觀人性、透視現實並從而生發慈悲、憐憫，懂得悅納異己，才能協助法治和理性守護公理和正義。詩人以惱人的蜘蛛和蚊蚋為第五段起興，可讀作反高潮設計，B軌副旋律經此反挫，以沉潛蓄積能量，當它在最後一段完全取代A軌主旋律沛然再現時，詩人那看穿現實、同情弱勢的「先知」式憐憫也就產生了融化對立、寬慰人心的力道。這首詩令人產生深刻共鳴的藝術祕訣在此。

詩人雖有先知式的達觀和憐憫，但面對個人成因各異的苦難，始終保持一種「認知論的謙遜」，努力設法理解，但不妄言完全理解，因為妄言完全理解，其實與偏見論斷是一體兩面。詩結束的時候，讀者依稀可以感受到寫信的青年從受困於認同兩難狂擺到另一極端，至於到底是轉向臺灣或中國認同，詩人隱晦不表。公理與正義意味著尊重個人對任何形式的認同具有自由選擇權。對因認同歧異而情感遭受撕裂的臺灣人心，這首詩發揮了深層撫慰、療癒的功能。

〈風起的時候〉賞讀

風起的時候

風起的時候
廊下鈴鐺響著
小黃鸝鳥低飛簾起
你倚著欄杆，不再看花，不再看橋
看那西天薄暮的雲彩

風起的時候，我將記取
風起的時候，我凝視你草帽下美麗的驚懼
你肩上停著夕照

風沙咬嚙我南方人的雙唇
你在我波浪的胸懷
我們並立，看暮色自
彼此的肩膀輕輕地落下
輕輕地落下

導讀

這是一首天暮懷遠的情詩，也是一首追憶往事的詩，更是一首遐想未來的詩。對於分隔異地（其實可能只是咫尺之遙）的兩個戀人，想念對方時，懷念、追憶與遐想往往模糊了時間的界線，也泯除了虛實的界分。懷念、追憶與遐想來自於慾望，風起既是實景，又是內在情思的外景投射，風起的時候也就是思念湧發的時候；同樣地，日暮是實景，而燃燒在西天的雲彩更是情慾焰火的象徵。

這首詩以近乎默片的運鏡方式敘述情事，讀來宛若義大利導演安東尼奧尼（Michelangelo Antonioni）獨特的風格，讓影像自己說故事，不仰仗對白或旁白。

這首詩分兩段，結構上最巧妙的設計落在第二段的第一行：「風起的時候，我將記取」。是這一句發揮了旋軸的作用，讓這首詩所描寫的場景同時疊合了追憶與遐想。詩中的說話人「我」，曾在起風的薄暮時分遙想「你」，我在遠方／同一城裡的的戀人，也在同樣起風的暮色中熊熊思念著我。就在你思念我的時候，我風塵僕僕出現在你面前，帶給你驚喜。心心相印的我倆並肩欣賞落日，被熾烈的愛情燒熔。此情斯景刻骨銘心，他日追憶如在眼前。甜蜜的場景在記憶裡複沓銘刻原是愛的印記和應許，而且浪漫的愛情古今一致。這首詩第一段仿景古詩詞，第二段洋溢著當代南國風味。一古一今，千古纏綿。骨子裡濃烈，下筆疏落，上乘的抒情。

〈讓風朗誦〉賞讀

讓風朗誦

1

假如我能爲你寫一首
夏天的詩，當蘆葦
劇烈地繁殖，陽光
飛滿腰際，且向
兩腳分立處
橫流。一面新鼓
破裂的時候，假如我能
爲你寫一首秋天的詩

在小船上擺盪
浸淫十二個刻度
當悲哀蜷伏河床
如黃龍，任憑山洪急湍
從受傷的眼神中飛升
流濺，假如我能爲你

寫一首冬天的詩
好像終於也爲冰雪
爲縮小的湖做見證
見證有人午夜造訪
驚醒一床草草的夢
把你帶到遠遠的省分
給你一盞燈籠，要你
安靜地坐在那裡等候
且不許你流淚

2

假如他們不許你
爲春天舉哀
不許編織
假如他們說
安靜坐下
等候
一千年後
過了春天
夏依然是
你的名字
他們將把你
帶回來，把你的
戒指拿走
衣裳拿走

把你的頭髮剪短
把你拋棄在我
忍耐的水之湄
你終於屬於我

你終於屬於我
我爲你沐浴
給你一些葡萄酒
一些薄荷糖
一些新衣裳
你的頭髮還會
長好，恢復從前的
模樣，夏依然是
你的名字

3

那時我便爲你寫一首
春天的詩，當一切都已經
重新開始——
那麼年輕，害羞
在水中看見自己終於成熟的
影子，我要讓你自由地流淚
設計新裝，製作你初夜的蠟燭

那時你便讓我寫一首
春天的詩，寫在胸口
心跳的節奏，血的韻律
乳的形象，痣的隱喻
我把你平放在溫暖的湖面
讓風朗誦

導讀

這首詩輯入《瓶中稿》，是一首類似婚前頌的療傷情詩，向受創的戀人應許持久、恆定的愛，雖遇阻難，終能召喚春回、新生。原應是一首私密的詩，卻因採迴旋曲結合四時歌的形式，賦予獨創的意象一種民歌式的親和力，讀來貼心，引人傳誦，儼然成為大眾情詩。整首詩以夏天的詩起興，春天的詩作結，把秋的悲哀、冬的淒冷裹覆其中。暖烘烘的愛情凝結在詩尾最後的絕唱：「我把你平放在溫暖的湖面／讓風朗誦」，以詩作畫，深得Renoir 裸女畫神髓；尤勝一籌，風吟輕撫，觸動心弦。

第二段寫愛情遇到的阻難，彷彿改寫自《詩篇》第一三七篇被擄至巴比倫者的哀歌。此一被擄歸回的主題暗示將男歡女愛提升至上主與人之間的愛情，巧妙擺脫了私我的色彩，臻至大愛的境界，唯字面上呈現出來的是哥哥對妹妹兩小無猜的疼惜，故採童語哄慰。民歌的形式、童語的模擬讓這首詩逼近情詩的原型，意境、格局與里爾克知名的情詩相埒：

那觸動眾生，觸動你和我，以及萬物的，
像一把小提琴的琴弓把我倆拉聚成雙，

將各自獨立的兩根弦拉出一道樂音。
撐開你我的是什麼樣的樂器？
是什麼樣的樂師正在撥弄？
啊，多麼甜美的一首歌！

〈林冲夜奔：聲音的戲劇〉賞讀

林冲夜奔：聲音的戲劇

第一折　風聲．偶然風、雪混聲

等那人取路投草料場來
我是風，捲起滄州
一場黃昏雪——只等他
坐下，對著葫蘆沉思
我是風，爲他揭起
一張雪的簾幕，迅速地
柔情地，教他思念，感傷

那人兀自向火

我們兀自飛落
我們是滄州今夜最焦灼的
風雪，撲打他微明的
竹葉窗。窺探一員軍犯：
教他感覺寒冷
教他嗜酒，抬頭
看沉思的葫蘆

這樣小小的銅火盆
燃燒著多舌的山茱萸
訴說挽留，要那漢子
憂鬱長坐。「總比
看守天王堂強些……」
好寥落的天氣——我們是
我們是今夜滄州最急躁的風雪

這樣一條豹頭環眼的好漢
我是聽説過的：岳廟還願
看那和尚使禪杖，喫酒，結義
一把解腕尖刀不曾殺了
陸虞候。這樣一條好漢
燕頷虎鬚的好漢，腰懸利刃
誤入節堂。脊杖二十
刺配遠方

撲打馬草堆，撲撲打打
重重地壓到黃土牆上去
你是今夜滄州最關心的雪
怪那多舌的山茱萸，黃楊木
兀自不停地燃燒著
挽留一條向火的血性漢子

當窗懸掛絲簾幕
也難教他回想青春的娘子

教他寒冷抖索
尋思嗜酒——
五里外有那市井
何不去沽些來喫？

第二折　山神聲·偶然判官、小鬼混聲

頭戴毡笠雪中行
花鎗挑著酒葫蘆，這不是
東京八十萬禁軍教頭，人稱
豹子頭林冲的是誰？
半里外，我就看見他
朝我料峭行來

我看他步履迅速
想是棒瘡早癒了。回想
董超薛霸一心陷害他
我枉爲山神是
親見的
滄州道上野豬林
也不知葬殺了多少好漢
我枉爲山神都看得仔細
虧他相國寺結義的好兄弟
及時搭救，我何嘗不是親見的——

那一座猛惡林子
夏天的晨烟還未散盡
林冲雙腳滴血，被兩個公人
一路推捱喝罵，綁在

盤蟒樹上，眼看水火棍下
又是一條硬朗崢嶸的好漢……
我枉爲山神只能急急

使一隻黃雀驚醒
那一路尾隨的莽和尚
使些風起，赤松子落
藤葉斷處，一條鐵禪杖
好個提轄出家花和尚
拳打鎮關西，落髮
五臺山，捲堂散了選佛場
大鬧桃花村，火燒瓦罐寺
我枉爲山神看得仔細
跨戒刀，六十二斤鐵禪杖
悶雷迴盪，救了無奈流淚的

英雄漢。合是遇林而起
遇山而富。遇水而興
遇江而止……

林冲向我頂禮了——
這樣蕭瑟孤單的影子
花鎗挑著酒葫蘆
一身新雪，卻不見
多少憔悴的樣子
快步投東，背風而行
我枉爲山神看得仔細
風雪猛烈，壓倒
他兩間破壁茅草廳
判官在左，小鬼在右
林冲命不該絕

林冲命不該絕
判官在左，小鬼在右
雪你快快下，風你
用力颳，壓倒他兩間破壁茅草廳
我枉爲山神，靈在五嶽
今夜滄州軍營合當有事
兀那陸虞候，東京來的
尷尬人，兀那富安
兀那差撥。雪你
快快下，林冲命不該絕

這漢子果然回頭來推門
花鎗挑著酒葫蘆
好一場風雪——
取下毡笠，坐在我案前

喫冷酒，淒涼的林冲
不知在尋思甚麼？淒涼的
林冲，你曉得是誰自東京來
四處正在放火害你
判官在左，小鬼在右
林冲命不該絕——今夜是
那風那雪救了你

我枉爲山神，靈在五嶽
這一切都看得仔細

第三折甲　林冲聲・向陸謙

陸謙，陸謙，雪中來人
又是你陸虞候！
若不是風雪倒了草料場

若不是山神庇祐，我今夜
准定被這廝燒死了——卻在
廟前招供！我與你自幼相交
你樊樓害我，尖刀等你三日
讓你逃了，如今眞尋來滄州
放火陷我，千里迢迢
且吃我一刀

宛然是童年
大朵牡丹花
在你園子裡開放
是浮沉的水蓮仲夏
開滿山池塘，是你
讀書的硃砂
愛臉紅的陸謙，你何苦
何苦來滄州送死？

第三折乙　林冲聲

想我林冲，年災月厄
如今不知投奔何處
雪啊你下吧，我彷彿
奔進你的愛裡，風啊
你颼吧，把我吹離
這漩渦。廟裡三顆死人頭
東京更鼓驚不醒一場
琉璃夢。仗花鎗
我林冲，不知投奔何處
且飲些酒，疏林深處
避過官司，醉了
不如倒地先死

第三折丙　林冲聲．向朱貴

一支響箭射進蘆葦洼裡——
想我林冲（他年若得志
威震泰山東）年災月厄
也無心看雪。多謝那柴大官人
指點路口，來此
水鄉宛子城，暫且
尋個安身。折蘆敗葦
好似我的心情落草
東京一種風流
還是鬱鬱的三春
鞦韆影裡飲酒
木蘭花香看殘棋
月下彈寶刀……
（他年若得志
威震泰山東）

第四折　雪聲・偶然風、雪、山神混聲

風靜了，我是
默默的雪。他在
渡船上扶刀張望
　山是憂戚的樣子

風靜了，我是
默默的雪。他在
敗葦間穿行，好落寞的
神色，這人一朝是
東京八十萬禁軍教頭
如今行船悄悄
向梁山落草
　山是憂戚的樣子

風靜了，我是
默默的雪。擺渡的人
彷佛有歌，唱蘆斷
水寒，魚龍嗚咽
還有數點星光
送他行船悄悄
向梁山落草
　山是憂戚的樣子

風靜了，我是
默默的雪。他在
渡船上扶刀張望
臉上金印映朝暉
彷佛失去了記憶

張望著烟雲：
七星止泊，火拼王倫
山是憂戚的樣子

導讀

這首詩完成於一九七四年二月，輯入《瓶中稿》，為壓軸力作。楊牧自云：「我很久以前就想寫林冲事蹟，也曾起頭數次，但都棄去了。這次再寫，想盡辦法把傳統的『林冲夜奔』情節忘記，因為怕落入老套。全詩以『林教頭風雪山神廟』為骨幹，故聲音也以林教頭，風，雪，山神廟四種為主，只增加了小鬼與判官，試想當然耳。我於《水滸》人物中最愛林冲，認為他的勇敢和厚道，實非其儕輩如武松、魯達之流所能比較。林冲之落草，是真正的走投無路，逼上梁山。」既為「聲音的戲劇」，直當以朗誦賞讀。私下獨誦或聽群體朗讀演出，讀著聽著，當會折服於詩人絕技，怎麼全劇無一贅字冗音！怎麼可以用如此典雅、優美的詩句寫出武俠草莽風格！若非純屬聲音的戲劇，全無肢體動作具象的表演，讓人忍不住要拿它跟京劇和能劇的經典比評高下。

楊牧熟讀莎劇，寫作此劇時，或有莎翁化身繆思在旁提點。劇中的人間，道德隳毀，王法淪喪，朋友見利忘義，唯靠山神與風雪，大自然的神力——天地沛然正氣，施行公義與憐憫，庇護勇敢和厚道的林冲免於火劫。楊牧運用「詩中道義」（poetic justice）做此設計，淋漓展現了他為人稱道的浪漫精神。劇中有兩景獨創絕技最見匠心：一景在草料場，出現在第一折尾端。雪拚命下著，但見窗內柴火熊熊排擋寒氣，雪急了，於是再加把勁，讓雪柱當窗懸下。這下更慘，雪柱、雪陣狀若絲簾垂下，雪開始擔心自己弄巧成拙。倘若簾影勾起林冲思念愛妻，回味閨中歡好温存，繼續眈留於草料場，如何是好？再飆高力道吧，讓林冲冷得嗜酒，出外沽酒去。楊牧用短短數行詩，層次分明，將風雪解人刻劃入微。而這一幕淡筆挑出閨情，正是為了替第三折甲哀嘆友情的崩亡鋪路。豪俠重義，再沒有比被朋友出賣、背叛至於害命，更令人痛心！所以，全劇的高潮出現在林冲最後出手殛殺陸謙這一行：「且吃我一刀」！詩人用蒙太奇手法，把刀鋒濺血渲染成童年於陸謙家院所見大朵牡丹、兩人在家鄉山邊水陂共賞的水蓮勝景、在同一間私塾就學「讀書的硃砂」，最後停格在陸謙羞澀的童顏。這一刀劈下去喚回童真友誼的記憶，同時斬斷的是被出賣的友情——這正是〈林冲夜奔〉悲劇的核心。悲劇總涉及血祭，希臘悲劇如此，莎劇如此。在這齣聲音的戲劇裡，血祭的悲劇內涵，詩人以輓歌的筆調托出，聲音在此化為一幕幕無言的畫面，失樂園淒絕餘韻裊裊，啓人深思。

〈論孤獨〉賞讀

論孤獨

縱使古來所有排行，定位的天體
都已在無意識中紛紛流失，朝向
極暗的氣層飛去，唯我勉強抵抗著
四面襲到，累積的黑，端坐幻化的
樹下，把人間的心事一併劃歸屬我有
警覺孤獨成形

但我也寧可選擇孤獨，有人說
言畢遂滅絕於泡影。感性的
文字不再指稱未來多義

甚至不如那晚夏的薔薇
在稀薄的暖流中不象徵甚麼地
對著一隻蜂

這樣推算前路，以迴旋之姿
肯定手勢無誤。現在穿過大片蘆葦——
光陰的逆旅——美的極致
現在蛻除程式的身體
完成單一靈魂。且止步

聽雁在冷天高處啼

導讀

這首詩作於二〇〇七年，輯入《長短歌行》（二〇一三）。楊牧青壯年期（三十六歲）

作〈孤獨〉，輯入《北斗行》（一九七八），詩中將孤獨寫成一匹衰老的獸，在詩人黃昏獨酌時，從他充滿風暴的內心世界「費力地走進」酒杯裡，與詩人對看。詩人不忍見其憂戚的神色，「慈祥地把他送回心裡」，孤獨這匹獸被酒壓抑、馴服了。越三十載，幾近從心所欲不逾矩的詩人作〈論孤獨〉，這時，孤獨已完全褪去了善變的保護色，它就是存在的終極處境，詩人坦然面對，涵泳其中，在孤獨裡淬練出不朽的詩魂。將這二首詩兩相對照，更能體會楊牧如何透過近期極簡風格，以超越的視野，旋又回歸現象，體味自然，形塑出詩哲風範。

極簡主義繪畫大師羅斯可（Mark Rothko, 1903-1970）棄世前參與設計了位於美國德州休士頓的羅斯可小教堂（The Rothko Chapel，一九七一年完工）。這間跨教派的小教堂室內為一八角形空間，向來以大膽設色讓世人驚豔的藝術大師替每面牆設計了一幅髹滿玄墨的畫，玄黑中似有色澤若隱若現。如今，這裡已成為來自世界各地不同信仰的人前來默禱的聖地，而定期舉辦的座談會和表演活動也讓它成為國際文化、宗教、哲學的交流中心。〈論孤獨〉形同楊牧為漢語現代詩設計的羅斯可小教堂，解讀這首詩時，請想像你正獨自一人置身在小教堂裡，面對玄黑的壁畫冥想，像詩人在詩的開端臆想一切人類燦爛的文明皆已泯滅、不可恃，它會引你進入什麼樣的化境？

我化身成詩人「端坐幻化的樹下」，成了佛陀／基督，攬天下蒼生的悲喜哀樂入懷，同時驚覺原來那引領我悟道的，正是前生詩作的總和，我長年安於孤獨的修持。

然而，倘若誠如有人主張，語言徒增迷障，感性的文字不具任何啓示功能，而一切精心打造的象徵果然比不上實體自然裡一朵招蜂引蝶的薔薇。詩讓人與本體、現象雙向疏離，與悟道何干？

詩與悟道何干？詩是我的選擇，我選擇沿著這條孤獨的路前行。我的肉身在詩裡迴旋起舞，記憶把我帶回創作〈蘆葦地帶〉的情境，帶回〈單人舞曲〉、〈雙人舞〉，帶回〈水妖〉，帶回讓我懷念母親的那一大片河畔菅芒花，穿過菅芒，穿過蘆葦、蒹葭，進入長滿菇菌的森林、鮭魚的原鄉，憑藉詩，我找到美的極致，回到生命的源頭。我的肉身旋舞，「在速度的中心／靜止」，即使這是死亡之舞，我的靈魂在孤獨中成形，見證語言或恐絕滅，唯詩不朽。

這首冥想的詩以「雁在冷天高處啼」作結，泯除了物象與象徵的界分。身在西雅圖的詩人從冥想中回到現實世界，入耳凌空一聲雁啼，彷彿再現了唐詩、元曲，或者俳句的孤獨意境。心物交感當下，思接千載，何孤獨之有？而云詩不朽，有濟慈的〈夜鶯頌〉、葉慈的〈航向拜占庭〉為證。吾道不孤！

附錄

〈生態楊牧〉引用書目

- Adams, Hazard. *The Book of Yeats's Poems*. Tallahassee: Florida State UP, 1990.
- Bate, Jonathan. *The Song of the Earth*. Cambridge, Massachusetts: Harvard UP, 2000.
- Bloom, Harold. *The Anxiety of Influence: A Theory of Poetry*. Oxford: Oxford UP, 1973.

——. *Agon: Towards a Theory of Revisionism*. Oxford: Oxford UP, 1982.

- Buell, Lawrence. *The Environmental Imagination: Thoreau, Nature Writing, and the Formation of American Culture*. Cambridge, Massachusetts: Harvard UP, 1995.
- Elder, John. *Imagining the Earth: Poetry and the Vision of Nature*. 2nd Ed. Athens and London: The U of Georgia P, 1996.
- Freud, Sigmund. "Some Psychical Consequences of the Anatomical Distinction between the Sexes." *Freud on Women: A Reader*. Ed. Elisabeth Young-Bruehl. New York: W. W. Norton, 1990, 304-314.
- Kristeva, Julia. "Women's Time." In Robyn R. Warhol and Diane Price Herndl eds. *Feminisms: An Anthology of Literary Theory and Criticism*. New Brunswick: Rutgers UP,

1993, 441-462.

· Snyder, Gary. *The Real Work: Interviews and Talks, 1964-79*. Ed. Scott McLean. New York: New Directions, 1980.

· Yeh, Michelle and Lawrence R. Smith. *No Trace of the Gardener: Poems of Yang Mu*. New Haven: Yale UP, 1998.

· 楊牧。《楊牧詩集I：一九五六－一九七四》。臺北：洪範，一九七八年。

——。《楊牧詩集II：一九七四－一九八五》。臺北：洪範，一九九五年。

——。《完整的寓言》。臺北：洪範，一九九一年。

——。《時光命題》。臺北：洪範，一九九七年。

——。《涉事》。臺北：洪範，二〇〇一年。

——。《年輪》。臺北：洪範，一九八二年。

——。《搜索者》。臺北：洪範，一九八二年。

——。《一首詩的完成》。臺北：洪範，一九八九年。

——。《星圖》。臺北：洪範，一九九五年。

——。《亭午之鷹》。臺北：洪範，一九九六年。

——《中外文學》，第三十一卷第八期，二〇〇三年一月。

〈從神話構思到歷史銘刻〉引用書目

- Barthes, Roland: "The Blue Guide." In *Mythologies*, trans. A. Lavers. New York: Hill & Wang, 74-77.
- Bertens, Hans（1995）: *The Idea of the Postmodern: A History*. New York: Routledge.
- Bishop, Elizabeth（1983）: *The Complete Poems: 1927-1979*. New York: Farrar, Straus, and Giroux.

——（1994）: *One Art: Letters*. Selected and edited by Robert Giroux. New York: Farrar, Straus, and Giroux.

- Bloom, Harold（1975）: *A Map of Misreading*. New York: Oxford UP.
- Blunt, Alison and Gillian Rose ed.（1994）: *Writing Women and Space: Colonial and Postcolonial Geographies*. New York: Guilford.
- Brooker, Peter, ed.（1992）: *Modernism / Postmodernism*. New York: Longman.

- Brydon, Diana（1995）: "The White Inuit Speaks: Contamination as Literary Strategy." In Ashcroft, Bill et al, ed. *The Post-Colonial Studies Reader*. New York: Routledge, 136-142.
- Clark, Kenneth（1979）: *Landscape into Art*. New York: Harper & Row.
- Duncan, James S. & Nancy G. Duncan（1992）: "Ideology and Bliss: Roland Barthes and the Secret Histories of Landscape." In Trevor J. Barnes, ed. *Writing Worlds: Discourse, Text and Metaphor in the Representation of Landscape*. New York: Routledge.
- Harley, J. B.（1992）: "Deconstructing the Map." In Trevor J. Barnes, ed. *Writing Worlds: Discourse, Text and Metaphor in the Representation of Landscape*. New York: Routledge, 231-247.
- Holden, Jonathan（1986）: *Style and Authenticity in Postmodern Poetry*. Columbia: The U of Missouri P.
- Hutcheon, Linda（1989）: *The Politics of Postmodernism*. New York: Routledge.
- Kaplan, Caren（1987）: "Deterritorializations: The Rewriting of Home and Exile in Western Feminist Discourse." *Cultural Critique 6*（Spring）, 187-198.

- McGreevy, Patrick（1992）: "Reading the Texts of Niagara Falls: The Metaphor of Death." In Trevor J. Barnes, ed. *Writing Worlds: Discourse, Text and Metaphor in the Representation of Landscape*. New York: Routledge, 50-72.
- Merrin, Jeredith（1993）: "Elizabeth Bishop: Gaiety, Gayness, and Change." In Marilyn May Lombardi ed. *The Geography of Gender*. Charlottesville: The UP of Virginia, 153-172.
- Miller, Brett C.（1993）: *Elizabeth Bishop: Life and the Memory of It*. Berkeley: The U of California P.
- Miller, J. Hillis（1995）: *Topographies*. Stanford: Stanford UP.
- Mitchell, W. J. T.（1994）: *Landscape and Power*. Chicago: The U of Chicago P.
- Tseng, Chen-chen（曾珍珍）（1997）: "Myth as Rhetoric: The Quest of the Goddess in Six Dynasties Poetry."《國立中正大學學報》，第六卷第1期，頁 235-278。
- Vendler, Helen（1997）: *Poems, Poets, Poetry: An Introduction and Anthology*. New York: St. Martin's.
- Walcott, Derek（1992）: *Collected Poems: 1948-1984*. London: Faber & Faber.

· Warren, Karen J.（1996）: *Ecological Feminist Philosophies*. Bloomington: Indiana UP.
· 孟樊。《當代臺灣新詩理論》。臺北：揚智文化，一九九五年。
· 奚密。〈本土詩學的建立：讀陳黎「島嶼邊緣」〉，原載於《中外文學》，第二十五卷第十二期（一九九七年五月），後收錄於王威智編：《在想像與現實間走索》。臺北：書林，頁一六三－七三，一九九九年。
· 陳黎。《陳黎詩集Ｉ：一九七三－一九九三》。臺北：書林，一九九八年。
· 楊牧。《有人》。臺北：洪範，一九八六年。
· 廖咸浩。〈合成人羅曼史——當代臺灣文化中後現代主義與民族主義的互動〉，載於《當代》，第二十六期，一九九九年。

〈譯者楊牧〉引用書目

· Apter, Emily. "A New Comparative Literature." *The Princeton Sourcebook in Comparative Literature: From the European Enlightenment to the Global Present*. eds. David Damrosch, Natalie Melas, and Mbongiseni Buthelezi（Princeton and Oxford: Princeton UP,

2009）.

・Bassnett, Susan & André Lefevere. *Constructing Cultures: Essays on Literary Translation*（Philadelphia: Multilingual Matters, 1998）.

・Brisset , Annie. "The Search for a Native Language: Translation and Cultural Identity." *The Translation Studies Reader,* 2nd edition. ed. Lawrence Venuti（New York: Routledge, 2004）.

・Leito, Levi. "In the Beginning was Translation." *The Sound of Poetry / The Poetry of Sound.* eds. Marjorie Perloff and Craig Dworkin（Chicago and London: The U of Chicago P, 2009）.

・Paz, Octavio. "Translation: Literature and Letters."（trans. Irene del Corral）. *Theories of Translation: An Anthology of Essays from Dryden to Derrida.* eds. Rainer Schulte and John Biguenet（Chicago and London: The U of Chicago P, 1992）.

・Said, Edward. "The Public Role of Writers and Intellectuals." *Nation, Language, and the Ethics of Translation.* eds. Sandra Bermann and Michael Wood（Princeton and Oxford: Princeton UP, 2005）.

- Valéry, Paul. "Variations on the Eclogues."（trans. Denise Folliot）. *Theories of Translation: An Anthology of Essays from Dryden to Derrida.* eds. Rainer Schulte and John Biguenet（Chicago and London: The U of Chicago P, 1992）.
- Venuti, Lawrence. "From Translation, Community, Utopia." *The Princeton Sourcebook in Comparative Literature: From the European Enlightenment to the Global Present.* eds. David Damrosch, Natalie Melas, and Mbongiseni Buthelezi（Princeton and Oxford: Princeton UP, 2009）.
- Wong, Lisa Lai-ming（黃麗明）. *Rays of the Searching Sun: The Transcultural Poetics of Yang Mu*（New York: Peter Lang, 2009）.
- 王寧。《文化翻譯與經典闡釋》。北京：中華，二〇〇五年。
- 方平譯。《暴風雨》。臺北：木馬文化，二〇〇一年。
- 朱生豪譯。《暴風雨》。臺北：世界，一九九六年。
- 余光中。〈翻譯和創作〉，輯入海岸選編《中西詩歌翻譯百年論集》。上海：上海外語教育，二〇〇七年。
- 李寄。《魯迅傳統漢語翻譯文體論》。上海：譯文，二〇〇八年。

・李奭學。《經史子集：翻譯、文學與文化劄記》。臺北：聯合文學，二〇〇五年。

・李魁賢譯。《暴風雨》。臺北：桂冠，一九九九年。

・林語堂。〈論譯詩〉，輯入海岸選編《中西詩歌翻譯百年論集》。上海：上海外語教育，二〇〇七年。

・周英雄、高大鵬編譯。《葉慈詩選》，輯入陳映真主編《諾貝爾文學獎全集》。臺北：遠景，一九八二年。

・袁可嘉譯。《葉慈詩選》I & II。臺北：愛詩社，二〇〇五年。

・陳世驤。《陳世驤文存》。臺北：志文，一九七二年。

・梁實秋譯。《暴風雨》。臺北：臺灣商務，一九六六年。

・彭鏡禧。《摸象——文學翻譯評論集》。臺北：書林，一九九七年。

・曾珍珍。〈雎雎和鳴——楊牧談詩歌翻譯藝術〉，《人籟論辨》，第五十七期，二〇〇九年二月號。

・傅浩編譯。《葉芝抒情詩全集》。北京：中國工人，一九九四年。

・傅浩譯。《葦叢中的風：葉慈詩選》。臺北：書林，二〇〇七年。

・楊牧。《奇萊前書》。臺北：洪範，二〇〇三年。

——。《奇萊後書》。臺北：洪範，二〇〇九年。
——。《楊牧詩集I：一九五六－一九七四》。臺北：洪範，一九七八年。
——。《楊牧詩集II：一九七四－一九八五》。臺北：洪範，一九九五年。
——。《譯事》。香港：天地，二〇〇七年。
——譯。《西班牙浪人吟》。臺北：洪範，一九九七年。
——譯。《新生》。臺北：洪範，一九九七年。
——譯。《葉慈詩選》。臺北：洪範，一九九七年。
——譯。《暴風雨》。臺北：洪範，一九九九年。
——譯。《英詩漢譯集》。臺北：洪範，二〇〇七年。
・錢鍾書。《七綴集》。臺北：書林，一九九〇年。

言寺 79

同樣的心：楊牧生態詩學、翻譯研究與訪談錄

作　　者：曾珍珍
總 編 輯：陳夏民
執行編輯：顏少鵬
書籍設計：王金喵
排　　版：黃秋玲
協　　力：許又方、許甄倚、須文蔚、陳延禎

和碩聯合科技董事長童子賢先生贊助出版

出　　版：**逗點文創結社**
地址｜330 桃園市中央街 11 巷 4-1 號
網站｜www.commabooks.com.tw
電話｜03-335-9366

總 經 銷：**知己圖書股份有限公司**
台北公司｜台北市 106 大安區辛亥路一段 30 號 9 樓
電話｜02-2367-2044
傳眞｜02-2363-5741
台中公司｜台中市 407 工業區 30 路 1 號
電話｜04-2359-5819
傳眞｜04-2359-7123

製　　版：軒承彩色印刷製版有限公司
印　　刷：通南彩色印刷有限公司
裝　　訂：智盛裝訂股份有限公司

I S B N：978-986-99661-7-7
初　　版：2021 年 12 月
定　　價：450 元

國家圖書館出版品預行編目 (CIP) 資料

同樣的心：楊牧生態詩學、翻譯研究與訪談錄 / 曾珍珍著 . -- 初版 . -- 桃園市：逗點文創結社，2021.12
374 面；14.8X21 公分 . -- (言寺；79)
ISBN 978-986-99661-7-7(平裝)
1. 楊牧 2. 臺灣文學 3. 文學評論

863.2　　110019832

最後一堂創作課

最後一堂老師不在場的創作課
不打分數，沒有報告，
唯一的作業：寫，繼續寫。

李永平、曾珍珍紀念文集

華人世界首間文學創作研究所「東華大學創英所」
十屆絕版後，同窗重聚，以文字回應師恩與繆思的召喚